P9-AGS-052

ECHO GLEN CHILDREN'S CENTER
COPALIS COTTAGE CAPSULE
COLLECTION
PLEASE RETURN TO THE COTTAGE
LIBRARY

TENÍA QUE PASAR

DAVID YOON

Tenía que pasar

Traducción de **Noemí Sobregués**

NUBE **DE TINTA**

Tenía que pasar

Título original: *Frankly in love*

Primera edición en España: febrero, 2020
Primera edición en México: marzo, 2020

D. R. © 2019, David Yoon

D. R. © 2020, Penguin Random House Grupo Editorial, S. A. U.
Travessera de Gràcia, 47-49. 08021 Barcelona

D. R. © 2020, derechos de edición mundiales en lengua castellana:
Penguin Random House Grupo Editorial, S. A. de C. V.
Blvd. Miguel de Cervantes Saavedra núm. 301, 1er piso,
colonia Granada, alcaldía Miguel Hidalgo, C. P. 11520,
Ciudad de México

www.megustaleer.mx

. D. R. © 2020, Noemí Sobregués, por la traducción

Penguin Random House Grupo Editorial apoya la protección del *copyright*.
El *copyright* estimula la creatividad, defiende la diversidad en el ámbito de las ideas y el conocimiento,
promueve la libre expresión y favorece una cultura viva. Gracias por comprar una edición autorizada
de este libro y por respetar las leyes del Derecho de Autor y *copyright*. Al hacerlo está respaldando a los autores
y permitiendo que PRHGE continúe publicando libros para todos los lectores.

Queda prohibido bajo las sanciones establecidas por las leyes escanear, reproducir total o parcialmente esta obra
por cualquier medio o procedimiento así como la distribución de ejemplares
mediante alquiler o préstamo público sin previa autorización.
Si necesita fotocopiar o escanear algún fragmento de esta obra diríjase a CemPro
(Centro Mexicano de Protección y Fomento de los Derechos de Autor, https://cempro.com.mx).

ISBN: 978-607-319-032-9

Impreso en México – *Printed in Mexico*

El papel utilizado para la impresión de este libro ha sido fabricado a partir de madera
procedente de bosques y plantaciones gestionadas con los más altos estándares ambientales,
garantizando una explotación de los recursos sostenible con el medio ambiente y beneficiosa para las personas.

Penguin
Random House
Grupo Editorial

Para Nicki, Penny, mi madre y mi padre, por igual

Índice

Antes de empezar

Bueno, tengo dos primeros nombres.

Es lo que digo cuando me preguntan por mi segundo nombre. Les digo:

«Bueno, tengo dos primeros nombres».

Mi primer primer nombre es Frank Li. Mis padres me lo pusieron teniendo en cuenta mi carácter.

No, en realidad, F+R+A+N+K+L+I tiene siete letras, y el siete es un número de la suerte en Estados Unidos.

Frank es mi nombre estadounidense, es decir, es mi nombre-nombre.

Mi segundo primer nombre es Sung-Min Li, y es mi nombre coreano, que sigue una cosmología numerológica similar:

S+U+N+G+M+I+N+L+I tiene nueve letras, y el nueve es un número de la suerte en Corea. Nadie me llama Sung-Min, ni siquiera mis padres. Me llaman Frank.

Así que no tengo segundo nombre. Tengo dos primeros.

En fin, supongo que tener dos números de la suerte, el siete y el nueve, me convierte en una especie de puente entre culturas o alguna mierda de ésas.

Estados Unidos, ésta es Corea. Corea, éste es Estados Unidos.

¿Están todos bien? ¿Puedo ya ir a lo mío?

Bien.

La temporada de otoño

del último año

de preparatoria

de la juventud humana

1

El Lago de la Novia

Dio inicio el último año de preparatoria.

«Dio inicio» suena mejor que el habitual «empezó», porque si lo dices bien, pareces el último caballero superviviente dando malas noticias a un rey cansado al borde de la derrota, que se pasa una mano flácida por la cara, asustado. «Majestad, nuestras filas dieron inicio a su rompimiento. Dio inicio la caída de la Casa Li.»

Por cierto, en ese escenario yo soy el rey que se pasa la mano por la cara, asustado.

Porque dio inicio el último año de preparatoria.

A veces pienso en hace seis meses, en los felices días del curso anterior. Cuando saltábamos por el campo tras haber hecho el examen del PSAT, un ensayo del SAT, que en Playa Mesa, California, Estados Unidos, se utiliza para evaluar si un ser humano joven es apto para matricularse en una institución de enseñanza superior.

Pero ¿el PSAT?

«Es sólo un ensayo», decimos los alumnos de penúltimo año. «No sirve de nada, majestad.»

Cómo holgazaneábamos al sol y bromeábamos sobre un comentario de texto que trataba de un experimento para descubrir si a los perros les resultaba más fácil volcar un recipiente (más fácil) o jalar una cuerda (más difícil) para conseguir comida. Basándose en el texto y en los resultados de la figura 4, los perros:

a) resolvían con más frecuencia la tarea de la cuerda que la del recipiente.

b) se frustraban más con la tarea de la cuerda que con la del recipiente.

c) a menudo, se enojaban con sus cuidadores humanos por plantearles tareas tan absurdas, esto es: «Dennos la comida en un maldito comedero para perros, como hace todo el mundo».

O:

d) se pasaban una pata por la cara, asustados.

La respuesta era la *d)*.

El día que dieron las puntuaciones, descubrí que había obtenido 1 400 puntos de 1 520, el 96 por ciento. Mis amigos me chocaron la mano con fuerza, pero a mí me sonaban como palmas de las manos golpeando la puerta sellada de una cripta.

Mi objetivo era obtener 1 500.

Cuando se lo dije a mis padres, me miraron con pena e incredulidad, como si fuera un gorrión muerto en el parque. Y mi madre me dijo lo siguiente, de verdad:

«No te preocupes. Te queremos igual.»

Mi mamá me ha dicho «Te quiero» exactamente dos veces en mi vida. Una por los 1 400 puntos, y otra cuando yo tenía diez años, que llamó desde Corea después del funeral de su madre. Hanna y yo no fuimos. Mi padre estaba en La Tienda, así que tampoco fue.

Pensándolo retrospectivamente, me parece raro que no fuéramos todos.

Pensándolo retrospectivamente, confieso que me alegro de no haber ido. Sólo vi a mi abuela una vez, cuando yo tenía seis años. Ella no hablaba inglés, y yo no hablaba coreano.

Así que pensándolo retroretrospectivamente, quizá no me parece tan raro que no fuéramos todos.

Mi padre me ha dicho «Te quiero» exactamente cero veces en mi vida.

Volvamos a la puntuación del PSAT.

Como indicador, guía, augurio, presagio y muchas otras palabras del vocabulario de la guía de estudio del PSAT, una puntuación de 1 500 significaría que seguramente en el SAT me iría tan bien que llamaría la atención de Harvard, que, según mis padres, es la mejor universidad de todo Estados Unidos.

Una puntuación de 1 400 significa que seguramente a lo máximo que podré aspirar es a la Universidad de California en Berkeley, que para mis padres es un triste premio de consolación comparada con Harvard. Y a veces, por una milésima de segundo, su compresión mental hace que piense:

«Berkeley es una mierda.»

Mi hermana mayor, Hanna, acuñó la expresión «compresión mental», que es como la compresión de la médula espinal, pero en la mente. Hanna vive en Boston, cerca de la otra Berkeley, la Escuela de Música Berklee.

Berklee es la escuela de mis sueños. Pero mis padres rechazaron la idea. «¿Música? ¿Cómo ganas dinero? ¿Cómo comes?»

Los dos nombres de Hanna son Hanna Li (siete letras) y Ji-Young Li (nueve). Mi padre le puso Hanna Li por Honali, de un famoso himno de los años sesenta sobre la marihuana disfrazado de canción infantil, «Puff, el dragón mágico». La canción se abrió camino hasta las clases de inglés de las preparatorias de Seúl en la década de los setenta. Mi padre no se ha fumado un churro en su vida. No tenía ni idea de lo que estaba cantando.

Hanna es la mayor. Hanna lo había hecho todo bien. Mis padres le decían que estudiara mucho, y ella sólo sacaba dieces. Le dijeron que fuera a Harvard, y eso hizo, y se graduó con honores. Pasó a la Facultad de Derecho de Harvard, y se graduó con calificaciones tan altas que le permitieron catapultarse por encima de ayudantes de su misma edad en Eastern Edge Consulting, especializada en negociar patentes ridículas para empresas tecnológicas de miles de millones de dólares. Ahora incluso se dedica a la inversión de capital desde el despacho de su casa, en Beacon Hill. Entre semana lleva trajes sastre carísimos; los fines de semana, adecuados (aunque también carísimos) vestidos. Alguien debería sacarla en la portada de una revista de viajes de negocios o algo así.

Pero entonces Hanna cometió su único error. Se enamoró.

Enamorarse no es malo en sí mismo. Pero enamorarse de un hombre negro bastó para borrar de un plumazo todo lo que había hecho bien en su vida. El tipo le regaló un anillo, que mis padres no han visto y seguramente nunca verán.

En otra familia de quizá otro planeta, mi hermana traería al tipo negro a casa en las vacaciones de verano para que conociera a la familia, y todos diríamos su nombre abiertamente: Miles Lane.

Pero estamos en este planeta, y mis padres son mis padres, así que Hanna no vendrá este verano. La extraño. Pero entiendo por qué no vendrá. Aunque eso significa que me quedaré solo, sin nadie con quien burlarme del mundo.

La última vez que vino fue en las vacaciones de Acción de Gracias de hace dos años. Estaba en una Reunión. Esa noche tocaba cenar en casa de los Chang. No sé por qué hizo lo que hizo aquella noche. «Bueno, estoy saliendo con un chico» dijo. «Y es el hombre de mi vida.»

Pasó el celular con una foto de Miles a mis padres y a todos los demás. Fue como lanzar un hechizo que los dejó mudos. Nadie dijo ni pío.

Tras un largo minuto, la pantalla del celular se apagó.

Mis padres se dirigieron a la puerta, se pusieron los zapatos y esperaron desviando la mirada a que nos reuniéramos con ellos. Nos marchamos sin decir una palabra —no era necesario—, y a la mañana siguiente Hanna desapareció en un vuelo de regreso a Boston, cuatro días antes de lo previsto. Un año después, tras seis o siete Reuniones sin Hanna, Ella Chang se atrevió a decir la palabra «repudiada».

Y la vida continuó. Mis padres ya no hablaban de Hanna. Actuaban como si se hubiera ido a vivir a un país extranjero sin formas de comunicación modernas. Cada vez que yo la mencionaba, desviaban la mirada, literalmente —literalmente—, y se callaban hasta que me rendía. Al rato, me rendía.

Hanna también se rindió. Sus respuestas por mensaje pasaron de diarias a cada dos días, luego una vez por semana, y así sucesivamente. De este modo se produce el repudio. No es la sentencia definitiva de un tribunal familiar. El repudio es un abandono progresivo. Como mis padres renunciaron a Hanna, Hanna decidió renunciar también. Lo entiendo.

Pero yo nunca renuncié a mi hermana. Aún no he renunciado.

Es aterrador ver desaparecer a alguien a quien quieres.

Hablo mucho de Hanna con Q. Q es lo que yo llamo mi mejor amigo, y yo soy el suyo.

Siempre agradezco a Q su paciencia conmigo, porque supongo que no tiene que ser agradable escuchar que mis padres rechazaron a un hombre con el mismo color de piel que él.

Q se llama Q Lee. Él Lee, y yo Li. Como dos hermanos, uno de madre coreana y el otro de madre afroamericana. Sus padres, el señor y la señora Lee, son personas normales que parecen siempre sorprendidos de haber tenido un hijo tan friki. Q tiene una hermana gemela llamada Evon, que está tan buena que apenas me atrevo a mirarla. Evon Lee suena celestial.[1]

La *Q* de Q no significa nada. Es simplemente Q. Q decidió ponerse este nombre hace un par de meses, cuando cumplió dieciocho años. Su nombre era Will. Will Lee.

«Enséñanos el pene,[2] Will Lee», le decían.

Cambiarse el nombre por Q fue una buena decisión.

Como casi todos los frikis, Q y yo nos dedicamos a ver películas raras, jugar videojuegos, deconstruir las diversas ridiculeces de la realidad y demás. Casi nunca hablamos de chicas, por falta de material. Ninguno de los dos ha salido con una chica. Lo máximo que me he adentrado en aguas femeninas fue cuando sin querer besé a Gina —no me acuerdo de su apellido— mientras jugábamos botella, en segundo de prepa. Se suponía que debía darle un beso en la mejilla, pero tanto Gina como yo nos hicimos un lío y acabamos rozándonos los labios. Oooooh.

Las únicas veces que abordamos tangencialmente el tema de las chicas es cuando nos sentamos a orillas del Lago de la Novia.

El Lago de la Novia está en el centro comercial Westchester. Westchester es el centro comercial más grande del condado de Oran-

---

1. Juego de palabras intraducible. En inglés, Evon Lee suena como *heavenly*, «celestial». *(N. de la T.)*

2. Juego de palabras también intraducible. En inglés, Will Lee suena como *willy*, «pene». *(N. de la T.)*

ge. Por alguna razón, dejan todas las puertas abiertas hasta bien entrada la noche, mucho después de que las tiendas hayan cerrado. El centro comercial se convierte en un espacio hermosamente vacío y serenamente apocalíptico que nadie en el sur de California parece conocer.

Sólo dos guardias de seguridad patrullan las casi treinta brillantes hectáreas del centro comercial desierto. Se llaman Camille y Oscar. Nos conocen a Q y a mí y saben que no, que no somos pareja, que sólo somos dos chicos con ideas raras sobre cómo pasar el rato.

El Lago de la Novia es una fuente del patio de cristal del centro comercial Westchester, junto a la cadena Nordstrom. Es una estructura bastante tosca y de ángulos simples y modernos. Tiene una elegante placa de latón en la que dice NO BEBER-AGUA RESIDUAL. Arriba, un jazz anónimo llena el espacio cavernoso de arpegios que retumban.

Lo llamo Lago de la Novia porque quizá, si le hago suficientes confesiones y ofrendas, de su superficie brillante se alzará una chica que me ofrecerá su mano.

Q y yo nos sentamos con las piernas cruzadas en un reborde de piedra de color chocolate junto a esta fuente. Observamos cómo el agua sube desde una pileta octogonal, pasa por unas ranuras y baja por unos escalones hasta la base de la fuente, cubierta de monedas brillantes.

Meto la mano en mi mochila militar y saco mi Tascam, un aparatito del tamaño de un control remoto de televisión, y grabo el sonido: un murmullo grave y denso, con ruido rosa y de vez en cuando el gluglú de grandes burbujas. Casi un *riff* en sí mismo. Apago la grabadora y la guardo para que Q y yo podamos empezar.

—Rasgos ideales en una mujer —le digo—. Empiezas tú.

Q apoya la barbilla en los puños.

—Que hable al menos otros dos idiomas.

—¿Y? —le pregunto.

—Que toque el oboe a nivel profesional —me contesta Q.

—Q —le digo.

—Profesora de la Ivy League durante el día, e indómita bailarina por la noche.

—Supongo que tu lista no se basa en la realidad.

—De ilusión también se vive, ¿no? —dice Q.

Cuesta un poco oírlo con el ruido de fondo del Lago de la Novia, y creo que por eso aquí es más fácil hablar de cosas como las chicas ideales. Es como hablar en voz alta con nosotros mismos, pero uno delante del otro.

—Te toca —me dice Q.

Pienso. Cien caras se desplazan por mi mente, todas ellas hermosas a su manera. Mil posibles combinaciones. Todo el mundo tiene encanto si miras con atención. Buena parte del mundo es así. Una vez partí una cebolla por la mitad y descubrí que todas las capas se habían aplastado hasta formar un corazón perfecto en el centro. Una vez...

—¿Frank? —me dice Q—. Para hablar tienes que mover la boca.

—Ah —le digo—. Bueno.

Q me mira y sigue esperando.

—Supongo que básicamente tiene que ser amable. Es lo más importante.

Q alza las cejas.

—Nada de chicas desagradables. Entendido.

—Y debe hacerme reír —le digo.

—¿Algún otro criterio importante? —me pregunta Q.

Pienso. Todo lo demás —aficiones, gusto musical, forma de vestir— no me importa demasiado. Así que niego con la cabeza.

Q se encoge de hombros mirando la fuente.

—Es superromántico, en el sentido más básico.

—Básicamente —le digo.

Por un momento los dos nos quedamos mirando la fuente. Luego pongo punto final a nuestra visita al Lago de la Novia con el ritual de meterme la mano en el bolsillo delantero de los jeans en busca de monedas sagradas, una para mí y otra para Q. Q tira la suya, que suena como un pedo. Yo aprieto la mía y la lanzo al agua, plop. Las monedas se añaden a la pileta de deseos aleatorios: buenas calificaciones, ascensos laborales, que me saque la lotería y, sobre todo, amor.

Nadie se alza del agua brillante.

Q no lo sabe, pero no he mencionado un criterio de mi mujer ideal. Preferiría no decirlo en voz alta, aunque es el que más me preocupa.

Mi mujer ideal seguramente debería ser de origen coreano.
No es estrictamente necesario. A mí me da igual. Pero facilitaría
las cosas. He introducido el pie en las aguas de salir con chicas dos veces,
y las dos veces algo me ha impedido zambullirme. Me he quedado
paralizado. Creo que ha sido porque no sé qué sería peor, si salir con
una chica que a mis padres no les gustara o salir con una chica que a
mis padres les gustara. Que me condenen al ostracismo o que me
controlen minuciosamente.

Luego pienso que en la República de California sólo el uno
por ciento de la población es de origen coreano, del cual el doce por
ciento son chicas de mi edad, lo que daría como resultado la posibilidad de salir con una chica cada ocho kilómetros cuadrados. Si des-
contamos a las que ya tienen novio y a las chicas con las que no me
llevaría bien, y —peor aún— añadimos los criterios de la mujer ideal,
la probabilidad se reduce todavía más. El Lago de la Novia se reduce
a un dedal.

Así que de momento dejo de lado la idea de una chica ideal. Soy
consciente de que llevo años dejándola de lado.

—De ilusión también se vive —dice Q.

—De ilusión también se vive —digo yo.

2

Metáfora recibida

La tienda de mis padres también tiene dos nombres, como Hanna y yo.

Su nombre oficial es Fiesta Hoy Market, y no voy a hacer comentarios al respecto porque, rayos, vaya estupidez. El segundo nombre es sencillamente La Tienda. La Tienda es su verdadero nombre.

Mis padres trabajan en La Tienda cada día, desde la mañana hasta la noche, fines de semana, días festivos, Año Nuevo... los 365 días del año sin un solo día de descanso al menos desde que Hanna y yo recordamos.

Mis padres heredaron La Tienda de una pareja de ancianos que formó parte de la primera oleada de coreanos que llegó en la década de los sesenta. Sin contrato escrito ni nada parecido. Los presentó un buen amigo, tomaron té, cenaron varias veces y al final, tras muchas reverencias, se dieron un caluroso apretón de manos. Querían asegurarse de que La Tienda se quedaba en buenas manos. En buenas manos coreanas.

La Tienda está a una hora en coche desde la perfección distópica del fraccionamiento en el que vivimos, Playa Mesa. Está en una zona pobre y deteriorada por el sol del sur de California, en la que viven mayoritariamente mexicanos y afroamericanos. Muy lejos de todo.

Los clientes pobres pagan a mis padres con vales de alimentos del programa de ayuda federal, que se convierten en dinero, que se convierte en la matrícula de mi universidad.

Es la última versión del sueño americano.

Espero que la próxima versión del sueño americano no incluya especular con vales de alimentos.

Ahora estoy en La Tienda. Apoyado en el mostrador. El barniz está desgastado en el centro, como el anillo del tronco de un árbol, lo que muestra la historia de todas las transacciones que se han deslizado por su superficie: caramelos, cerveza, pañales, leche, cerveza, helados, cerveza y cerveza.

—En el aeropuerto distribuyen los títulos de propiedad por razas —le expliqué una vez a Q—. Así que a los griegos les dan cafeterías, a los chinos, lavanderías, y a los coreanos, vinaterías.

—Así funciona el país —me dijo Q antes de darle un irónico mordisco a su burrito.

En La Tienda hace calor. Llevo una camiseta de Hardfloor con agujeros de polilla y de un tono negro frío, que combina con mis shorts de color negro frío. No todos los negros son iguales. Hay negro cálido, negro parduzco y negro morado. Mis pulseras son un arcoíris de negros. Todas las prendas por encima de los tobillos deben ser negras. Pero los zapatos pueden ser de cualquier color. Como mis tenis amarillos reflectantes.

Mi padre se niega a encender el aire acondicionado porque los únicos productos a los que les afecta el calor son los dulces con chocolate, y ya los metió en el refrigerador.

Pero yo estoy sudando. Veo tres moscas trazando en el aire una serie infinita de ángulos rectos con un constante zumbido. Les tomo una foto y la subo a mis redes con la frase: «Las moscas son las únicas criaturas que reciben su nombre de su principal modo de movilidad».[3]

Es absurdo que ayude a mis padres en La Tienda. Nunca me han dejado trabajar.

—Estudia mucho y serás médico —suele decir mi padre.

—O un presentador de noticias famoso —dice mi madre.

Esto último aún no lo entiendo.

En fin, voy a La Tienda un solo día a la semana, el domingo, y sólo para cobrar. No cargo cajas, ni ordeno, ni limpio, ni etiqueto, ni

---

3. La frase hace referencia a un juego de palabras intraducible en español, basado en el doble significado de la palabra *fly*: «mosca» y «volar». *(N. de la T.)*

trato con los proveedores. Mi madre se queda en casa descansando y me deja solo con mi padre en el turno de la mañana. Sospecho que es una estrategia de mi madre para que me relacione más con mi padre el último año antes de ir a la universidad. Para que pasemos tiempo juntos. Para que mantengamos conversaciones profundas.

Mi padre se pone una faja lumbar y empuja una carretilla cargada de cajas de licor de malta. Parece un hobbit, corpulento, fuerte y con las piernas cortas y gruesas, con un cúter en el cinturón en lugar de una bolsita de terciopelo llena de valiosas monedas. Aunque le falta poco para cumplir los cincuenta, aún mantiene todo el pelo. Y pensar que se graduó en Seúl para acabar aquí... Me pregunto cuántos inmigrantes hay como él, trabajando como obreros y sin que nadie sepa que tienen un título universitario.

Sale de las oscuras fauces del refrigerador.

—Come —me dice.

—Okey, papá —le contesto.

—Un taco. Al lado. Toma dinero.

Me da un billete de veinte dólares.

—Okey, papá.

Le digo «okey, papá» muchas veces. La mayoría de ellas no vamos mucho más allá. No me es posible. El inglés de mi padre no da para mucho, y mi coreano es casi inexistente. Yo crecí con videojuegos y películas independientes, y mi padre creció con vete a saber qué.

Antes le preguntaba por su infancia. O por cosas básicas, por ejemplo cómo pudo permitirse un lujo como la universidad. Al fin y al cabo, era pobre, más que pobre. Tanto mi padre como mi madre eran pobres antes de la expansión económica de finales de la década de los ochenta. Mi padre decía que iba a pescar cangrejos de río cuando se quedaban sin comida. Mucha gente de campo lo hacía.

—Cangrejo pequeño, subían en la red —me dijo una vez—. Unos encima de otros, encima, encima, se pisaban la cara para llegar arriba.

—Okey —le dije.

—Así es Corea —me dijo.

Cuando le pregunté qué quería decir, zanjó la conversación diciendo:

25

—Estados Unidos mejor. Mejor vas a la universidad aquí, aprendes inglés. Más oportunidad.

Es el jaque mate de casi todas sus conversaciones, incluso las que empiezan de la forma más inocente, como: «¿Por qué en casa nunca hemos hablado en coreano?» o «¿Por qué a los viejos coreanos les encanta el Chivas Regal?».

Así que nos hemos acostumbrado a dejar las cosas en un «okey, papá».

—Okey, papá —le digo.

Tomo mi celular y salgo a la calle, donde aún hace más calor. Un corrido mexicano bombardea el estacionamiento vacío de la carnicería de al lado. Se supone que la música debe transmitir alegría y atraer a clientes. No está funcionando.

¡Fiesta!

Zum-zum. Es Q.

«Pi-pi, colega, vamos a Los Ángeles. Esta noche los museos son gratis. Vamos muchos.»

«Lo siento mucho, amigo —le contesto—. Tengo una Reunión.»

«Echaré de menos su compañía, señor», me dice Q.

«Y yo la suya, buen hombre.»

Q sabe a qué me refiero cuando digo «Reunión».

Hablo de una reunión de cinco familias, lo que suena a mafioso, pero en realidad sólo son los amigos de mis padres, que se reúnen a cenar cada vez en una casa.

Es un evento común y extraordinario a la vez. Común porque es sólo una cena, pero extraordinario porque las cinco parejas se conocieron en la Universidad Nacional de Seúl, se hicieron amigos, se trasladaron juntos al sur de California para empezar una nueva vida y han conseguido reunirse una vez al mes durante décadas, ellos y sus familias.

El día llega a su fin. Mi padre se cambia de camisa, y su aspecto de tendero da paso a una imagen más adecuada para una Reunión: una polo gris nueva que destila éxito y prosperidad. Cerramos y apagamos las luces. Luego cuarenta minutos en coche hasta llegar a la casa de los Kim.

Esta vez la Reunión toca en casa de los Kim, que lo dieron todo: una parrillada brasileña atendida por auténticos brasileños que taladran a todo el mundo con la palabra de la noche (chu-rras-ca-ria), una degustación de vinos y una televisión de setenta pulgadas en la gran sala con lentes de realidad virtual nuevos para que los niños exploren el mar.

Todo parece gritar: «En Estados Unidos nos va genial. ¿Y a ustedes?». En esos tótems del éxito se incluyen los hijos, especialmente nosotros, los mayores. Todos nacimos casi a la vez. Estamos todos en el mismo salón. Hablan y hablan de nosotros como de pequeñas celebridades. «Fulanito es capitán del equipo de pentatlón de la preparatoria», «Menganito es el primero de su clase».

Ser un tótem es agotador, y por eso nos escondemos en la sala de juegos o en cualquier sitio mientras los pequeños corretean como locos y los adultos se emborrachan y cantan canciones pop coreanas de hace veinte años que ninguno de nosotros entiende. Así hemos ido formando una amistad de lo más extraña:

- Sólo nos juntamos durante cuatro horas una vez al mes.
- En esas cuatro horas, no salimos de la habitación si no es para comer.
- Nunca quedamos al margen de las Reuniones.

Las Reuniones son un mundo en sí mismas. Cada una de ellas es una versión de Corea atrapada para siempre en una burbuja de ámbar, la Corea de principios de los noventa que mis padres y sus amigos trajeron a Estados Unidos años después de que estallara la burbuja. Desde entonces, los coreanos de Corea han avanzado, viven mejor y se han despabilado. Y al otro lado de la puerta de los Kim, los niños estadounidenses bailan pop coreano con videojuegos coreanos en sus pantallas gigantes.

Pero en las Reuniones el tiempo se congela durante unas horas. Al fin y al cabo, los hijos estamos ahí sólo por nuestros padres. ¿Nos veríamos sin ellos? Seguramente no. Pero no vamos a ignorarnos unos a otros, porque sería aburrido. Así que hablamos y filosofamos hasta que llega la hora de marcharnos. Nos liberan y volvemos a la realidad que nos espera afuera de la Reunión, donde el tiempo se descongela y se reanuda.

Yo nos llamo los Limbos.

Cada mes temo ir a estas incómodas reuniones con los Limbos a esperar entre dos mundos. Pero también cada mes recuerdo que la verdad es que casi todos los Limbos son bastante agradables.

Como John Lim (siete letras), que ha hecho un videojuego que está vendiéndose bastante bien en la App Store.

O Ella Chang (nueve), que es una crack del violonchelo.

O Andrew Kim (nueve), que escribió un libro bastante famoso con su compañero de YouTube.

Antes pensaba que la cantidad de letras de nuestros nombres era una rareza coreana.

Pero no es una rareza coreana. Es sencillamente una rareza.

Creo que las personas que están dispuestas a vivir en un país totalmente diferente también están dispuestas a inventarse sus propias tradiciones raras. Lo raro genera cosas raras.

Lo raro también nos hace increíblemente afortunados a los hijos, y eso siempre lo agradezco. De verdad.

En la Reunión de esta noche, los Limbos se metieron en la habitación de Andrew a jugar un videojuego multijugador de lucha.

—Hola —les digo.

—Hola —me contestan.

Está John Lim, que levanta el control por los aires, como si sirviera de algo. Está Andrew Kim, resoplando. Está Ella Chang, vapuleando tranquilamente a todos desde detrás de sus lentes de pasta.

—¿Quieres jugar? —me pregunta Ella.

—Un segundo.

Falta una Limbo. Recorro la casa hasta que la encuentro: Joy Song, sentada sola entre piezas de Lego en la habitación color pastel de la hermana pequeña de Andrew Kim.

Joy Song (siete letras). Segundo nombre, Yu-Jin Song (nueve).

Cuando teníamos cinco, seis y siete años, Joy y yo tomábamos a escondidas los trozos de carne crujiente de la mesa de la parrillada antes de que fuera la hora de comer. Nos poníamos de pie en la silla, levantábamos los fideos todo lo que podíamos y los lanzábamos a la boca abierta del otro. Nos metíamos hierba en los pantalones, hasta que un día vislumbré lo que había debajo de los suyos y entendí que había llegado el momento de temer a las chicas. Desde entonces les temo.

Ahora Joy Song está sentada en un rincón oliéndose el labio superior. Me mira —«Ah, sólo es Frank»— y sigue con el labio levantado. Eso añade un punto de desafío a una cara por lo demás formada por pequeños óvalos. Sigue con lo que estaba haciendo: colocar piezas de Lego en fila.

También está escuchando música por las pequeñas bocinas del celular. Suena como insectos gritando.

—¿No es la mejor manera de escuchar música? —le digo—. Sin duda respeta la voluntad artística de los músicos.

—Hola, Frank —me dice Joy, bastante seria.

—¿Qué hay?

—Uy, no mucho —me dice, respondiendo a alguna otra pregunta en su cabeza.

Me siento junto a la pila de piezas de Lego y tengo la sensación de que vuelvo a tener diez años.

—¿Quieres construir algo?

—Es que las piezas de color son de plástico ABS, y las transparentes, de policarbonato.

—Ah, okey.

Observo que Joy lleva el pelo diferente. Por fuera es castaño, como siempre, pero en la capa interior se ha hecho reflejos de color verde lima.

Se pasa la mano por el pelo —destello verde—, la detiene e inclina la cabeza. Está perdida en sus pensamientos.

—No se puede imprimir en 3D el ABS ni el policarbonato. Al menos yo no puedo. No dispongo de la tecnología necesaria.

Se suelta el pelo y la capa verde vuelve a quedar oculta.

Joy y yo vamos a la Preparatoria Palomino. Nunca coincidimos en clase. Nadie aparte de los Limbos sabe que somos amigos de Reuniones. Cuando nos cruzamos por los pasillos, nos miramos y seguimos caminando.

Ahora que lo pienso, ¿por qué los Limbos no quedamos al margen de las Reuniones?

29

—Hagamos una torre —me dice.

Caemos en una vieja costumbre: construir una gran torre con los colores del arcoíris. Clic, clic, pieza a pieza. Lo hacemos durante mucho rato, en silencio.

El ruido de la fiesta cambia, levanto la mirada y veo a mi madre observándonos desde la puerta. No tiene nada que decirme. Se limita a mirarme, luego a Joy, y esboza una sonrisa torcida y cursi. Cuando mi madre se va, Joy pone los ojos en blanco y gime al cielo.

—Joy, ¿te casarás conmigo para que la Casa Li y la Casa Song puedan unirse por fin? —le pregunto.

—Cierra la maldita boca —me contesta, y me lanza una pieza de Lego.

Tiene una risa rara, como una manada de ardillas.

—Estoy bien jodida —me dice por fin.

—¿Qué pasa?

—Wu... Conoces a Wu.

Claro que conozco a Wu. Es de origen chino, tercera generación. Metro ochenta, y ochenta y seis kilos de músculo. Un príncipe guerrero con ojos de halcón perdido en la jungla de una preparatoria estadounidense. Le basta una mirada para que las chicas se estampen contra los lockers.

Wu tiene un noventa y nueve por ciento de posibilidades de ir a la Universidad del Sur de California, que está en Los Ángeles. Su padre fue a la USC. Su madre fue a la USC. Llevan el logo de la USC en la placa de los coches. Siguen yendo a los partidos de futbol americano.

Una vez vi a Wu y a Joy besándose entre dos columnas, y la visión de la mandíbula ovalada de Joy moviéndose con la mandíbula cuadrada de Wu me produjo esa mezcla paralizante de repulsión y fascinación que sientes cuando estás viendo algo que sabes que seguramente existe, pero no pensabas que llegarías a verlo con tus propios ojos.

Q cree que Joy es preciosa. Como Q no es un amigo de las Reuniones, puede creerlo.

El nombre completo de Wu es Wu Tang.

Sí.

—Wu no deja de decirme que quiere conocer a mis padres —sigue diciéndome Joy—. Y yo le digo que no, pero insiste. Tuvimos una pelea.

Para entender dónde está el problema, resulta útil saber que prácticamente todos los países asiáticos odian desde tiempo inmemorial a todos los demás países asiáticos. Los coreanos odiaban y siguen odiando a los chinos, y los chinos a los coreanos. Los chinos odian también a los japoneses, que odian a los coreanos, que odian a los tailandeses, que odian a los vietnamitas, y así sucesivamente. Se han invadido entre sí. Como los países europeos, que echan pestes unos de otros. Exactamente igual.

—Qué agobio —le digo frunciendo el ceño.

Ahora Joy y yo vamos por las piezas verdes. Tomo una y observo que es del mismo color que la capa interior de su pelo.

—No tengo sólo problemas con un chico —me dice Joy—. Tengo problemas con un chico chino.

Los coreanos odian a los chinos, que odian a los coreanos, que odian bla, bla, bla.

—Racistas —le digo.

Joy asiente. Sabe que me refiero a sus padres.

Sé que éste es el momento en el que uno de los dos debería decir algo sobre Hanna. Pero ¿qué decir?

Hay mucho que decir. Pero lo he dicho tantísimas veces que ya no es necesario que lo diga. Estoy supercansado de decirlo.

«Nuestros padres son racistas. Ojalá todo fuera diferente. Extraño a Hanna. Ojalá todo fuera diferente. Nuestros padres son racistas. Extraño a Hanna.»

Clic, clic. Colocamos piezas hasta que llegamos a las violetas. En el suelo hay un montón de piezas blancas, negras y cafés.

—¿Qué hacemos con estas piezas? —le pregunto—. No son de los colores del arcoíris.

Es una metáfora ridícula y obvia, y Joy me da una palmada en la frente para señalarlo.

—Metáfora recibida, idiota —me dice.

Nos miramos fijamente.

—Malditos padres —le digo.

3

Más mejor

De vuelta a casa después de la fiesta, conduce mi madre. Diamond Ranch está lejos de Playa Mesa. Los primeros barrios son coreanos, luego mexicanos, luego chinos, luego negros, luego de nuevo mexicanos y por último blancos.

Playa Mesa es blanco.

Estamos en el primer barrio mexicano cuando mi padre vomita sin hacer ruido en un vaso de cartón.

—Ay —dice mi madre—. Bebes demasiado, papá.

—Estoy bien —le contesta mi padre.

—Ay —dice mi madre, y baja todas las ventanillas.

Mi padre pone la tapa al vaso y se inclina hacia atrás con los ojos cerrados. El popote sobresale por la tapa. Es como si Satanás hubiera creado una bebida y desafiara a todo el mundo a dar un sorbo.

El aire fresco disipa un poco el mal olor.

—Tú no bebas como papá, ¿okey? —me dice mi madre mirándome por el retrovisor.

—Okey, mamá —le contesto.

—Una vez, un hombre bebe toda la noche, bebe demasiado... Duerme, vomita y se ahoga... Se muere.

Ya he oído esa historia.

—Qué mierda.

—No bebas. De verdad, ¿okey?

—No te preocupes, mamá.

Y no tiene por qué preocuparse. Me he tomado un par de copas en toda mi vida, y ni me molesté en acabármelas. Igual que mi colega Q, la hermana de Q, Evon, y cualquiera de mis amigos. Somos todos abstemios, vamos todos a clases avanzadas, y por lo tanto no nos invitan a fiestas, que es donde se tiene la oportunidad de beber. No beberíamos, aunque nos invitaran. Vamos a clases avanzadas. No vamos de borrachera ni de fiesta. En lugar de ir a fiestas, buscamos estacionamientos vacíos y hacemos lecturas dramatizadas de *Rosencrantz y Guildenstern han muerto*. Nos metemos en mi coche, un Consta que tiene más de quince años, con tracción delantera y ventanillas manuales, y recorremos la mitad de la carretera que lleva a Las Vegas para contemplar una lluvia de meteoritos y ver Orión en el impoluto cielo negro del desierto. Que quede claro que nunca seguimos hasta Las Vegas. A quién le importa lo que pase en Las Vegas. Damos media vuelta, volvemos a casa y nos preguntamos por la vida fuera de la Tierra, si alguna vez nos encontraremos con extraterrestres o si nos ignoran porque aún somos vergonzosamente primitivos, o si la paradoja de Fermi es cierta y en realidad somos los únicos seres inteligentes de todo el universo.

Hay muy poco tráfico, sólo unas cuantas luces avanzando a ciento treinta kilómetros por hora, y ya estamos en los barrios chinos. Mi padre lo comenta.

—Ahora todo chino —dice—. Antes mexicano, y ahora todo chino. Se quedan con toda esta zona. Mira, en los letreros dice HONG FU XIAN bla, bla, bla. ¡Ja, ja, ja!

—¿Chang-chong-ching-chong? —dice mi madre, también riéndose.

—Ya basta —les digo.

—Comen todo —dice mi padre—. Oreja de cerdo, rabo de cerdo, patas de pollo, todo comen.

Me muero de pena ajena. Los coreanos también comen cosas «raras»: pepinos de mar, pulpo vivo y gelatina de bellota, todo ello riquísimo. Los blancos, los negros, los indios, los jamaicanos, los mexicanos y los de cualquier sitio comen cosas raras que están riquísimas.

Quiero decírselo a mis padres, pero no puedo. No servirá de nada. Mis padres se empeñan en pensar que los coreanos son especiales.

—¿Ching-chong-chang-chang? —vuelve a decir mi madre.

Mi padre se ríe, está a punto de caérsele el vaso de cartón, y por un segundo me los imagino antes de que naciéramos Hanna y yo. Una imagen paradójicamente dulce. Mis padres susurrándose palabras cariñosas en coreano, que yo apenas entiendo, salvo cuando sorprendentemente aparece la palabra jjangkkae, el término despectivo que los coreanos utilizan para llamar a los chinos.

Si yo fuera como cualquier adolescente normal, me perdería en mi espejo de mono (así llama Q a los smartphones) y me dedicaría a dar likes de mierda a posts de mierda, quizá a hacer ritmos si me sintiera creativo. Pero sólo conseguiría marearme. Así que lo único que puedo hacer es presenciar el momento racista.

—Son muy racistas —les digo.

Estoy tan acostumbrado a que sean racistas que ya ni me molesto en discutir con ellos. Es como pedirle al viento que cambie de dirección. «Están conscientes de que en Estados Unidos vivían personas no coreanas antes de que ustedes llegaran, ¿verdad?», les decía antes. «Están conscientes de que Corea es un país muy pequeño y de que el mundo está lleno de gente de la que saben muy poco, ¿verdad?»

Discutir con mis padres es absurdo, porque el viento soplará hacia donde quiera siguiendo su propia lógica. Sólo un loco seguiría intentando cambiarlos. Especialmente cuando se defienden diciendo que estaban bromeando. Como ahora:

—Racistas no —dice mi madre, herida—. Es broma.

—El novio de Joy Song es chino de tercera generación —les digo.

Por supuesto que no lo digo. Decir algo así convertiría la vida de Joy en un infierno en cuanto mi madre llamara a su madre, y mi madre siempre la está llamando. Entonces Joy construiría un dron en el garage y me lo mandaría para que me hiciera pedazos con láseres mientras duermo.

Pero una parte de mí quiere decírselo. Porque esto es Estados Unidos y porque quiero forzar el tema. Les diría: «¿Saben que los estadounidenses de origen coreano sólo representan el 0.5 por ciento de la población total? ¿Lo tomaron en cuenta antes de venir? ¿Creían que podrían evitar al 99.5 por ciento del país durante mucho tiempo?».

Pero no se lo digo. Les hablo de Q.

—¿Qué pasaría si Q fuera chino? ¿Se dedicarían a decir *ching-chong* delante de él?

—No —me contesta mi madre. Parece ofendida.

—Sólo a sus espaldas.

—No, Frank.

—¿Llaman a Q geomdungi a sus espaldas?

—¡Frank, aigu!

Mi madre me mira por el retrovisor.

Geomdungi significa «negro».

—Con Q no problema —dice mi padre. Sigue con los ojos cerrados. Parece que habla dormido. Aunque está borracho, su tono es razonable y tranquilo—. Q como familia. Me cae bien Q.

Lo cierto es que, aunque nos conocemos desde hace muchos años, Q ha estado en mi casa muy pocas veces. Hay una razón oculta.

La razón oculta son las sonrisas. Mis padres sonríen, y Q también. Todos sonreímos y fingimos que no tenemos delante la sombra de Hanna. Por la lógica interna del viento de mis padres, con Q no hay problema. Q es un amigo, Q es un chico. Aquí no hay ningún apellido en juego.

Pero aun así temo que mis padres digan o hagan algo sin pensar que pueda herir a mi mejor amigo. Así que, las pocas veces que Q ha venido a mi casa, he procurado simplificar y abreviar las cosas: saludamos a mis padres, sonreímos de oreja a oreja mientras subimos la escalera y nos metemos directamente en mi habitación para jugar videojuegos de mierda en mi vieja consola de mierda. Al final he acabado yendo siempre a su casa. Es más fácil que todas esas sonrisas.

En el coche sólo se oye el viento. Por un segundo creo que forzar el tema me salió bien, les dije muchas verdades, se tranquilizaron, todos somos humanos, esto es Estados Unidos y sueño con que un día se encumbrarán todos los valles.

Pero entonces mi padre sigue hablando.

Sigue hablando en sueños.

—Q es como un blanco.

—No, no lo es —le digo, pero mi padre sigue hablando.

—Papá, duerme —le dice mi madre.

Pero mi padre no se duerme.

—Los negros nunca tienen dinero. Son delincuentes, pandilleros y todo eso. Tienen demasiados hijos. Eso son los negros.

—Papá, por Dios —le digo.

Lo único que puedo hacer es negar con la cabeza. Conozco estos líos de borracho. Veo una línea pintada en la carretera y la sigo mientras baja, sube y se divide en dos. Cambiamos de carril y las llantas hacen dos rápidos redobles.

Pero entonces interviene mi madre.

—Sí —dice—. Me pregunto por qué los negros son así. Muchos clientes nuestros son así.

—Y por eso todos son así —gruño a la ventana—. Todos ellos, del primero al último.

—Noventa y ocho por ciento —dice mi madre.

Le gusta inventarse estadísticas falsas. Y a mi padre. Me molesta mucho.

—La pobreza y las décadas de políticas racistas no tienen nada que ver.

—En 1992 venimos a Estados Unidos, sólo tenemos trescientos dólares —dice mi madre—. Nada más. Estamos en casa de amigos casi dos años. El doctor Choi y su mujer. Comemos sólo ramyun y arroz kimchi dos años.

No escucho el resto.

Mis padres son una pared de hielo de ignorancia, y yo sólo soy un soldado con una espada. Sencillamente me rindo. Extraño muchísimo a Hanna. Solía discutir con mis padres, con toda la razón, como la abogada en la que acabó convirtiéndose. No retrocedía un milímetro ni de chiste. Llevaba la discusión al límite, y de ahí no se movía. Como:

«¿Dónde empieza y dónde termina la esencia de lo coreano?»

«¿Qué pasa con los hijos de los ocupantes chinos o japoneses? ¿Qué pasa con las mujeres de solaz? ¿Se les debería retirar la nacionalidad coreana?»

«¿No creen que para ser del todo coreanos deberían vivir en Corea?»

«¿No creen que para ser del todo coreanos deberían hablar en coreano?»

«¿Por qué vinieron a este país si son tan coreanos?»

«¿Y qué pasa con Frank y conmigo?»

Yo pensaba que era muy valiente, pero ahora me pregunto si ser valiente vale la pena. Los valientes son los primeros en ir a la batalla. Pero por eso también son los primeros en caer.

Espero a que el coche vuelva a quedarse en silencio y digo:

—¿Y si yo saliera con una negra?

Quiero añadir «como Hanna», pero no lo digo.

—Frank, basta —me dice mi madre.

Me mira muy seria, como diciéndome que no tiene gracia. Mira a mi padre. Mi padre está dormido. El vaso de cartón está inclinado. Mi madre lo coloca en el portavasos, lo que me parece aún más asqueroso.

—¿Y blanca? —le pregunto.

—No —me contesta mi madre.

—Entonces sólo coreana.

Mi madre suspira.

—¿Por qué? ¿Tienes novia blanca?

—No.

—Novia blanca no, ¿okey? —me dice mi madre—. Bueno, ojos grandes mejor. Bonitos.

Mi madre está obsesionada con las chicas de ojos grandes. La madre de Joy está obsesionada con las chicas de ojos grandes. Y los padres de los demás Limbos también. En una Reunión intentamos descubrir por qué. Alguien dijo que seguramente tenía que ver con los soldados estadounidenses de ojos redondos que los salvaron de la guerra civil, lo que nos llevó a observar con detalle el tamaño de los ojos del general MacArthur, lo que derivó en teorías sobre los personajes de grandes ojos del anime japoneses, lo que acabó en un gran debate, lanzándonos piezas de Lego, sobre si era mejor el manga japonés o el mahnwa coreano.

—Te casas con chica coreana —me dice mi madre—. Todo más fácil.

Me aprieto los ojos con las dos manos.

—Más fácil para ustedes.

Me gustaría añadir: «Me da igual si es coreana o no», pero lo he dicho tantas veces que no quiero repetirme.

—No sólo nosotros —me dice mi madre. Está indignada—. Más fácil para todos. Chica coreana, nos juntamos con sus padres, hablamos coreano. Más cómodo, más mejor. Comemos juntos comida coreana, vamos juntos a iglesia coreana, más mejor.

—Más mejor para ustedes.

—No —me dice mi madre alzando la voz—. Entenderás cuando tienes hijo. Mira, imagina que tienes hijo mestizo, ¿okey? La gente dice: «Ay, ¿qué nacionalidad este bebé?». Muchos problemas para bebé. ¡Para ti también! ¿De dónde es? Piensa en hijo.

Así que pienso en el hijo. No en un hijo mío, sino en el futuro hijo de Hanna y Miles. He visto a niños «mestizos», y son preciosos, como todos los niños. ¿Quién sería tan cruel como para rechazar a un niño «mestizo»?

¿Qué mierda estoy diciendo? Odio la palabra «mestizo». Hace apenas un par de generaciones llamaban mestizos a los hijos de franceses y rusos. Ahora a esos niños los llaman blancos. La palabra «mestizo» me comprime la mente.

Me rindo.

—Okey, mamá.

—Bueno —me dice mi madre, de nuevo tranquila—. Conozco muchas chicas guapas.

Me froto las sienes. He llegado al final de la discusión, cuando lo único que me queda por hacer es decir «Okey, mamá».

—Okey, mamá —repito.

4

Bastante mal

No me gusta nada el cálculo.

Pero ¿la clase de cálculo? Eso es otra historia.

Las clases de cálculo son a una hora intempestiva, las siete de la mañana, antes de que se haya despertado el resto de la humanidad. Es inadmisible. El señor Soft lo sabe. Por eso llega con una caja de cafés y una docena de donas, dos para cada uno.

El señor Soft atenúa la luz. Pone jazz tranquilo en una vieja radiocasetera. El señor Soft es uno de los seres humanos más amables que conozco.

El nombre completo del señor Soft es Berry Soft.

—¿Quieres algo especial esta mañana, Frank? —me pregunta el señor Berry Soft en voz muy baja—. Hoy traje mi cafetera. Te preparo un capuchino encantado.

Las mesas están colocadas formando un círculo irregular. El señor Soft está sentado en un taburete con las piernas cruzadas, con la cara iluminada por un viejo proyector de 1969 en el que le gusta dibujar con plumones que se borran con agua. Ni computadoras, ni celulares. Sólo conceptos, principios y resolución de problemas a mano.

—Busquen lo que tienen en común los nominadores y los denominadores —dice el señor Soft dibujando a mano—. Vean qué se elimina. Zas, zas, borramos esto, zas, y tenemos la respuesta.

—¿Cuál es la respuesta? —le pregunta Brit Means, que está sentada a mi lado.

—Bueno, trece dividido entre cinco —le contesta el señor Soft—. Pero es lo de menos. Lo que importa es saber resolver el problema.

Brit Means brilla a la luz de la sabiduría del señor Soft.

—Saber resolver el problema —dice.

Entonces me doy cuenta de que está mirándome con los ojos entrecerrados y asintiendo. Asiento yo también sin acabar de entender por qué asentimos.

Brit Means me parece un poco rara y un poco intensa, como casi todos los alumnos de las clases avanzadas, y no puedo evitar que me fascine. Camina por los pasillos como una viajera del tiempo observando pequeñas diferencias creadas por variaciones de minutos en el caos cuántico. A veces parece una guapa alumna de intercambio procedente de un país que nadie ha visto.

Un día muy caluroso me descubrí compartiendo con ella la sombra de un árbol después de las clases. Yo estaba esperando a Q. Ella estaba esperando que la recogieran en coche para volver a casa.

—Casi todas las estructuras humanas son de madera —dijo mirando al árbol—. La madera es árbol, y los árboles son plantas. La ropa es de algodón, que también es una planta. Vivimos cada día en la naturaleza sin darnos cuenta. Vivimos dentro de plantas.

—Ah —dije, y me maravilló el repentino impulso de besarla.

De vuelta en la clase de cálculo, Q pasa la caja de donas. Brit se inclina para tomar una y se acerca tanto a mí que me llega el olor a champú de su pelo húmedo.

Al otro lado de Brit se sientan Amelie Shim, Naima Gupta y Paul Olmo, siempre en este orden.

—Bueno, supongo que tendré que hacerles un examen —dice el señor Soft—. ¿Qué quieren que les pregunte?

Todos lo pensamos. Es muy temprano.

—Mándenme un email, ¿okey? —dice el señor Soft. Es tranquilizador—. En cualquier caso, les pondré a todos un diez. Odio esta mierda de las calificaciones.

Incluso sus groserías son tranquilizadoras.

—Gracias, señor Soft —le dice Q.

—Todos sabemos que aquí trabajamos, ¿no?

Como tarea, nos pide que calculemos el volumen que se genera rotando superficies planas alrededor de un eje. No es tan complicado.

Pero el señor Soft quiere hacerlo interesante y nos pide que dibujemos el volumen resultante en papel, a lápiz, a mano.

—Para que se hagan una idea de cómo son los volúmenes —nos dice.

Tenemos que hacerlo en parejas. Paul Olmo se inclina hacia Q y le susurra algo. Q asiente.

—Paul y yo haremos nuestros volúmenes en arcilla —dice Q.

—Frikis —digo yo.

Q me mira como preguntándome: «¿Y qué?».

Le toca a Paul ir con Q, porque yo hice con él el último trabajo. Rotamos entre nosotros tres para repartir el tiempo que pasamos juntos. Antes de que me pregunte con quién voy a hacerlo, Brit Means me dice:

—Frank, ¿quieres hacerlo conmigo?

—Gracias —me descubro contestándole.

¿Gracias?

Suena el timbre. Veo que Q parece tan sorprendido como yo —Brit siempre hace los trabajos con Amelie— y me levanta el puño disimuladamente. Yo, por supuesto, confundo su gesto con un choque de manos, y la cosa acaba en una extraña pantomima, el torpe ritual de dos chicos frikis saludándose.

* * *

Playa Mesa es una península en forma de pirámide gigante situada a orillas del Pacífico. La casa de Brit Means está en el lado opuesto al mío de esa pirámide.

Nos sentamos a su enorme mesa y empezamos la tarea. La madre de Brit diseñó la mesa, y su padre la hizo. Encima de la mesa hay botanas de pan pita con ajo en un tazón de madera que talló el padre de Brit. La mesa está en una cocina grande y escultural que diseñó la madre de Brit e hizo su padre. Los padres de Brit son arquitectos. Diseñan y hacen cosas —cosas grandes, ornamentadas y bien construidas— como si nada.

Pasan su madre y su padre, los dos con sudaderas con capucha a juego, con zapatos de piel de borrego a juego y con una taza de té en las manos a juego. Los dos son bajitos, de idéntica estatura, parecen haber llegado de la misma latitud y longitud de Europa hace muchas generaciones y me recuerdan a los amables druidas de un videojuego que jugaba de niño.

—Estaremos arriba —dice la madre de Brit, y esboza una sonrisa torcida y cursi. La misma sonrisa torcida y cursi que esbozó mi madre al vernos a Joy y a mí en la última Reunión.

¿Qué pasa aquí?

—Encantado de conocerte, Frank —me dice el padre de Brit.

Desaparecen a la vez escaleras arriba.

Brit y yo nos quedamos solos.

Brit me observa un momento como si observara su cuadro favorito en un museo y de repente dice:

—Tú te quedas con los impares, y yo con los pares.

Se refiere a la tarea. Se coloca el pelo detrás de la oreja, mueve su lapicero Zeichner Profi 5.0 mm y sin esfuerzo aparente traza círculos, eses, líneas que suben y bajan, atrevidas y ultraatrevidas.

Más bien ultrasexys.

Intento comerme el labio inferior. Entonces recuerdo la primera regla para ser persona: nada de autocanibalismo. Así que me como una botana de pan pita con ajo. Brit hace lo mismo. Tomamos más chips compulsivamente, masticamos y masticamos, y por supuesto nuestras manos se tocan en el plato. Los dos apartamos la mano como si las botanas estuvieran electrificadas.

—Perdón —me dice Brit.

—Yo también —le digo.

—¿Qué? —me pregunta.

—No sé —le contesto.

Por alguna razón, Brit suelta una sonrisa que viene a decir: «Yo sí lo sé».

—¿Terminamos? —me pregunta.

—Okey —le contesto.

Resolver los problemas es lo más fácil. Lo que exige tiempo es dibujar. Brit pone música en el celular, pero luego cambia a una bocina inalámbrica.

—Odio escuchar música en bocinas tan pequeñas —me dice segundos antes de que yo haya podido decir nada, y mi corazón da un triple salto.

Cuando me recupero, empiezo a trabajar. Hago un dibujo pequeño —menos superficie que cubrir— y acabo enseguida. Brit me copia la táctica y también dibuja en pequeño. Los lápices arañan el papel. Me da un codazo.

—Eres un tramposo.

—Estoy haciendo lo que nos pidieron —digo—. Pero soy eficiente.

—Ya terminé —me dice.

Nos echamos hacia atrás y dejamos los lápices en la mesa.

—El tuyo está bien —opino.

—El tuyo también —me dice mirándome.

Querido Monstruo de Espagueti Volador, que estás en los cielos pastafaris. Creo que Brit Means está coqueteando conmigo.

—¿Qué quieres hacer ahora? —le pregunto.

—No sé, ¿qué quieres hacer tú?

Acerca su silla a la mía. Ahora es el momento de la película de adolescentes en que tiro la tarea al suelo y la beso. Pero, como ya dije, mi historial de besos cuenta con una sola entrada, y fue sin querer.

Estoy casi seguro de que el historial de besos de Brit es tan breve como el mío. Pero debe de estar lista, ¿no? Si no, ¿por qué se ha acercado tanto? ¿Funciona así?

No tengo ni idea de cómo funciona nada. No tengo ni idea de lo que está pasando. Vuelvo a mirar sus eternos y ancestrales ojos grises, que me miran eternos, ancestrales y grises, y descubro que también son inescrutables. Podría estar totalmente equivocado. Quizá resulta que Brit es una chica rara a la que le gusta sentarse cerca y mirar sin decir nada.

—Olvidé mis lentes —dice una voz, y levantamos la mirada justo a tiempo para ver la bata del padre de Brit doblando una esquina y desapareciendo.

—Vamos afuera —me dice Brit levantándose—. Quiero enseñarte una cosa.

Salimos a una noche llena de grillos en bucle. Como en casi toda Playa Vista, hay una sola farola en kilómetros. Fuera de ese único cono helado de luz, sólo se ve la oscuridad impenetrable del cielo con luna nueva, sólo se ven las estrellas y el brillo de los coches estacionados.

—¿Por qué hay tantos coches? —le pregunto.

—Un vecino organizó una fiesta en su casa. Seguro que es el aniversario de la independencia de Armenia.

Brit salta y se agacha para mirar los coches. Se mueve como un diablillo de pelo largo.

—Mira —me dice abriendo un coche.

—Brit —le digo riéndome.

—Nunca los cierran —me dice abriendo la puerta del todo—. Me parece una clara muestra de los prejuicios de la gente. Dan por sentadas determinadas cosas de determinados barrios. En Delgado Beach no dejarían los coches abiertos.

—Bueno, al fin y al cabo Playa Mesa es extrañamente segura.

—Si hiciéramos un estudio, encontraríamos una correlación entre los coches abiertos y los niveles de ingresos del barrio, apuesto un millón de dólares.

—Ja, ja —digo.

Pero me callo de golpe, porque, para mi horror, Brit ha metido la cabeza en el coche y sale con una caja de dulces de menta en la mano. Se mete uno en la boca. Y me lanza uno a mí.

—Toma.

—Estás loca —le digo, me río y miro a mi alrededor.

Pero me como el caramelo.

Brit cierra la puerta con cuidado y la empuja con un golpe de cadera.

—La gente lleva en el coche todo tipo de cosas. Me siento como una arqueóloga. Una cocheóloga.

—Nos van a atrapar.

—Francamente, Frank Li, eres un paranoico —dice Brit con descaro burlón—. Bueno, si nos atrapan, lo único que tengo que hacer es decir: «¡Ah, vaya, estoy muy borracha, pero deberías cerrar el coche, adiós!».

Brit pasó a hablar como una chica californiana con toda naturalidad, y me da un escalofrío.

En la clase de lengua, la señora Chit lo llamaría «cambio de registro». Es como cambiar de acento, pero a un nivel micro.

La idea es que no hablas igual con tus amigos (inglés californiano informal) que con un profesor (inglés californiano formal), una chica (inglés californiano cantarín) o tus padres inmigrantes (inglés californiano enojado). Cambias tu manera de hablar para adaptarte mejor a la persona con la que estás hablando. Pero no se trata sólo de adaptarse, como explicó la señora Chit. Se puede cambiar de registro para confundir a los demás, para expresar poder o sumisión, o para ocultarse.

Siempre he pensado que se me da bastante bien cambiar de registro, pero Brit es una auténtica maestra. Es como verla convirtiéndose en una persona totalmente distinta. Me pregunto qué otros registros maneja.

—Este… No, en el tablero parpadea una luz —me dice—. Quizás éste —abre la puerta—. Ajá.

—Estoy robando coches con Brit Means —le digo.

—A ver, ¿es robar si están abiertos? —me pregunta.

—¿Desde cuándo te dedicas a estas cosas?

—Desde hace sólo un par de meses. He encontrado alcohol, dinero, dinero ahí tirado. Una vieja cámara instantánea. Es una locura.

—Un momento… ¿Y te lo quedas?

Brit encuentra algo.

—Mira. CD de música. ¿Quién escucha CD?

Me lanza uno, que intento atrapar como un frisbee. Está escrito en armenio.

—Oye, déjalo donde estaba —le digo.

Limpio las huellas por si llaman al FBI para que investigue y voy a lanzárselo cuando rápidamente aprieta el botón de bloqueo y cierra la puerta.

—Demasiado tarde —me dice riéndose—. Te lo quedas.

—Ya te dije que estás loca, ¿verdad? —le digo, y me meto el CD en el bolsillo.

—Respondiendo a tu pregunta anterior, no, no me lo quedo. Lo dejo en otros coches.

—Es de risa. Parece una metáfora de algo.

—¿De qué?

Pienso un momento. No se me ocurre una metáfora.

¿Está mal? Seguro. Está un poco mal. Sin duda, nada comparado con lo que hacen otros chicos, como reprobar, embarazarse, acabar detenidos o, en el caso de Deckland Ayers, estrellar borracho su flamante Q2S Sport Coupe contra un poste y acabar de la forma más trágica para siempre.

Pero para los alumnos de las clases avanzadas está bastante mal. Y me encanta.

—Mira, una miniván —le digo—. Una mina de tesoros.

Como la miniván es igual que la de la madre de Q, sé que tiene puertas corredizas a ambos lados. Llevo a Brit al lado no iluminado de la miniván, sofoco sus risitas aplastándole las mejillas con las dos manos y empujo la manija como un experto.

Clic, zum.

Dentro de la miniván hay sillas para niños, peluches, galletas chupadas y demás. La empujo adentro y siento todos los tendones de su espalda en la palma de mi mano. Una vez dentro, cerramos despacio la puerta. El silencio es absoluto y estridente. La oigo respirar. Oigo el roce de sus dedos en mis shorts.

—Aquí huele bien —me dice.

Y es cierto, porque estamos aplastando cereales con las rodillas. Liberando su olor rancio. El espacio es pequeño, nuevo y secreto, y nadie en el mundo lo sabe porque nadie en el mundo está aquí, salvo nosotros dos.

Brit está esperando. Brit está nerviosa. Tan nerviosa como yo.

Nuestro nerviosismo me parece extrañamente reconfortante. Hace que algo en mi corazón se afloje y se suelte.

La acerco a mí y nuestras bocas encajan a la perfección.

Me está pasando. Estoy besando a Brit Means.

Y soy consciente de que también le está pasando a Brit Means.

¿Lo había planeado? ¿Desde cuándo le gusto? Y pensar que hemos sido amigos durante toda la preparatoria y que esto —este beso— ha estado ahí, esperándome todo este tiempo…

—Hola —le digo, y respiro.

—Hola —me contesta.

Sus ojos grises están dilatados para ver en la oscuridad. Esta vez nos besamos más intensamente, y no me importa que ahora note el sabor del pan pita con ajo en mi boca, porque yo también lo noto en la suya. El silencio se concreta. Cada movimiento de nuestro cuerpo aplasta otro cereal tostado. Respiramos aceleradamente por las fosas nasales. Tardo una eternidad en darme cuenta de que se ha encendido la luz.

Se ha encendido la luz dentro de la miniván.

Alguien ha accionado el control de apertura a distancia. Alguien está cerca, y se acerca más cada segundo.

Nos separamos y nos agachamos.

—¡Oh, diablos! —dice Brit.

Sus ojos están tensos.

Aún estoy jadeando.

—Okey, eh, creo que deberíamos irnos.

Voces a lo lejos.

—Creo que tienes razón —contesta, y resopla.

¡Brit Means resopla!

Jalo la manija y abro la puerta muy despacio. Salimos a la calle. Deslizo la puerta intentando no hacer ruido, pero para cerrarla hay que darle un buen empujón. Normalmente consigo cerrar la miniván de la madre de Q sin hacer apenas ruido. Pero supongo que deben de ser los latidos de mi corazón o el hecho de que siento los brazos como en gravedad cero, porque, pese a mis esfuerzos, acaba oyéndose claramente un crujido.

—Ey —dice una voz—. *Inch dzhokhk yek anum?*

—Vamos vamos vamos —susurro.

—¡Perdona, no te entiendo! —grita Brit.

Corremos hacia la oscuridad dejando detrás de nosotros un rastro de risitas.

Bastante mal.

Pero muy bien.

5

Choque de planos

A la mañana siguiente estoy en clase, intentando seguir mirando hacia delante. Sé que Brit también. Lo siento. Somos como dos estatuas de caballos mirando en la misma dirección.

¿Estatuas de caballos?

Q nos mira a Brit y a mí alternativamente. Le sonrío mostrándole los dientes. Sabe que pasa algo.

«¿Por qué pones esta cara de imbécil?», me preguntan sus cejas.

—Frank y Brit, buen trabajo con los volúmenes —dice el señor Soft—. ¿Podrían hacer los dibujos un poco más pequeños la próxima vez?

Apenas lo escucho. Me gusta oírlo decir «Frank y Brit». Somos oficialmente «Frank y Brit». *Frankybrit*.

Brit sonríe. Me mira y se muerde el pulgar, lo que incumple la primera regla para ser persona.

—Q y Paul, ¿están listos? —pregunta el señor Soft.

Q pone los ojos en blanco antes de desviar la mirada de mí, se mete en su papel y se levanta.

—Sí.

Paul y él se acercan a una tela gruesa que hay encima de una mesa, la levantan y dejan al descubierto seis formas geométricas de arcilla del tamaño de una toronja.

—Aquí está —dice Q—. Los nuevos platónicos.

Por primera vez en mi corta vida quiero que la clase de cálculo no acabe. Pero acaba, y tras salir de la clase me descubro haciendo algo que no suelo hacer: escribir mensajes mientras camino.

«¿Nos vemos detrás del invernadero a la hora de comer?»

Mi celular vuelve a sonar.

«Okey», me contesta Brit, con un corazoncito morado.

Pasa el día. Biología avanzada, literatura inglesa avanzada y, por último, mi preferida, informática aplicada a la música, donde paso mucho tiempo haciendo ritmos en el Dotpad con los samples que grabé en el Lago de la Novia. Pienso en las monedas que hay en el agua.

Gracias, Lago de la Novia.

Creo que el futuro de la música dance electrónica son las presentaciones en vivo. Por bueno que sea mi ritmo, sigo siendo humano, así que de vez en cuando me desajusto milésimas de segundo, y por eso la música en vivo siempre tendrá una calidez y una intuición que las perfectas secuencias por computadora no pueden igualar. Lo siguiente que quiero hacer es música dance electrónica con instrumentos acústicos, con una banda y sin amplificación. Creo que la llamaré *chamber step*.

Toda la clase mueve la cabeza. La señora Nobuyuki mueve la cabeza.

Pero no dejo de sentir zumbidos fantasma en el bolsillo trasero del pantalón. Tengo que esforzarme mucho para llegar al último compás de la canción sin desconcentrarme.

Acaba la clase y por fin, por fin, por fin, es la hora de comer. Voy a hablar con Q antes de irme por mi cuenta.

Encuentro a Q esperándome junto al árbol elefante, la enorme masa de hojas y ramas llenas de espinas que sale de un rectángulo de la acera. Al parecer no es un árbol, sino una yuca gigante creciendo sin que nada se lo impida.

Q ya colocó en una mesa sus figuritas de héroes —un mago diminuto, un elfo y un paladín— en formación en V. Al lado están los dados, esperando. Una pirámide de cuatro lados, un cubo, un octaedro, un dodecaedro y por último el icosaedro, de veinte lados. Paul Olmo está sentado junto a Q, con su papel cuadriculado, listo para empezar a marcar mazmorras y los lugares en los que están los dragones.

—Hola —los saludo—. Sólo quería decirles que quedé de ver a alguien.

Q cierra los ojos.

—No inventes.

—¿Qué? —dice Paul.

Paul Olmo es idéntico a su figurita de arquero elfo.

—Seguiremos con la campaña mañana —les digo. Me refiero al juego Calabozos y Dragones—. Lo siento.

—No inventes —dice Q.

Me limito a asentir. Sí, Q. Sí.

Q se levanta y me abraza como un padre que manda a su hijo a la universidad.

—Nos vemos luego, chicos —les digo.

—¡No inventes! —grita Q.

—¡¿Qué pasó?! —grita Paul.

Me voy.

Recorro los relucientes pasillos como un aventurero descubriendo una cueva llena de cristales. Dejo atrás la sala de profesores, que huele a café y a comida calentada en el microondas. Cruzo una puerta que casi nunca se utiliza y que da a la zona del estacionamiento para los profesores, y al fondo está el invernadero, al que casi nunca vamos.

Estoy cruzando el estacionamiento cuando me doy cuenta de que olvidé la comida en mi locker.

Da igual.

Porque detrás del invernadero, entre las azadas, las carretillas y las bolsas de tierra, está Brit. Sentada en una gran maceta al revés, como una criatura mágica. Me ve llegar y sonríe. Su pelo vuela al viento como una cinta en el agua.

Miro hacia atrás. No hay nadie. Doy un paso a un lado y el resto del mundo desaparece.

—Hola —le digo.

—Hola —me dice Brit Means.

—Hola.

—Hola.

Se levanta. Da un paso hacia mí.

Y nos besamos.

Todo se queda en silencio. Los pájaros dejan de cantar. El viento se detiene. Las briznas de hierba se enderezan en el aire inmóvil. Una chapa ondulada tiene la amabilidad de dejar de chirriar.

Deseo sentir sus pequeños músculos al final de su espalda, y eso hago, y no puedo creer que pueda hacerlo. Lo más increíble es que ella también siente los míos. Como si también estuviera deseándolo. Cuando nos separamos para respirar, vuelve el viento. La hierba se inclina.

—¿Estás seguro de que no van a atraparnos? —me susurra.

—Si nos encuentran, supongo que lo nuestro sería oficial.

—¿Lo de ayer no lo hizo oficial?

—Supongo que sí —le contesto.

—Estoy segura de que nuestra relación es oficial.

—Dijiste «nuestra relación».

—Exacto.

Y seguimos besándonos. El sol, al que no hacemos caso, circunda la tierra y vuelve a su posición original sólo para ver si puede dar una vuelta completa sin que nos demos cuenta.

No nos damos cuenta de nada.

No sé si besarla o contemplar su cara, así que decido contemplar su cara durante un minuto. Me veo reflejado en sus ojos, dos diminutos Frank Li gemelos, y mi mirada oscila entre ambos. En los aún más diminutos ojos de los dos reflejos de Frank Li se reflejan a su vez dos diminutas Brit Means, y así hasta el infinito más uno.

—¡Wow! —dice una voz de chica.

Nos quedamos inmóviles, como si quedarnos inmóviles nos hiciera invisibles.

Brit se atreve a mirar hacia un lado.

—Ay, Joy.

Me giro y ahí está Joy Song con cara de lémur. Está abrazada a Wu Tang, que va en pants y me sonríe como diciéndome: «Muy bonito, amigo».

Deberíamos separarnos, pero me emociona descubrir que Brit no se mueve ni un centímetro. Nos quedamos tomados de las manos, como desafiantes bailarines a los que han interrumpido.

—Hola —le digo a Joy.

—Qué incómodo —dice Joy un momento después, y al final todos nos reímos.

—¿Éste es su sitio o algo así? —les pregunto.

—No hay problema —me contesta Wu Tang. Convierte todo lo que dice en un paso de baile—.Tenemos otros sitios. Como el techo.

Señala hacia arriba.

—¿En serio? —le pregunto.

—En serio —hace una pausa—. Pero Joy no quería ensuciarse su falda nueva.

Wu Tang se pasa tanto de idiota que al final acaba siendo cool.

—Ajá —le digo.

—Okey, bueno —dice Joy, y se gira para irse.

A Brit le empiezan a sudar las manos. Siento que mi cuerpo se enfría. Siento el viento pasando entre nosotros. Nos han cortado la inspiración.

Joy murmura para sí misma:

—Supongo que no soy la única que tiene un problema.

Y hace una mueca de dolor.

—Okey, adiós —le digo en voz alta.

Necesito que Joy se vaya, aunque sé que tiene razón.

Brit Means es blanca.

—¿Un problema? —me pregunta Brit.

Está molesta, y tiene todo el derecho a estarlo. Pero ¿cómo le explico lo que significa aquí la palabra «problema»? ¿Por dónde empiezo? ¿Problemas con un chico chino? La conversación que mantuve con Joy en la última Reunión —mierda, todas las conversaciones que he mantenido en las Reuniones— parece tan alejada de la realidad que es como si hablara un idioma diferente, un idioma que no puede traducirse a este plano dimensional. Así que me limito a decir:

—No es nada. Ya te lo contaré.

—Aunque tiene los ojos grandes —murmura Joy, y vuelve a hacer una mueca.

—¿Qué? —le pregunta Brit.

—Ay, cállate ya —le digo a Joy en el tono de cuando tenía cinco, seis o siete años.

—Me callo —contesta.

El ambiente ha cambiado. No hay duda. Ya no parece que estoy aquí con Brit y que Joy está aquí con Wu. Ahora mismo lo que parece es que estoy aquí con Joy, y que ambos nos hemos traído nuestros respectivos problemas.

Ahora mismo parecemos planos de la realidad chocando. Yo tengo mi realidad, de la que Joy nunca ha formado parte. Joy tiene la suya, que yo tampoco he visto. Sólo he dado un vistazo a su habitación cerrada cuando las Reuniones se celebran en casa de los Song. Y están las Reuniones, una realidad en sí misma, que cruza por enmedio de todo como una flota de barcos rompehielos.

Joy me lanza una mirada triste: «Sabes que tengo razón, Frank».

Yo contemplo sus zapatos: «La tienes, Joy».

Un timbre interrumpe el silencio. Es como una señal para que los cuatro nos soltemos de las manos. Así que nos soltamos, y las dos parejas se convierten en cuatro personas separadas.

6

Me muero

Es viernes. Brit no vino a clases porque se fue de viaje con sus padres. Están diseñando una residencia privada increíble en una zona vinícola, así que fueron a pasar unos días en familia. Incluso dejarán que Brit pruebe un buen vino o dos, como un cabernet merlot pinot de 1984 o lo que sea.

Intento imaginarme tomándome un buen vino con mis padres y resoplo tan fuerte que Q levanta los ojos de su juego.

—¿Qué? —me pregunta Q.

—Nada.

—¿Brit Means es divertida?

—¿Cómo? No. Bueno, sí.

Estamos sentados delante de la escuela, esperando a que la madre de Q pase a recogernos. Q teclea. Está construyendo una especie de fábrica en miniatura llena de bandas transportadoras y autómatas en un planeta alienígena.

—Por cierto, mi mamá dice que cenaremos comida italiana —me comenta Q.

—Me encanta la comida italiana.

—¿Y por qué no te casas con una italiana? —me pregunta Q.

Mi celular vibra. Siempre lo tengo en vibración. A Q y a mí los tonos de teléfono nos parecen deprimentes y creemos que son tristes gritos de validación en un mundo ruidoso e insensible.

—Me reiré en un segundo —le digo, y miro la pantalla.

«Estoy en un descanso —me dice Brit—. Te extraño muchísimo.»

«Yo también —le contesto—. Que yo también te extraño, no que estoy en un descanso.»

«Ja, ja, mi niño gracioso.»

«Dilo otra vez, por favor.»

«Mi niño gracioso.»

«Yo también te extraño», le digo.

«Yo más.»

«No, yo más.»

«No, yo más.»

«Ja, ja, somos idiotas.»

—Y así es como acaba —me dice Q.

Levanto la mirada del espejo de mono.

—¿Qué?

Q mira la pantalla con tristeza.

—Nuestra amistad.

—Cállate —le digo, y me río, y Q también se ríe.

Pero, para asegurárselo del todo, apago el teléfono y hago el gesto inconfundible de meterlo en el fondo de la mochila.

* * *

—A la izquierda —dice Q.

Me pasa un plato de aceite de oliva.

—A la derecha —digo yo.

Y le paso la cesta del pan.

—Ahora moja, nene, moja —decimos los dos.

La madre de Q chasquea los dedos al ritmo de la música: una versión infantil de un clásico booty-house subido de tono que dice la leyenda que en su momento prohibieron en la radio. La madre de Q siempre parece agradablemente sorprendida, incluso cuando no mueve la cara. El padre de Q se levanta para ir a buscar agua, y de camino baila como ningún padre sabe bailar. En casa de Q siempre suena música, y su padre siempre baila. Los padres de Q incluso se besan de vez en cuando.

En comparación, las cenas en mi casa son un maldito velorio.

La hermana de Q, Evon, entra como una gacela en un bosque, con audífonos rosas y dorados. Nos mira un poco sorprendida: «Ah, están cenando».

Los Lee rezan antes de cenar. Pero rezan deprisa, con los ojos abiertos. Ni siquiera se molestan en bajar la música. Los domingos van a la iglesia, salvo si hay un partido importante. A Q le gusta decir que son «fans de la postemporada de Cristo».

—Dios que estás en los cielos, bendice esta comida, bendice a esta familia y bendice a Frank por bendecir esta mesa y nuestra casa con su bendita presencia —dice el padre de Q tan rápido que parece estar murmurando a un fregadero lleno de platos sucios.

—Amén —dice Q.

—Amén —dicen los padres de Q.

Evon está demasiado buena para amenes, así que no dice nada.

—Amén —digo yo.

Como soy de origen coreano, en teoría soy presbiteriano por defecto. Pero, sinceramente, ni siquiera sé qué son los presbiterianos ni qué hacen.

Suena otra canción infantil, esta vez sin groserías. Es bonito que los padres de Q sigan poniéndonos esta música, aunque a estas alturas teóricamente somos adultos.

—Q dice que tienes novia —me dice la madre de Q.

—Dios todopoderoso vuela con ala delta en el cielo —le digo a Q.

—¿Lo niegas? —me pregunta Q.

—No, lo confirmo —le contesto, y suspiro.

—Entonces, ¿por qué esconderlo?

—Me alegro por ti —me dice el padre de Q masticando a una velocidad alarmante. Se le resbalan los lentes, los empuja hacia arriba y sigue masticando tan deprisa que se le vuelven a resbalar los lentes—. ¿Está guapa?

Q y yo nos reímos tan fuerte que a Q le asoma un espagueti por la nariz.

—Es usted muy gracioso, señor Lee —le digo.

—Vamos, Frank —me dice—. Llámame David.

—De acuerdo, señor David.

—Ah, papá —dice Q—. Tienes que escribir a los profesores por lo de la semana que viene.

La semana que viene Q tiene que ir a Stanford —también llamada la Harvard del oeste—, antro de frikis, donde el friki de su tío está haciendo un doctorado. Q quiere entrar en Stanford y disparar láseres en cerebros de monos vivos para ver cómo reaccionan. A esto lo llaman optogenética.

—Seguro que te encanta ir —dice el padre de Q.

—Sí, papá, me gusta mucho —dice Q.

—Será divertido —dice el padre de Q.

—Muy divertido —dice Q.

Toso encima de los espaguetis.

—Okey —dice la madre de Q—. Me han hecho reír.

El padre de Q se limita a masticar y finge no haberla oído. Es el rey de los payasos y está orgulloso de este talento suyo.

—¿Y a tus padres les cae bien esa tal Brit? —me pregunta.

—Cariño —le dice la madre de Q.

—Aún no hemos fijado la fecha de la boda —le contesto.

Todos se ríen. Menos Evon, que sigue perdida en su propio mundo musical. La madre de Q mueve una mano por delante de la cara de su hija.

Evon se quita los audífonos y se mete en la boca unos cuantos espaguetis. Q se da prisa para terminar su comida.

—Sí —dice—. Gané.

—¿Qué? —le pregunta Evon.

—Vaya, no sabía que era una carrera —digo yo.

Intercambio una rápida mirada con Evon.

—Q es un niño —dice Evon.

—Tenemos exactamente la misma edad —dice Q.

—Cuerpo de adolescente y mente de niño —replica Evon.

—Aunque técnicamente soy mayor —dice Q—, porque salí de la vagina tres segundos antes que tú.

—Señor, ten piedad de mí —dice la madre de Q.

—Vamos —dice Q—. Quiero que veas mi juego.

—Okey —le digo.

Nos levantamos y salimos corriendo, pero un potente «ejem» nos detiene.

Es del padre de Q, que mira nuestros platos sucios.

—¿Diez años y aún tengo que recordártelo, Frank?

—Rayos, ¿de verdad son diez? —le pregunto.

—De verdad son diez —dice el padre de Q.

Nos mira con ojos empalagosos y sé que sigue viéndonos como niños pequeños correteando en bici por el pasto.

Q y yo nos miramos y decimos «¡Ah!» al mismo tiempo.

De camino a la cocina veo una foto de hace tres años de Q conmigo y mis padres, en la graduación de secundaria.

Señalo la foto con la barbilla.

—¿Todavía la tienes?

—Sí —me contesta Q dejando los platos en el fregadero—. ¿Y tú?

—Sí —le digo.

Pero no es verdad. No tengo ni idea de dónde está esa foto. En mi casa no hay fotos de Q. La última vez que Q estuvo en mi casa fue hace meses, cuando vino a traerme algo que había olvidado en su casa. De hecho, no recuerdo la última vez que cruzó la puerta.

—Vamos a jugar —dice Q.

* * *

Veo un homúnculo corriendo por un paisaje en 2D desde la perspectiva de Dios. Q teclea y se desplaza a la velocidad de un mago haciendo un truco de cartas. Es rápido, pero no incomprensible. Está recolectando recursos y construyendo un complejo sistema de fábricas para que su homúnculo vaya pasando de la Edad de Piedra a la Edad de Hierro, y así sucesivamente.

Estamos en la habitación de Q. La habitación de Q es bastante pequeña. Sólo hay una mesa pequeña, dos estanterías estrechas y un sofá (Q prefiere dormir en sofás, porque tienen doble uso). La habitación de Q es básicamente una pantalla. Un pequeño proyector colocado en una repisa de imitación de mármol lanza las enormes imágenes del juego sobre una pared blanca, que Q ha pintado con una pintura especial para que las imágenes tengan la mayor calidad posible.

—Se trata de que has aterrizado en este planeta alienígena y para escapar tienes que construir un cohete desde cero con los materiales que encuentres.

—Genial.

Me vibra el bolsillo y echo un vistazo. Veo una foto de Brit con un ojo enorme detrás de una copa de vino, como si fuera una lupa.

Tecleo tres corazones y vuelvo a guardarme el celular en el bolsillo.

—Pero a los alienígenas no les caigo bien —me dice Q—. Porque estoy talando sus bosques y contaminando su medio ambiente. Así que también hay que fabricar armas para matarlos.

—Uf, es superamoral.

—Lo sé, es lo fastidioso del juego. Se llama Craft Exploit, así que se trata de explotar.

—Además, si tú eres el intruso, se supone que el alienígena eres tú, no ellos.

—Es complicado, ¿verdad? Está claro que el juego lo creó un hombre.

Q ve que se acercan seis barcos de guerra y los aniquila disparándoles pequeños misiles.

—Seguramente un hombre blanco —le digo.

—Eso explicaría el instinto colonialista —me dice Q.

Otro zumbido, otra foto de Brit, esta vez de un paquete de servilletas de papel llamadas Servilletas à la Maison de Beaujolais. Debajo de la foto, Brit escribió: «*J'adore* que pongan nombres en francés sin motivo».

Reprimo una carcajada y me guardo el espejo de mono sin que Q se dé cuenta.

—Pero el juego parece divertido —le digo.

—Sí —me dice Q—. El código abierto también. Programé estos clasificadores.

—Qué cabrón —le digo.

Otro zumbido. Quiero echar otro vistazo. Quiero seguir viendo a Brit.

Pero Q detiene el juego.

—Uf, tu celular no deja de sonar.

Me mira.

—Bien —me dice por fin poniendo los ojos en blanco—. Contesta.

—El último, te lo prometo —le digo.

—¿El último? ¿O el último último?

«¡Volvemos el domingo por la noche!», me dice Brit. «Frank Li, necesito verte, francamente.»[4]

Se me encoge el estómago. Se me calientan las orejas. La gravedad se reduce hasta el punto de aflojar las bisagras, los clavos y los tornillos que sujetaban el mundo hasta que poco a poco todas las piezas van a parar a un enorme espacio iluminado sólo por el rectángulo blanco debajo de mis pulgares. Mi novia está mandándome mensajes.

«Yo, Frank Li, también necesito verte.»

«¿Puedo pasar a tu casa?»

«Imposible», pienso. Sería imposible incluso articular las palabras: «Mamá, papá, ella es Brit. Vamos a encerrarnos en mi habitación durante horas, como hacen en las películas de adolescentes».

Me devano los sesos buscando un lugar alternativo adecuado para una pareja de enamorados, pero me llevo las manos a la cabeza mentalmente. El domingo no estoy libre.

Escribo con cuidado: «Mierda, el domingo por la noche voy a ayudar a mi padre en la tienda», y añado una cara triste para mayor sinceridad. No quiero que ni por un segundo piense que estoy dándole largas.

Q detiene el juego. Me mira con el ceño fruncido. A mí, mi espejo de mono y de nuevo a mí.

—Ya acabé —le digo.

—Claro.

—De verdad, ya acabé.

—Como nuestra amistad.

Q sigue jugando. Se enfrenta a un repentino ataque alienígena (es decir, a los pueblos autóctonos) y pulsa frenéticamente para defenderse (es decir, para cometer un genocidio).

---

4. En el original, se juega con la similitud del nombre del protagonista —Frank— y el adverbio *frankly*, que significa «francamente». Es un recurso que aparecerá más veces a lo largo del libro. *(N. de la T.)*

«Nos vemos el lunes», le digo por fin.

«No sé si puedo esperar tanto», me contesta Brit.

—Me muero —dice Q.

Guardo el teléfono. Podría mandarle mensajes toda la noche, pero basta.

—Estoy muerto —dice Q.

—Déjame intentarlo.

—Habla tu sentimiento de culpabilidad.

—Si extermino a los aborígenes, ¿volverás a ser un explotador feliz?

—Es un juego. Yo no pongo las reglas.

—Lo sé —le digo—. Lo sé.

7

Planeta Frank

Estoy otra vez en La Tienda. Las tres moscas zumban por encima de mí. Como hoy no hace tanto calor, el chocolate puede estar fuera del refrigerador.

Todo está en silencio. Miro atentamente las cosas que me rodean. Hay una cámara de seguridad, que apunta directamente al mostrador y a la caja registradora. Debajo del mostrador hay un botoncito blanco. Si lo presionas, en unos minutos aparece la policía, al menos en teoría. Debajo hay un cajón, y dentro del cajón hay un revólver del calibre 38 cargado que mi padre ha disparado sólo dos veces: una en un campo de tiro, y la otra al cielo en Nochevieja.

Tomo una foto de los rollos de los billetes de lotería «rasca y gana» metidos en una caja de plexiglás y la pongo con la frase: «¿Impuesto idiota?».

Mi padre está trapeando el suelo. Lo veo detenerse, se da tres puñetazos en la espalda dolorida y sigue trapeando.

—Papá —le digo—. Lo hago yo.

—¿Sabes hacerlo?

—Hablamos de trapear.

Aun así, insiste en enseñarme. Sujeta el palo del trapeador sólo con los dedos, sin apretar, y lo desliza hacia un lado como si fuera un gondolero. Lo enjuaga en una cubeta con ruedas, lo escurre y continúa sin aparente dificultad. Una extraña manera de pasar el trapeador, sin duda, y cuando por fin me deja que lo haga yo, siento la tensión en la espalda tras haber dado sólo unas cuantas pasadas.

Mi padre, sentado en su taburete alto, teclea en la caja registradora. En un viejo radio despertador de 1982 suena música de iglesia coreana. No entiendo nada.

Trapear es relajante.

Din-don. Entra un hombre blanco con un pelo rarísimo, vestido de negro y con bolsas de plástico en ambas manos. Mis padres me han hablado de él. Es el único cliente blanco de La Tienda. Mi padre, sin decir una palabra, toma dos six packs de cervezas —Porky, la marca más barata— y las empaqueta: plástico, papel y de nuevo plástico. Cuando el hombre llega al mostrador, ya lo tiene todo listo.

—Hola, Frankie —dice el hombre.

Siempre me he preguntado si es un vagabundo. Parece —y huele como— un vagabundo.

El nombre inglés de mi padre también es Frank.

—Charles —le dice mi padre.

Charles me mira con ojos desorbitados.

—Mi hijo —le dice mi padre.

—Te he visto —me dice el loco de Charles—. ¿Vas a la universidad?

—Lo intentaré —le contesto con la máxima normalidad para contrapesar al loco.

—¿En la universidad te enseñan a trapear?

—Uf —le digo.

Charles se dirige a mi padre.

—Sólo tengo un billete de cien, lo siento.

—No hay problema —le contesta mi padre, y toma el cambio.

Charles vuelve a dirigir sus ojos azules y blancos hacia mí.

—Seguro que tus padres te han educado bien —me dice, y hace el gesto de marcharse. Pero antes me da un pequeño rollo de papel con las manos heladas.

—Para ti, si eres tan inteligente —me dice el hombre, y se marcha, din-don.

Mi padre me llama desde detrás de la caja registradora. Es como si le preocupara que cayera en manos de otros Charles si me quedo entre los pasillos.

—Persona muy especial —me dice mi padre—. Tiene un millón de dólares. Y también casa.

—¿En serio? —le pregunto.

Quiero ver el rollo de papel, quiero que mi padre me cuente más cosas, pero din-don, ahora entra un hombre joven con su mujer, que lleva a una niña pequeña en brazos.

—Paco —grita el hombre saludando a mi padre.

Como Frank es Francisco en español, el hombre lo llama Paco.

—Luis —le dice mi padre—. ¿Hoy sales? ¿Cuándo *afuera*?

Dice «afuera» en español.

—Ayer, jefe. Estoy en libertad condicional.

—Felicidades —le dice mi padre—. Niña guapa, ¿eh? Hola, *consentida. ¿Qué es nombre?* —le pregunta en español.

—Verónica —le contesta la mujer.

—Pues *felicitaciones* —le dice mi padre.

Hace cosquillas a la niña, que la mujer levanta hacia él.

El hombre, Luis, deja cerveza y pañales en el mostrador.

—Dame también un cigarro, amigo.

—Toma —le digo.

Saco un cigarro de una cajetilla abierta de debajo del mostrador y se lo tiendo disimuladamente. Luis finge rascarse y se lo coloca detrás de la oreja. Lleva en el hombro un tatuaje casero: F People, la pandilla del barrio.

—¿Es tu hijo? —le pregunta Luis a mi padre.

—Frank, di hola —me dice mi padre.

—Hola —le digo—. Encantado de conocerte.

—Tu padre está loco, pero es de la familia —me dice Luis.

Aunque las palabras son amables, las dice en un tono plano. Me mira de arriba abajo: mi piel, mi pelo, la calidad de mi ropa y mi reloj. Somos de mundos distintos. Lo noto. Su mujer saca un fajo húmedo de billetes y de vales de comida. «Dinero», pienso. Hay rastros invisibles de dinero por todas partes. Eso también lo noto.

La sensación no es agradable.

Empiezo a teclear en la caja registradora, pero mi padre me detiene. Mete rápidamente las cosas en una bolsa de plástico y se la tiende a Luis.

—Felicidades —le dice mi padre.

—Gracias, Paco. Sabes que te lo devolveré.

—Lo que necesites —le dice mi padre sonriendo.

Se marchan, din-don. Y la tienda vuelve a quedarse en silencio. Me llevo instintivamente la mano al celular, que está en el bolsillo: Brit ya debe de haber vuelto. Quiero mandarle un mensaje: «¿Cuándo nos vemos mañana?». Pero ¿dónde? Nuestra incipiente relación no puede limitarse a una serie clandestina de invernaderos y minivans.

—Luis sale ayer, once meses de condena —me dice mi padre.

—¿Por qué?

Mi padre se seca la cara con un trapo.

—Ah, roba coche, homicidio involuntario.

—Madre mía.

—Empuja mujer blanca del asiento, la tira y la atropella un coche. Se muere.

—Qué fuerte.

—Luis era niño muy agradable.

—¿Ah, sí? ¿Cuándo?

—Con seis o siete años. Su padre se marcha, creen que a Arizona. En fin, sin padre, sin dinero. Se mete en pandilla. Mexicano, todos se meten en pandillas.

—Papá, no todos los niños mexicanos se meten en pandillas.

Pero mi padre ya está en su mundo.

—Todos se meten en pandillas.

Hablar con mi padre muchas veces es así. Te preguntas si de verdad estás hablando con alguien o estás presenciando un monólogo interior en voz alta. Cuando esto sucede, me encojo de hombros mentalmente, me callo e intento que el jeong haga lo que tiene que hacer.

Jeong es difícil de traducir. Bueno, no soy precisamente un experto en temas coreanos, pero supongo que el significado más cercano sería «vínculo afectivo» o «cariño». Yo lo entiendo básicamente como «callarse la boca y estar juntos».

El jeong no es ni de lejos tan satisfactorio como los abrazos, los besos y los «Te quiero» que otros niños reciben de sus padres, pero, bueno, es lo que tengo. Así que me quedo con lo que tengo.

Por un momento miramos fijamente la puerta abierta. ¿Está funcionando el jeong? Supongo que sí. Afuera está atardeciendo, y el mundo son sólo siluetas negras contra un cielo de fuego.

Pienso en que mis padres saben cómo se llaman todos sus clientes y sus hijos. Saben quién sale con quién, quién va a casarse y quién está embarazada. Saben a quién le pegaron un tiro, a quién detuvieron y a quién metieron en la cárcel. A veces se enteran de estas cosas incluso antes que sus familias.

Son los depositarios de todas las noticias, chismes y dramas que pasan por el mostrador, y eso los convierte en los únicos historiadores orales de un pequeño mundo que sin ellos nadie recordaría.

—Estudia mucho, ¿okey? —me dice mi padre. Vuelve a trapear, aunque el suelo ya está limpio. Nunca lo he visto en La Tienda sin hacer nada—. Traes libro y lees. Ahora tranquilo, todos van a cenar.

Pienso en que mi madre se empeñó en que viniera a La Tienda los domingos para que pasara tiempo con mi padre. No puedo traerme un libro y no hacerle caso.

—Tranquilo —le digo.

—Lees poesía. ¿Conoces John Donne? Lo llaman metafísica.

Estudiamos a estos tipos en la clase de inglés. «Ven a vivir conmigo y sé mi amor», y cosas así. Casi todos parecen desesperados por tener sexo, la verdad.

—Sí, lo conozco —le contesto—. Hemos estudiado a John Donne.

No sé por qué lo digo. Estoy empezando una conversación, cuando lo único que quiero es conversar lo mínimo posible. «Sí, estuve allí, hice tal cosa», y nada más. Mi padre parece un poco desconcertado. Se me calientan las orejas, como siempre cuando me doy cuenta de que soy tonto. Mi padre y yo estableciendo vínculos afectivos es como intentar pegar dos piedras dentadas. Hay muy pocos puntos de conexión. Además, no tenía ni idea de que mi padre leyera poesía.

Así que le pregunto qué pasa con John Donne, y a mi padre le brillan los ojos instantáneamente.

—Escribe poema que se llama «Pulga». Dice: «Mira esta pulga, y mira cuán pequeño es el favor que tú, cruel, me niegas».

La verdad es que el poema me gusta. Es raro. El tipo recurre a una pulga chupasangre como metáfora para conseguir cogerse a una tipa. Es un juego, un juego raro del siglo xvi.

—«Me picó primero a mí y luego a ti» —digo yo.

—«Y en esta pulga se ha mezclado nuestra sangre» —dice mi padre. Repite la última parte mirando una fila de velas en vasos de cristal con la Virgen de Guadalupe—: «Se ha mezclado nuestra sangre».

Din-don. Otro cliente. Pero algo no va bien. Veo que mi padre se queda inmóvil mirando.

Una chica blanca ha entrado en La Tienda.

Es Brit Means.

—Hola —dice Brit, y entra detrás del mostrador —*detrás del mostrador*— para abrazarme.

Lo único que puedo hacer es quedarme inmóvil y mirar los ojos de mi padre agrandándose, luego encogiéndose y por último endureciéndose.

—Holaaaaaa —le digo.

—Ajá —dice Brit—. Éstos son los billetes de lotería.

Vio mi foto, claro. Y mi ubicación exacta.

Toca una pequeña caja de helados y levanta una ceja.

—Y tienes Bobaccinos de chocolate.

En situaciones normales, sería motivo de celebración. Una llamada de atención en las redes sociales, que una chica guapa contesta en persona con un abrazo.

En situaciones normales.

Brit ve por fin a mi padre, apoyado en el palo del trapeador, y me doy cuenta de que tarda un momento en cambiar de actitud. Se coloca un poco más recta. Junta las manos.

—Hola —le dice—. Soy Brit.

Mi padre la mira a ella y después a mí.

—¿Amiga?

Te toca hablar, Frank.

—Sí, bueno, vamos juntos a la clase de cálculo, tenemos, ejem, tenemos que hacer un trabajo juntos.

—¿Misma clase?

—Sí —le contesta Brit Means muy despacio—. Vamos juntos a clase. A la misma clase. Cálculo.

Mis pies se levantan del suelo. Sólo unos centímetros. Mis suelas no encuentran dónde apoyarse.

Brit habla como hablamos con un alumno extranjero o con alguien duro de oído.

Intento volver a pisar el suelo, porque este cambio de registro no debería importarme. Todos hablamos de otra manera con nuestros padres. Aunque el idioma sea el mismo.

Lo que me mantiene suspendido en el aire es un deseo vergonzoso, un susurro de fondo: «Ojalá mi padre hablara bien en inglés».

Mi padre parece satisfecho con las credenciales de Brit.

—Encantado de conocerte —le dice.

—Encantada de conocerlo yo también, señor Li —le contesta Brit.

Le lanzo a Brit una mirada de impotencia, y ella la entiende. No es tonta. Entiende que aún no les he hablado de ella a mis padres. Entiende que mi padre no es tan abierto en temas de relaciones como su padre, que es un druida, por así decirlo.

Así que Brit me sigue el juego. Parece darse cuenta de que aquí no nos abrazamos. Cruza los pies y se abraza a sí misma con fuerza.

Mi padre baja por fin la mirada y finge trapear el suelo. Se da media vuelta. Se dedica a lo suyo.

Brit se acerca un centímetro a mí.

—Hola —me dice.

—Entiende bien el inglés, pero lo habla horrible —le digo en voz baja—. No es necesario que hables despacio ni nada de eso.

Brit pone cara de susto.

—¿Hablé despacio? Dios mío, no me di cuenta.

—Tranquila —le digo.

—Soy un desastre.

—Tranquila, de verdad —le digo. Veo de reojo a mi padre trapeando la parte de atrás de la tienda. Brit me mira y le sonrío—. Oye, me alegro mucho de verte.

Se le iluminan los ojos. Me muero de ganas de tocarla. Sé que ella también se muere de ganas de tocarme. Es ridículo.

—¿Puedes tomarte un descanso? —me pregunta—. Podríamos ir a dar un paseo.

Niego con la cabeza, seguramente una milésima de segundo antes de lo adecuado.

—Creo que mejor no. Bueno, no por este barrio.

¿Suena tan mal? Mierda, suena fatal.

Pero es verdad. Si diéramos una vuelta por esta zona, todo el mundo la miraría. A mí también, pero todos saben que soy el hijo del señor Frank, aunque yo no recuerde quiénes son, porque vengo muy poco, lo que hace que me sienta un poco imbécil.

—Ah —me dice Brit Means sorprendida, como si recordara que existe un mundo fuera de Playa Mesa.

—Sí —le digo.

—Está bien —me dice—. Tienes trabajo, y de todas formas están esperándome.

Mira hacia fuera. ¿Quién la espera? Se refiere a sus padres, que estacionaron el coche delante de la tienda. Deben de haber pasado por aquí de regreso a su casa. Claro. ¿Por qué, si no, estarían aquí, a una hora de distancia de Playa Mesa?

Se oye un golpe. Mi padre desaparece en el refrigerador. Le doy a Brit un rápido beso en la mejilla.

—Nos vemos mañana en clase, ¿okey? —le digo—. ¿Okey?

—Okey —me contesta, y me pasa los dedos por el meñique antes de marcharse.

Din-don, y se va. Vuelvo a tocar el suelo con los pies.

Hay demasiados mundos en mi cabeza —la Preparatoria Palomino, La Tienda, las Reuniones—, cada uno de ellos con sus confusas leyes, sus fuerzas gravitatorias y sus velocidades de la luz, y la verdad es que lo único que quiero es alcanzar la velocidad de fuga, salir al espacio y crear mi propio planeta como yo quiera.

Planeta Frank. Sólo con invitación.

Saco el celular. «Ya te extraño.»

Brit empieza a contestarme. Se pasa un buen rato escribiendo. Pero al final lo que me llega es: «Yo también».

8

Propuesta a Joy

Pasa una semana y llega el momento de otra Reunión mensual. Conduce mi padre, como para compensar por adelantado el hecho de que probablemente esta noche mi madre tendrá que llevarlo borracho a casa. Estoy sentado en el asiento trasero y noto algo en el bolsillo: el rollito de papel que el loco de Charles me dio el domingo en La Tienda.

Lo desenrollo. Es una fotocopia de palabras escritas a mano formando una espiral en cuyo centro está el dibujo de un hombre y una mujer desnudos, y un feto, los tres dentro de un triángulo, un círculo, un cuadrado y por último un pentágono. Parece algo astrológico. Satánico. Las palabras tampoco ayudan:

La banda del Hombre inscribe las bandas de la Mujer y del Hijo en un tetraminó de Möbius triplanar que se apoya en el plano del Presente. El cuarto plano es el Miedo, el quinto plano es la Esperanza, el sexto plano es la Soledad Absoluta. El séptimo plano abarca todos los planos y por lo tanto recibe el Nombre de Reino Infinito de los Uróboros Vaginales.

Y así sucesivamente.

Alucino, pero no en el buen sentido.

—Mamá, ¿has leído alguna vez estas cosas?

Mi madre levanta la mirada del celular.

—Nunca leo. Charles está loco.

—Guardas papel —me dice mi padre—. Quizás escribe verdades.

—Claro —le digo.

Mis padres vuelven a quedarse en silencio, pensando en sus cosas.

Quiero tomarle una foto al papel y mandárselo a Brit, pero tendría que utilizar el flash, y entonces me harían preguntas, así que lo dejo ir.

Vuelvo a enrollar el papel y me lo meto en el bolsillo. Anoto mentalmente que tengo que enseñárselo a Brit.

Si esto fuera una película, ahora les soltaría mi rollo, les contaría lo de Brit, discutiríamos y nos pelearíamos, pero la cosa acabaría con abrazos grupales y lágrimas, y mis padres se darían cuenta de que el sueño americano es un crisol de culturas.

Por eso prefiero las películas de terror. En las películas de terror no hay abrazos grupales.

Llegamos a casa de los Song, un elegante búnker directamente salido de la pornoarquitectura, con vistas a una tranquila cala. En la asfaltada entrada hexagonal no hay un QL7 reluciente, sino dos. Al padre de Joy le ha ido bien desde que llegó. Mejor que a mi padre, aunque los dos empezaron igual. Al menos eso creo.

Entramos, nos quitamos los zapatos, nos inclinamos y todo eso. Mis padres me obligan a saludar en coreano, y cuando lo hago todos me ovacionan. Entonces la señora Song, siempre al acecho, le pide a Joy que haga lo mismo.

—*Insa jyeom hyae* —dice dándole un manotazo a Joy en el omóplato.

—*Annyong haseyo* —dice Joy en voz baja.

Todos la ovacionan.

—Okey, pasar bien —nos dice por fin mi madre sonriendo como una tonta.

Todos —mi padre, el señor Song y la señora Song— nos sonríen como tontos.

—Ey —protesto.

Al final nuestros padres se van a admirar el banquete —parece que la señora Song ha estado experimentando con salsas y guisos franceses—, y Joy y yo nos quedamos solos.

—Hola —le digo.

—Hola.

—¿Dónde están los demás Limbos?

—No vino nadie más.

La miro fijamente.

—¿En serio?

—Oye, nunca nos reunimos en fin de semana —me dice Joy—. ¿No te ha hecho sospechar?

—Uf —le digo.

—Mandaron a mi hermano a una fiesta de piyamas. Una fiesta de piyamas, Frank. Esto es un montaje —me dice.

—Uf.

Joy me mira con cierta expresión burlona, como si estuviéramos en una epopeya de ciencia ficción.

—Nos están emparejando como si fuéramos dos malditos pandas de zoológico, Frank.

Carraspeo. Fue gracioso. Todo tiene gracia, siempre y cuando de repente que algo tenga gracia signifique que te rompe los nervios. Sé que siempre han pensado que sería bonito que Joy y yo nos enamoráramos. Pero ahora pusieron manos a la obra. Trazaron un plan. Y ahora entiendo por qué.

Porque Brit vino a La Tienda.

Porque mi padre se lo contó a mi madre, y mi madre se lo contó a los demás.

Un rodeo, una intervención indirecta.

Si Brit fuera consciente del drama que ha provocado sin darse cuenta… Si supiera que la Reunión de esta noche es por ella…

—Bueno, creo que deberíamos subir y consumarlo —le digo.

Joy Song me da una cachetada.

—Rayos —digo.

Pero la cachetada ha sido buena. Fuerte y seca, como si hubiera golpeado un tambor Batá.

—Uf, vamos a jugar videojuegos o algo así —me dice Joy, y empieza a subir la escalera—. Tus padres son idiotas.

—*Tus* padres son idiotas.

—Buena respuesta.

—*Tus* padres son idiotas.

Nos reímos porque es gracioso, pero enseguida nos callamos porque la gracia no dura mucho.

Subimos la escalera y veo que Joy tiene un pequeño tatuaje en el tobillo. No sabía que tenía un tatuaje.

Llegamos a la habitación de Joy, y no tiene nada que ver con lo que esperaba. En realidad no sé qué esperaba. Pero sin duda no este laboratorio tecnológico. La mitad de las paredes son tableros de clavijas de los que cuelgan bobinas de cable, hilo de soldar, alambre y herramientas. Seis pantallas de computadora se alzan en una gran mesa que parece hecha con una puerta apoyada en trozos de tubería gruesa. Hay una impresora 3D que no deja de expulsar cosas. Hay cajas con piezas de robótica y placas de computadora minúsculas.

Esto no está al nivel de un alumno de clases avanzadas. Es otra cosa.

—Wow —digo.

—Ya habías visto mi habitación, ¿verdad? —Joy busca en su memoria—. Supongo que ya pasó mucho tiempo.

Hay un montón de ciencia dura, pero también un póster que dice PERO ELLA INSISTIÓ en una caligrafía recargada. La alfombra es de color naranja, amarillo canario y lima, y parece muy limpia, esponjosa y fresca. El aire huele a sándalo.

Hay una araña de cristal y, debajo, una cama llena de peluches y un brasier que no puedo evitar mirar.

Joy mete el brasier debajo de una almohada.

Me siento en el suelo, y Joy abre mucho los ojos.

—Frank Li, ¿empezaste a fumar?

—¿Cómo?

Veo lo que está mirando: el rollito de papel, del tamaño y el diámetro de un cigarro, se me cayó del bolsillo.

—Ah —le digo. Desenrollo el papel—. Me lo dio un tipo en La Tienda.

En un segundo Joy está en el suelo, sentada a mi lado y mirando el papel con ojos impacientes.

—Toma, dale un vistazo —le digo sin convicción.

Ya no podré mostrárselo primero a Brit.

—Wow —dice Joy—. ¿Uróboros vaginales? Y mira qué pito más pequeño tiene el tipo.

—También el chichi es pequeñito.

—Parece una versión loca de la placa de la Pioneer 10 de la NASA.

—Pues sí.

—Tienes que enmarcarlo. No, espera… Deberías grabarlo en metal y lanzarlo al espacio como un mensaje de la humanidad.

—Para trolear a los extraterrestres.

Nos reímos y movemos los dedos de los pies, dentro de los calcetines.

—¿Se lo enseñaste a Hanna? —me pregunta Joy—. Se caerá de la risa.

—Aún no.

A Joy siempre le ha caído bien Hanna. Sospecho que quiere ser como ella, no en el ámbito de las patentes, sino del diseño industrial. Sé que yo quiero ser como ella.

—¿Cómo está Hanna?

—Bien, sigue en Boston y le va cada vez mejor. Sigue con Miles.

Mi voz se corta en seco. Tengo dentro una rabia de color rojo oscuro lista para pintar las paredes de insultos, pero no tiene sentido meterse en eso. Podría gritar al cielo, pero mis padres se quedarían tan callados e inmóviles como las grandes cabezas de piedra de la isla de Pascua. Joy lo sabe sin necesidad de que se lo explique.

Así que le pregunto:

—¿Sabes que se casó con Miles?

Joy no me contesta. Me mira con los ojos muy abiertos.

—Fueron al ayuntamiento —le digo—. Tardaron diez minutos y les costó veinticinco dólares.

Ahora los dos nos quedamos callados.

—En fin —digo.

—En fin —dice Joy—. Háblame de Brit.

—Bueno —le dijo metiéndome los pulgares debajo de las axilas como un orgulloso agricultor que cultiva maíz—. Es genial. ¿A ti te va bien con Wu?

—No te emocionaste y se lo contaste a tus padres, ¿verdad?

—Qué graciosa. ¿A ti te va bien con Wu?

Joy se deja caer en la cama. Todos los animales rebotan.

—Pues nos volvimos a pelear.

Encuentro un pequeño tornillo tirado en la alfombra de color naranja. También hay pequeñas tuercas. Empiezo a buscar una que encaje.

—¿Por qué se pelearon esta vez?

—La misma mierda de siempre. Quiere pasar al siguiente nivel, pero no lo entiende.

—¿Al nivel anal?

Joy se ríe. Un peluche me golpea con fuerza en la sien.

—Quiero decir que no entiende por qué no puedo inventar infinitas excusas con mis padres en cuanto me lo pide. Quiere que nos veamos casi todas las noches. Es imposible. No puedo satisfacer esa demanda.

—Te entiendo —le digo—. Ahora estoy en el mismo barco.

—Sube a bordo —me dice Joy mirando al techo.

Pruebo otra tuerca, y otra más. No encajan. Hay más en el fondo de la alfombra. Me da un arrebato, meto los dedos en la alfombra y la agarro con fuerza.

—Todo esto es absurdo —le digo.

Joy dice «Mmm» para expresar que está de acuerdo.

Levanto la alfombra y la suelto.

—Piensa en lo que intentan hacer con nosotros.

—Emparejarnos como si fuéramos dos malditos pandas de zoológico.

—Aparte de eso. Hace mucho tiempo se fueron de Corea. Vinieron aquí. Tuvieron hijos.

—Mmm.

—Eligieron lo que quisieron de la cultura estadounidense, pero en buena medida construyeron una pequeña burbuja coreana en la que vivir. Sólo ven programas coreanos, sólo hacen negocios con coreanos y sólo tienen amigos coreanos.

—Construyen barrios coreanos.

—Y me parece perfecto. Lo entiendo. Si me fuera a vivir a Nepal, por ejemplo, me volvería loco sin mis películas americanas, sin hamburguesas dobles con queso y sin amigos que hablaran inglés.

—Creo que en Nepal hay un In-N-Out.

Me río.

—Pero ¿sabes lo que hacen ahora? ¿Con nosotros? Quieren que nos quedemos dentro de su burbuja.

Joy se incorpora y me mira con la cabeza inclinada.

—Sueñan con que nos casemos y tengamos hijos —le digo—, y que esos hijos se casen con coreanos y tengan más hijos, y que su burbuja siga intacta después de que hayan muerto. Quieren que la cuidemos para siempre.

Joy aprieta los ojos. Parece sentirse como yo: atrapada. Los dos estamos atrapados. Pero también estamos cansados de estar atrapados. Joy habla en tono tranquilo.

—Como si no tuviéramos que ver al noventa y ocho por ciento de la prepa, que no es coreano. Como si tuviéramos que engañarnos a nosotros mismos y decirnos que en realidad no estamos aquí, en Estados Unidos. Es imposible.

—Mmm.

Joy suspira.

—¿Está mal que a veces incluso me pregunte si Wu merece tantos problemas?

—Rayos —le digo—. Pobre Wu.

—Mierda, no, lo retiro. Quiero a Wu. Lo quiero de verdad.

—Dime qué te gusta de él.

—Bueno, lo primero, que está buenísimo.

—Bla, bla, bla —le digo.

—Pero también es muy amable, adora a su familia, tendrías que verlo con su madre, su padre, su hermana y su otra hermana, que es una zorra, pero en fin. Él es muy dulce.

—Es genial, la verdad.

—¿Verdad? Y sabe mucho de negocios. No sobre qué negocio poner, sino cómo gestionarlo, ¿sabes?

—Claro.

—Para ti la gestión empresarial es aburrida.

—No, para nada.

—Sí.

—Que no —le digo—. Lo que pasa es que no sé qué implica. Ni de qué se ocupa. Porque es aburridísimo.

—¡Idiota! —pero me lo dice en un tono cordial—. Okey, te toca: ¿qué tiene Brit de especial?

Encuentro una tuerca y la enrosco en el tornillo. Encaja perfectamente.

Significa algo. Brit Means significa algo.

Suspiro de alegría y empiezo.

—En primer lugar, está buenísima.

—Bla, bla, bla —me dice Joy.

—Y es inteligente, apasionada por el medio ambiente, la biología y esas cosas. Pero ¿a un nivel más profundo?

—¿A nivel anal?

Resoplo y sigo.

—Le gusto mucho. Y me gusta mucho. Parezco demasiado básico, ¿eh?

—Pero no puedes decírselo a tus padres.

—Idiota, no tires mierda.

—Lo siento. Es que estoy harta de lo que quieren frente a lo que quiero yo.

—No pasa nada.

Joy se incorpora para mirarme.

—Lo siento, de verdad.

Nos miramos, ella con su problema con el chico chino, y yo con mi problema con la chica blanca.

Pienso en Hanna. ¿Valía la pena por Miles? ¿Llora cada noche en sus brazos por las trabas de mis padres? Quizá ya no le duele. Quizá salió de la burbuja y la explotó de una patada antes de irse.

Pienso en el futuro de Hanna. Cuando se compre su primera casa, ¿irán a verla mis padres? Cuando tenga su primer hijo, ¿irán al hospital? Y Miles, el pobre, ¿cómo se sentirá a medida que pasen los años?

No hay buenas respuestas para Hanna. Jamás. Vivirá entre dos mundos para siempre, en un limbo mucho más profundo de lo que pienso. Se me llenan los ojos de lágrimas. Parpadeo varias veces. Quiero flotar, así que vuelvo a agarrarme a la alfombra para anclarme en el suelo.

¿Qué respuestas podría tener Hanna sobre mis padres, que la quieren —y a los que ella no puede evitar querer—, pero que no quieren volver a verla? Tomaron una decisión, y al final eligieron la burbuja de ámbar frente a todo lo demás.

Ay, Hanna, ¿tomaste la decisión correcta?

¿Al final tendré que enfrentarme a la misma decisión?

El solo hecho de tener que decidir me da ganas de agarrarme a puñetazos.

Sólo somos Hanna y yo. El Libro de Li termina con nosotros.

Respiro. Joy no se ha dado cuenta de que tengo los ojos húmedos. Cuando está mirando hacia otro lado, me los seco con los pulgares.

Se me ocurre que el bloqueo mental no es con nosotros, los Limbos. Es con ellos.

Nuestros padres se engañan a sí mismos al pensar que en realidad no están en este mundo, en Estados Unidos.

Y se me ocurre una idea.

—Ah —es todo lo que puedo decir—. Ah.

—¿Qué?

—Escucha —respiro—. Se me acaba de ocurrir una posibilidad.

—¿Qué posibilidad? —me pregunta Joy.

—Va a sonar raro.

—No tengo problemas con lo raro.

—La posibilidad es… una propuesta —le digo mirándola a los ojos.

—Ah —dice Joy.

Tamborileo en mis rodillas con los dedos.

—Tú tienes problemas con un chico chino. Yo tengo problemas con una chica blanca. Nuestros padres tienen esos enormes prejuicios racistas en el cerebro. ¿Y si los utilizamos a nuestro favor?

Joy levanta una ceja.

—Qué quieres decir.

Lo dice en tono de afirmación, no de pregunta.

—Mi propuesta es ésta —respiro hondo y contengo el aire—. Te propongo que finjamos salir juntos.

Joy me mira fijamente.

Me muevo en el suelo.

—Fingimos salir juntos, porque sabes que nuestros padres nos dejarán salir cada vez que queramos, ¿verdad? Entre semana, los días de fiesta, cuando queramos. Pero cuando salgamos…

Joy me mira con los ojos muy abiertos.

—Cuando salgamos, en realidad veremos a nuestras parejas.

La señalo con los dedos, como Wu.

—Exacto.

Joy está inmóvil, con una sonrisa incrédula que se va ampliando hasta que explota en una risa rara, como una manada de ardillas. Se ríe y se ríe y se ríe.

Cuando deja de reírse, me doy cuenta de que en el piso de abajo se quedaron en silencio. Intentan escuchar.

—Estás loco —me dice Joy.

Cruzo los brazos y le lanzo una sonrisa de superioridad.

—Pero eres un maldito genio —me dice.

9

Control mental total

Joy y yo nos inclinamos sobre nuestros teléfonos.

—Entonces, ¿te mando un mensaje cuando Wu quiera salir? —me pregunta.

—Sí. Y yo veré a Brit el mismo día a la misma hora.

—Pero ellos no pueden saberlo.

—Te refieres a Wu y Brit.

—«Mira, Brit Means —dice Joy poniendo voz de novio idiota—, voy a fingir que salgo con Joy como coartada para que podamos vernos sin que mis padres superracistas, que odian al noventa y ocho por ciento del país, me hagan preguntas.»

—Dicho así, supongo que la cosa no iría tan bien —le digo.

—Pero logísticamente hace la vida mucho más fácil —me dice Joy.

Le sonrío. «¿De acuerdo?»

—¿Y me mandas un mensaje cuando hayamos sincronizado las fechas, y viceversa? —me pregunta Joy.

—Tendríamos que mandarnos un montón de mensajes —le digo—. Ah, ya sé. Deberíamos hacer un calendario común.

—Friki —me dice Joy.

La miro como preguntándole «¿Y qué?».

—La verdad es que un calendario común podría funcionar —me dice Joy por fin.

Le mando una invitación. Acepta. Creo en el celular una entrada de calendario de prueba para esta noche, titulada «Frank y Joy empiezan a salir oficialmente».

Suena el celular de Joy. Ve la entrada del calendario y se ríe.

—Okey.

—Okey.

—¡Frank! —grita mi madre desde abajo—. ¡La cena está lista!

Miro a Joy.

—¿Preparada?

Joy asiente, y por un segundo nos sentimos como dos soldados preparándose para saltar de un avión.

Hacemos lo siguiente: nos tomamos de la mano y bajamos juntos la escalera. La he tomado de la mano muchas veces: jugando a lucha de pulgares, fingiendo hacer sesiones de espiritismo con los demás niños en Halloween y en los interminables grupos para rezar antes de las fiestas navideñas. Pero siempre estábamos con más gente, y esta vez estamos solos.

—Tienes la mano sudada —me dice Joy mientras bajamos.

—Es la tuya.

—La tuya.

—La tuya, la tuya.

Cuando llegamos al final de la escalera, realizamos la última parte de la maniobra: nos giramos, nos aseguramos de que nuestros padres pueden vernos, seguimos tomados de la mano medio segundo más y nos soltamos corriendo. Se trata de que parezca que hemos olvidado soltarnos hasta que es demasiado tarde, porque milagrosamente así hemos pasado la última hora y media en la habitación de Joy.

Funciona.

—Aaah —dicen nuestros padres.

—¿Qué? —pregunto en tono inocente.

—Comer —me dice mi madre.

—Comer, comer —dice la madre de Joy metiendo latas de Sternos debajo de las bandejas plateadas para que la comida se mantenga caliente.

—¿Quieres vino? —me pregunta mi padre.

Ahora sé que nuestro plan funciona. ¿Vino?

Nos servimos comida. Comida francesa al estilo coreano, es decir, en bufet y en cantidades industriales. Lleno mi plato. Joy llena el suyo. Cuando llegamos a la última bandeja del bufet, veo que mi padre está esperándonos.

Nos acompaña a la mesa de los hijos, nos retira las sillas, como un maître moreno de la Tierra Media, y nos sentamos. La mesa de los hijos suele ser más grande. Siempre hay más Limbos. Esta mesa es sólo para dos. Nos sentamos frente a los adultos. Los adultos se sientan frente a nosotros. Es como la mesa de los novios en una maldita boda.

Por un momento nadie dice nada. De repente alguien —la señora Song, que toquetea su enorme celular/tablet coreano— pone una canción de rock contemporáneo para adultos: una insípida concatenación de tópicos románticos.

Mi padre nos llena las copas de vino como si fuera jugo de naranja y nosotros fuéramos seis.

No sabía que podría sentirme así / Las nubes se disipan y amanece un nuevo día.

Joy no deja de moverse, como si quisiera tirar la mesa al suelo.

—No puedo.

—Sé fuerte —le susurro.

Los dos nos reímos.

Nuestros padres se quedan inmóviles y nos miran sonriendo como idiotas. Luego vuelven en sí y reanudan con torpeza su conversación de adultos, como borrachos intentando ser astutos.

Es insoportable, pero funciona. Así que el dolor es dulce.

—Brindemos —digo—. Dicen que el alcohol ayuda.

Como no podemos levantar las copas —están demasiado llenas—, agachamos la cabeza para dar un sorbo y de inmediato lo lamento, porque, mierda, ¿quién bebe vino así sin haberlo mezclado al menos con Sprite? Alcohol, no te entiendo.

—Oye —me susurra Joy—, mira.

—¿Qué?

—Mírame tres segundos.

La miro a los ojos tres segundos y por el oído derecho me llega el silencio absoluto de la mesa de los adultos.

—Ahora mira su mesa.

La miro, ella también, y los borrachos fingen seguir platicando.

—Vuelve a mirarme —me dice Joy.

La miro. No sé por qué siempre había pensado que sus ojos eran negros. Pero no lo son. Son castaño oscuro. Me descubro preguntándome si son lo bastante grandes para cumplir los absurdos requisitos de mi madre. Sus párpados superiores tienen un pliegue, el ssangkkeopul, tan codiciado por los coreanos, que pasan por cirugía estética para conseguirlo.

Yo no tengo ssangkkeopul. ¿Debería tener envidia?

En fin. Me gustan mis ojos. Son negros, por cierto, como el alma de un malvado y caótico antipaladín ultrarraro.

—Ah —le digo—. No me había dado cuenta de que tienes ssangkkeopul.

Joy intenta mirarse los párpados, lo que es gracioso.

—Me salió después de la adolescencia, no sé por qué. Mi madre dice que me hace parecer cansada.

Parpadea y se jala los párpados.

—No hagas eso. Parece como su fueras a cantar «Chinos, japoneses, rodillas sucias, miren».

—Madre mía, qué mierda.

—Perdona que te la haya recordado.

«Chinos, japoneses, rodillas sucias, miren» era una canción racista que los niños blancos nos cantaban cuando éramos pequeños. La cantaban jalándose los párpados para parecer orientales.

—En fin —le digo—, tus ojos son bonitos tal como son.

Joy se ríe a carcajadas —«¡Ja, ja, ja!»—, porque ahora mismo están sucediendo dos cosas: los adultos están más callados que suricatas deslumbrados, y la canción que suena dice: «Eres hermosa tal como eres. / Chica, sabes que eres una estrella brillante».

—Rayos —digo, y me río yo también.

—A la de tres vuelve a mirarlos —me dice Joy—. Una, dos y tres.

Los miramos, y nuestros padres vuelven a platicar.

Siento las posibilidades de un inmenso poder. El control mental total será mío.

Mi padre se acerca, se golpea los talones para llamar nuestra atención y juro que se plantea hacernos una reverencia, pero no se decide. Ve que mi copa sigue llena.

—¿No bebes vino?

—Papá, estoy lleno, voy a vomitar.

—Ay —dice mi madre.

—¿Quieres que vayamos al vomitorio para que podamos seguir comiendo? —le pregunto a Joy.

—Qué asco —me contesta Joy riéndose y dándome un empujón en el hombro.

Y nuestros padres vuelven a quedarse callados. Es como un interruptor de la luz, de verdad.

Por fin es la hora de marcharse. Joy y yo realizamos el último movimiento de la fantástica prueba de esta noche.

—Voy a encender la calefacción del coche —digo.

Para el sur de California hace frío, quince gélidos grados, y a mi madre le gusta que el coche esté caliente, aunque aumente las posibilidades de que mi padre vomite en un vaso de cartón.

Salgo. Joy me sigue.

Hago lo que habíamos planeado: arranco, pongo la calefacción y salgo del coche.

Luego, perfectamente a la vista desde la puerta abierta de los Song, me inclino hacia Joy y finjo darle un beso en la mejilla.

—Somos dos malditos pandas de zoológico —le susurro al oído.

Joy se ríe.

Te digo una cosa. Vivo para hacer reír a la gente. A padres, hermanos, amigos, amantes, da igual. Tengo que hacerlo. Si por lo que sea no sabes hacer reír a alguien, aprende. Estudia esta mierda como si fuera el examen para entrar en la universidad. Si eres tan desafortunado que no tienes a nadie en tu vida que te haga reír, déjalo todo y busca a alguien. Cruza el desierto si es necesario. Porque la risa no es sólo divertirse. La risa es la música del cosmos que conecta a todos los seres humanos y dice lo que no pueden decir las palabras.

Joy se ríe, nos separamos y el rectángulo naranja de la puerta de los Song se ha llenado de siluetas.

Esto va a funcionar a la perfección.

Frank Li
enamorado

10

Viejos nuevos amores

Joy y yo pasamos los dos días siguientes ajustando nuestro plan. Primero creo un calendario titulado «Película *Viejos nuevos amores* con Brit». Joy lo borra inmediatamente.

«Idiota, no pongas nombres», me escribe.

«Ajá», le contesto.

Así que creo otro calendario titulado: «Sábado: F. Película *Viejos nuevos amores*». La F significa Frank, lo que no puede ser más inteligente.

Al día siguiente estoy en cálculo. Vamos a revisar juntos las respuestas del examen. Q sacó un 100, la puntuación máxima, porque es Q. Q también sacó la puntuación más alta, 1 520, en el PSAT.

Yo saqué un 97. Brit lo mismo que yo. Se inclinó y dibujó un corazón alrededor de mi puntuación, un gesto bastante infantil, pero no me importa en lo más mínimo.

Oigo un zumbido y echo un vistazo a la pantalla del celular:

«Sábado: película *Resurrección de Titanfist 3*».

Titanfist 3 es una película muy masculina, me imagino a Wu levantando el puño ante la pantalla mientras Joy se encoge en su silla, y tengo que reprimir una carcajada.

—Frank, ¿de verdad estás mirando el celular en nuestro santuario del conocimiento? —me pregunta el señor Berry Soft.

—Perdón —le digo guardándome el teléfono.

Sonrío a Brit, que arruga la nariz alegremente: «¿Qué haces?». Me invade el deseo de hacer algo. ¿Una travesura? ¿Algo emocionante? ¿Una temeridad?

El señor Soft me sostiene la mirada. No está enojado. Sólo espera pacientemente.

—¿Quieres contarnos algo?

Sí, quiero contar algo. Quiero levantarme y decir delante de toda la clase: «Voy a salir con Brit por primera vez». Pero le lanzo una sonrisa arrepentida y niego con la cabeza.

—La semana que viene empezaremos a preparar el SAT —nos dice el señor Soft—, así que descansen un poco. No les dejaré tarea para el fin de semana.

—Ay —dice Q, decepcionado.

—Es una maravilla que seas alumno mío, Q —dice el señor Soft—. Una auténtica maravilla.

* * *

Más tarde, tomo las cosas de mi locker para el fin de semana. Miro mi reflejo deformado en el espejo barato pegado en la puerta. Nunca he pensado que fuera guapo. Pero Brit debe de pensarlo. ¿No me convierte eso en oficialmente guapo? Cierro la puerta del locker y veo la cara de Q a unos centímetros de la mía.

—Rayos —digo—. Qué susto me diste.

—Mañana nos veremos para jugar a Blood Keep —me dice Q—. Olmo, tú y yo, y los hermanos Patel por webcam. Tráete los audífonos, porque luchamos contra un maldito semidiós.

—Q, Q, Q —le digo—. Oye.

Q me mira decepcionado.

—No.

—Voy a salir.

—Ufff —me dice Q.

—Jueguen ustedes, amigo —le digo en mi tono más elegante.

Q cierra los ojos. «Respira hondo, cálmate.» Vuelve a abrirlos.

—Okey. Mi querido Frank, me alegro mucho por ti. ¿Y vas a ir a…?

—Cenar y al cine.

—Genial.

Q me mira como si de repente me hubiera cambiado la cara. Quizá me ha cambiado.

—¿Y a tus padres les parece bien? —me pregunta.

Respiro hondo y jalo las correas de la mochila.

—Mmm —le digo.

No quiero contarle aún mi plan secreto, aunque, pensándolo bien, seguramente es ridículo. Pero dicen que los tiempos ridículos exigen medidas ridículas.

—Vaya, qué fácil —me dice Q—. ¿Qué les pasó? ¿Se arreglaron las cosas con Hanna?

—¿Por qué?

—¿Eh?

Nos quedamos un momento mirándonos, confundidos. Mi teléfono vibra.

—Es ella. Tengo que irme —le digo.

Me refiero a Joy, que me dice: «Pasa a buscarme dentro de media hora». Pero ahora mismo no es necesario que Q lo sepa.

—Bueno, yo estaré en el Blood Keep —me dice Q.

* * *

Vuelvo a casa en mi poco entusiasta Consta lo más rápido que puedo y subo la escalera hasta mi habitación para arreglarme. Sólo tengo tiempo para darme un baño de cinco minutos, echarme fijador en el pelo y ponerme una camiseta limpia, mi favorita, con un perro bebiendo té en el infierno y diciendo: ¡QUÉ BIEN SE ESTÁ AQUÍ!

Echo la cabeza hacia atrás frente al espejo para quitarme con las pinzas los pelos de la nariz cuando una voz me canturrea:

—¿A dónde vas esta noche?

Es mi madre, apoyada en el marco de la puerta.

—A cenar —le contesto—. Y luego al cine.

—Bien, bien —me dice mi madre con evidente entusiasmo—. ¿Qué película? —me pregunta, como si la película elegida fuera a augurar mi futuro.

—Se titula *Viejos nuevos amores*.

—¿De qué se trata?

—¡Mamá, no molestas a Frank, ¿okey?! —grita mi padre desde la otra habitación—. Tiene que arreglarse.

—Parece historia de amor —me dice mi madre—. Joy gusta, seguro. Chicas gustan historia de amor.

—Mamá —le digo—, tengo que irme.

Mi padre aparece en el marco de la puerta, al lado de mi madre, con unas llaves en la mano.

—Llevas mi coche.

Lo miro. Nunca he conducido el coche de mi padre. Sujeta las llaves como un chef una pizca de sal.

—Gracias, papá.

—Mmm —dice mi padre.

Mis padres se quedan sonriendo en la puerta, así que no puedo salir.

—¿Puedo…? —les pregunto.

Se apartan por fin.

—Sí, vete —me dice mi madre.

Bajo la escalera, salto al QL5 de mi padre y, cuando me echo en reversa, mis padres ya están diciéndome adiós con la mano como si fuera a cruzar el mar.

* * *

Llego a la demencial casa junto al mar de los Song y desde el coche le mando un mensaje a Joy.

«Ya estoy aquí.»

«Recibido», me contesta Joy.

Joy sale corriendo de la enorme puerta de diseño color cereza, y al girarse para despedirse de sus padres, veo los reflejos verdes de su pelo a la luz azulada del atardecer. Sube al coche y cierra de un portazo.

—Mi padre tenía uno igual —me dice Joy mirando a su alrededor.

Huele a rosa, a rosa natural.

El corazón me late a toda velocidad. Por las pulsaciones de un tendón del cuello de Joy, sé que a ella también.

—Listos —le digo con una sonrisa.

Mientras nos alejamos, veo a los padres diciéndonos adiós hasta que desaparecemos.

—¿Sabes lo que acaban de decirme mis padres? —me pregunta Joy.

—¿Qué? —le digo tomando una curva a excesiva velocidad.

La emoción de la travesura se reduce poco a poco y deja paso a la emoción por lo que me espera: Brit y yo sentados juntos, soñando juntos con el amor ante una pantalla de cine.

—Me dijeron: «No nos despiertes cuando vuelvas». ¿Lo puedes creer? Es decir, que puedo volver a la hora que quiera.

Asiento muy contento, sin terminar de creérmelo.

—Mi padre me dejó traer su coche.

—Seguro que no les importaría que saliéramos todas las noches —me dice Joy, sorprendida.

—Ah, sí —le digo, y nos chocamos la mano.

—Vaya, vaya, vaya —dice Joy—. Paquete a la vista.

Nos acercamos a su cine. A lo lejos veo a Wu, el mencionado paquete, delante de un cartel de *Titanfist 3*, que se inclina con el puño en alto para imitar la postura del robot de veinte pisos de altura. Pero su pose no le convence, así que se incorpora y lo intenta de nuevo.

—Vete, vete —le digo a Joy.

Joy se desabrocha el cinturón de seguridad.

—No te molestes en llevarme a casa, ¿okey? Me llevará Wu. Seguro que insiste.

Me imagino a Wu acercándose a la puerta de Joy, para gran confusión de sus padres.

—Pero…

Joy se anticipa a mi preocupación.

—Siempre le pido que me deje delante de una casa que no es la mía, un par de puertas antes. Hasta ahora ha funcionado.

—Mierda —digo—. Pobre Wu.

—Dirás pobre Wu si algún día conoce a mis padres —me dice Joy, y cierra la puerta. Desde el otro lado del cristal me grita—: Que te vaya bien.

—A ti también.

Y me marcho.

Solo en el coche, respiro hondo, contengo el aire un segundo y siento el silencio entrando en mi mente. Ya dejé a Joy, y ahora sólo queda ir a buscar a Brit y disfrutar de la noche.

Me hundo en el asiento de cuero agrietado. Bajo todas las ventanillas. Saco un brazo para atrapar el aire húmedo del exterior, y mi mano se convierte en el timón de una barca surcando la superficie lisa del agua.

La casa de Brit parece distinta durante el día. Las plantas suculentas salpican un patio de grava como pequeñas esculturas. No las vi la noche que fui a hacer el trabajo de cálculo. Por encima de la puerta cuelga una sirena tallada en madera. Parece antigua y querida. Y en la puerta, de color rojo —la otra noche me pareció café—, hay una pequeña aldaba plateada con la forma del trasero de un perro.

No puedo evitar compararla con mi casa: una casa junto a otra con un jardín adelante, y nada más, todo muy práctico. Mis padres trabajan demasiado para tallar sirenas y colgarlas en el umbral. Pero deben de trabajar para llegar a estas cosas, ¿no? Para cuando llegue el momento de dejar de trabajar, relajar el cuerpo y empezar a plantearse cuál es la aldaba ideal para la puerta.

Si no, ¿qué sentido tiene?

El trasero de perro tiembla. La puerta se abre y aparece Brit.

—Un trasero de perro —le digo señalándolo.

—Te gusta, ¿eh? —me dice Brit.

También ella se cambió de ropa, y ahora lleva una camiseta de tirantes con un barco de guerra que lleva un código de barras en el casco, con la frase LET'S SCANDINAVIAN.

—Me encanta tu camiseta —le digo.

Me pasa una mano por el pecho para ver mi camiseta y me dice:

—A mí también me encanta la tuya —entonces se da cuenta de algo—. Olvidé mi suéter. En los cines siempre hace frío. Entra y saludas a mis padres.

Corre escaleras arriba y de repente vuelvo a estar en su casa, de momento solo. Me fijo en todos los detalles: planos enrollados y metidos en una lechera antigua, un póster enmarcado de una película francesa del tamaño de una sábana, una foto de Brit cuando era pequeña, con sus padres, en una colorida alberca de pelotas. Todo en la sala está cargado de intención, sentimiento y significado.

Vuelvo a pensar en lo distintas que son las cosas en mi casa. Mi madre colecciona pollos de cerámica, por nada en especial, cuanto más baratos mejor. A mi padre le gustan los ganchos de recuerdo. Cualquier gancho de cualquier sitio, cuanto más barato mejor: Hermosa Beach, el aeropuerto de Los Ángeles o Scotty's Castle.

La casa de mis padres parece siempre en camino hacia algo. La casa de los padres de Brit parece haber llegado hace tiempo.

—Volvemos a encontrarnos —dice una voz.

Es el padre de Brit, que se acerca con una sudadera gris con capucha.

—Hola —le digo.

Me da un abrazo.

—Presentí que estabas aquí. ¿Quieres una cerveza?

—Ah —le digo—. ¿Tengo dieciocho años?

—Ah, es verdad. ¿Un churro entonces? —se abraza a sí mismo y se ríe—. Es broma.

—Me alegro de volver a verte, Frank —dice una voz.

Es la madre de Brit, también con una sudadera gris con capucha. Brit aparece detrás de ella, con un suéter fino en la mano.

Nos observo a los cuatro, los padres con sudaderas con capucha a juego, los chicos con camisetas a juego, y es tan bonito que me dan ganas de reírme. Un instante cruza la habitación como una cálida corriente en un valle nocturno.

—Deberíamos irnos —dice Brit.

—No queremos perdernos los cortos —digo yo.

—Iba a decir lo mismo —dice Brit, impresionada, y me sonríe.

—Antes de que se vayan quiero darte algo —me dice el padre de Brit—. Brit nos dijo que te interesa recopilar sonidos al azar.

Las palabras «recopilar sonidos al azar» me dan vueltas en la cabeza. Bonita manera de llamarlo. Y el padre de Brit lo sabe. Una sensación increíble me recorre la piel, como cuando te llaman por los altavoces en una entrega de premios y todo el mundo te mira.

El padre de Brit me da una pequeña lata redonda.

—Cuando la madre de Brit y yo empezábamos a salir, en Brooklyn, me gustaba grabar sonidos en el metro. Escúchalos, por si te interesan.

—¡Wow! —digo agarrando la lata—. ¿Está seguro?

—A ver qué te inspiran —me dice, y le guiña un ojo a Brit.

Brit no pone los ojos en blanco, ni suspira, ni hace ninguna de las cosas de adolescente que se supone que hacen los adolescentes. Me mira fijamente, como si estuviera segura de que voy a hacer algo genial con esta vieja lata. Y lo cierto es que su mirada hace que tenga ganas de hacer algo genial.

* * *

Lo mejor de *Viejos nuevos amores* no es la película en sí —aunque está muy bien, es una combinación perfecta de romance y comedia, dos de las cosas que más me gustan en el mundo—, sino antes de la película, cuando Brit y yo hacemos fila para comprar algo para picar. Entre otras parejas jóvenes y viejas, chicos con chicas que llevan en la mano un suéter fino, y hombres con mujeres que llevan en la mano un suéter fino, y de vez en cuando un chico con un chico, o una chica con una chica, también con sus respectivos suéteres finos en la mano.

Siento que he entrado en un club. Un club de parejas.

—¿Nos pone ración extra de jalapeños en los nachos? —le pregunta Brit al cajero.

—Estaba a punto de decir lo mismo —le digo, asombrado.

Vemos los cortos muy atentos y los comentamos en susurros, porque resulta que los dos somos así. También vemos la película muy atentos. Al final una lágrima me resbala por la mejilla, y Brit se seca los ojos antes de secar los míos.

Dejamos los besos para los créditos del final. Noto el sabor a pimienta y queso, y ella también, porque los dos sentimos la necesidad de aclararnos la boca con refresco antes de volver a intentarlo.

—Mejor así —le digo.

A poca distancia en coche, en Crescent Beach, hay una pequeña cafetería, un local con remos y placas de coche en las paredes, música antigua y clientes mayores. La verdad es que no hay razón para ir a una cafetería como ésa. Se llama Scudders.

Pero ahora, sentado con Brit en un gabinete con tazas de chocolate, es el lugar perfecto.

—Me encanta Scudders —le digo.

Saco la Tascam, grabo el sonido ambiente —suaves tintineos, murmullos y ruidos de sillas que suenan como el canto de una ballena— y luego la guardo.

—Tiene su encanto —me dice Brit observando un grupo de boyas de cristal—. Aunque no es kitsch. Odio lo kitsch. Kitsch es ver algo no por lo que es, sino por lo que crees que debería ser.

—Es como burlarse del gusto de los demás.

—Qué malo eres —me dice Brit.

Pienso en los pollos de mi madre y en los ganchos de mi padre. ¿Mis padres son kitsch? ¿Soy malo con ellos?

Me doy cuenta de que sí. Me pregunto si los pollos y los ganchos estaban de moda en Corea en los años ochenta.

—Sí, soy malo —le digo prometiéndome ser mejor de ahora en adelante.

En la pared hay un reloj de cristal lleno de un líquido ámbar con burbujas y con forma de jarra de cerveza. Debe de tener cincuenta años.

—Mira, eso no es kitsch. Es bonito.

—Por cierto, ¿no es tarde para ti? —me pregunta Brit.

—No hay problema —le contesto—. Tenemos mucho tiempo.

—Bieeen —dice Brit, como una niña.

«Tenemos mucho tiempo porque he llegado a un acuerdo con Joy», pienso. Pero Brit se gira hacia mí, mete el pelo en el chocolate y mientras corro a apartar la taza me olvido de lo que estaba pensando.

—Metiste el pelo en la taza —le digo.

Me acerca el mechón mojado a la cara.

—Pruébalo —me dice.

—Puaj —le digo.

Pero lo pruebo.

—Estás loco, Frank Li —me dice Brit.

Nos quedamos serios un momento. Aquí y ahora. Beber chocolate del pelo de una chica es raro. ¿Quién hace estas cosas? ¿Y quién le deja hacerlas? Pero Brit me deja. Quiere que lo haga.

Estoy tremendamente orgulloso de ser la única persona que ha chupado el pelo de Brit Means.

Pedimos más chocolate, y luego un plato de papas fritas. No miramos el celular ni una vez. Sé que queda al menos una hora para la Vuelta a la Base, que es la hora a la que Joy y yo hemos acordado volver a casa para ajustar nuestros horarios. Al final los meseros empiezan a levantar las sillas. De vuelta a casa, los dos sacamos un brazo por la ventana, como si el coche tuviera alas.

—Inclina la mano a la derecha, vamos a despegar —le digo.

—Lo intento —me dice Brit con una risa lejana que suena como un llanto.

—Despegamos, despegamos —grito.

En la puerta roja, que ahora veo claramente que es roja, no café, nos besamos por última vez delante del trasero de perro plateado. Bajo los escalones bailando y no me caigo ni me tambaleo una sola vez.

Vuelvo a casa y me estaciono afuera para evitar que el ruido de la puerta del garage despierte a todo el mundo. Me quito los zapatos y los alineo perfectamente con los de mis padres en la entrada, con baldosas de color café brillante.

Cuando llego a mi habitación, alguien ha dejado la lámpara de mi mesa encendida para que vea en la oscuridad, y mi cama está perfectamente hecha. Me dejo caer y empiezo a quedarme dormido cuando recuerdo enviar un rápido mensaje.

«Confirmado, de vuelta en la base.»

«Yo también, de vuelta en la base y en la cama», me contesta Joy.

«¿Cómo te fue?»

«Muy bien —me dice Joy—. Me sentí como Cenicienta liberada del toque de queda.»

«Y no te convertiste en calabaza.»

«¡Ja, ja! ¿Qué tal B?»

«Increíble —le digo—. Una noche perfecta.»

«Pues choca esos cinco.»

«Sí, choca esos cinco.»

Y Joy me manda un gif de dos jugadores de futbol americano que intentan chocarse la mano, fallan y acaban chocándose la cara.

«Buenas noches, Joy», digo antes de caer en un profundo sueño.

11

Intercambio de gemas

Al día siguiente, en La Tienda, no doy una. Olvido meter las cosas en una bolsa de plástico, me equivoco dando el cambio y me quedo mirando fijamente a los clientes.

—Estás muy mal —me dice mi padre riéndose—. Ahora mismo totalmente distraído.

Pero no está enojado. No deja de reírse, porque cree que estoy saliendo con Joy Song.

Por la noche, Brit y yo nos mandamos varios mensajes, pero no tantos como cabría pensar. Es como si quisiéramos reservarnos para el lunes, cuando volvamos a vernos en la escuela. Así que le doy las buenas noches, tomo el regalo del padre de Brit —la pequeña lata redonda—, lo abro y saco una vieja bobina de audio. La coloco con cuidado en un viejo magnetófono Sony de mi colección de aparatos de audio. Empiezo a digitalizar los trozos que más me gustan. En un momento dado oigo la voz de la madre de Brit entre el ruido del vagón de metro.

«Mira a esos dos», dice.

«Váyanse a un hotel», dice otra voz masculina. El padre de Brit.

«¿Nosotros somos así?», le pregunta la madre.

«Bueno, eso espero, te lo aseguro», le contesta el padre.

Parecen Brit y yo. Me pregunto cómo eran mis padres cuando empezaron a salir. No hay ninguna grabación. Aunque la hubiera, hablarían en coreano. Que supongo que podría traducir. Pero ¿me parecería lo mismo?

Llega el lunes. En cálculo, a Brit se le cae la goma de borrar y yo se la recojo.

—Gracias —me dice con los ojos brillantes.

—De nada —le contesto.

—Qué amables —nos dice el señor Soft con una mirada perpleja, como si alguien se hubiera tirado un pedo y oliera a rosas—. Bueno, chicos, una breve historia de la farsa que es el SAT.

Termina la clase. Me despido de Brit con una larga mirada, que me sostiene hasta que desaparece en una esquina.

—Amore —dice Q. Aplaude—. Bueno, el Blood Keep acabó fatal. El mago de Paul Olmo ha muerto.

Miro a Q. Que un personaje muera es importante y, a diferencia de los videojuegos, es para siempre.

—No jodas. ¿Qué pasó?

Q se encoge de hombros.

—Se volvió ambicioso. Se dedicó a estafar. Nos robó las gemas y las cambió por falsas para que nadie se diera cuenta. Pero lo atrapamos.

—¿Paul?

Paul devolvía las carteras perdidas que encontraba. Paul no robaba.

—El grupo le dio un ultimátum: luchar contra ellos o suicidarse para conservar cierta dignidad.

—Rayos.

—Creemos conocer a las personas —dice Q echándose vaho en los lentes.

Se me ocurren veinte metáforas de las gemas y no puedo evitar reírme.

En ese momento Joy Song aparece entre la multitud comiéndose una bolsa de uvas enormes. Conozco esas uvas. Se llaman wang-podo. *Wang* significa «tamaño extragrande» en coreano, y *podo* significa «uvas». En fin, creo que a los coreanos les encantan las uvas supergrandes.

Joy saca la lengua y me dispara una uva wang al cuello.

—¡Oye! —digo riéndome.

—Ja, ja, ja, ja, ja, ja, ja, ja, ja, ja, ja —dice Joy.

Recojo la uva y se la aviento.

—Aaaaaaaah —dice Joy, y se echa a correr.

Pero se voltea y me sonríe.

Q me mira muy serio.

—¿Qué pasa aquí?

—Bueno —le digo buscando las palabras—, nuestros padres son amigos, ¿okey? Hablamos en una Reunión, pero hablar en serio, y resulta que es divertida.

—Vaya, vaya —dice Q, aún serio.

—No pienses mal —le digo.

Más tarde vamos a su casa. Esta noche hay pollo tetrazzini, pero con salsa picante, porque sólo alguien con las papilas gustativas de un bebé se lo comería sin salsa.

—Así que te gusta Brit —me dice Q muy despacio.

Doy un volantazo.

—Me gusta Brit, sí.

—¿Y a qué vino ese rollo con Joy?

—Joy y yo somos buenos amigos —le digo—. Pero hasta ahora no sabía que podíamos ser tan buenos amigos.

—Así que son muy buenos amigos desde hace poco.

—Básicamente.

Suena el celular de Q, pero no hace caso.

—¿Y por qué no me lo dijiste?

Las palabras de Q me dan vueltas en el cerebro.

«¿Y por qué no me lo dijiste?»

«¿Por qué no me lo dijiste?»

«¿Por qué?»

«¿Por qué?»

Debería contárselo todo. No quiero mentirle respecto de mi… mentira.

Suena raro.

—Mira —le digo—. Hay algo que debes saber sobre Joy y yo. Digamos que tenemos una relación especial. Con ventajas especiales.

Q abre mucho los ojos.

Levanto las manos.

—Espera, espera. No las ventajas especiales que estás pensando.

Vuelve a sonar el espejo de mono de Q. Es su madre. Q pone el altavoz.

—¿Will? —dice la madre de Q. Sigue llamándolo así—. No pongas el altavoz, por favor.

—Demasiado tarde, mamá.

—¿Puedes recoger a tu hermana del gimnasio de camino a casa, por favor?

—Estoy en medio de una conversación muy importante, mamá.

—La recogemos encantados, señora Lee —le digo.

Q me da un puñetazo, pero apenas me doy cuenta.

—Gracias, Frankie.

Q cuelga y me apunta a un ojo con el dedo.

—Sigue.

—Ya hablaremos —le contesto—. Vamos primero a recoger a tu hermana.

* * *

Durante la cena sudamos heroicamente por el picante. Al parecer, Evon está demasiado buena para transpirar lo más mínimo.

Me ofrece una servilleta.

—Así que Brit.

La miro, pero su belleza es demasiado dolorosa y debo desviar la mirada.

—Qué bonito —dice Evon—. Aunque ¿no es un poco joven?

—Exactamente tres meses más joven que yo.

—Bueno, es bonito.

—Espera —le digo—. Sabes que soy un mes mayor que tú, ¿verdad?

—Y yo tres segundos, porque… —dice Q.

—Basta —dice la madre de Q.

Olvidamos recoger los platos, nos lo recuerdan, volvemos a recoger los platos y subimos a la habitación de Q para empezar a preparar el SAT. Sé que Q se muere de ganas de preguntarme por Joy, y yo también me muero de ganas de contárselo todo, pero antes nos quitamos de encima el estudio porque somos así y faltan sólo un par de días para el examen.

El SAT es un examen ridículo, redactado como si se dirigiera a extraterrestres que han llegado a la Tierra por primera vez.

El día de San Valentín es una celebración importante del amor y la amistad en la que las personas se envían tarjetas de San Valentín.

Si un grupo dispone de 110 tarjetas, y cada miembro del grupo debe enviar una tarjeta a todos los demás miembros del grupo, ¿cuántas personas hay en el grupo?

—Once —digo—. Cada persona envía diez tarjetas, porque no te mandas una tarjeta a ti mismo, y once veces diez es 110.

—Sí, tu lógica es aplastante —me dice Q. Cerramos los libros—. Pasemos a tu relación especial con Joy. ¿Estás o no jugando con dos chicas a la vez?

—¡Qué horror! ¡No!

—¿Estás utilizando a Brit para poner celosa a Joy, para que deje a Wu y salga contigo?

—No, pero es supercomplicado.

—Dime la verdad. No me obligues a darte una paliza.

—Mira.

—Acabaré contigo.

—Estamos saliendo, pero es mentira.

Q se queda callado y pone mala cara.

—¿Qué?

Respiro y sigo.

—Hicimos creer a nuestros padres que estamos saliendo para que yo pueda salir cuando quiera con Brit, y Joy con Wu.

—Porque Brit es…

—Mmm.

—Y Wu es…

—Exacto.

—Y tus padres no…

—Exacto.

—Aaah —Q asiente varias veces. Se da cuenta de que la estrategia es inteligente. Pero su cara se contrae—. Estás intercambiando gemas.

Pienso en Paul Olmo esperando para vaciar la bolsita de baratijas de vidrio mientras el resto del grupo dormía.

—No estoy intercambiando gemas.

—Es un intercambio de gemas.

—¿Me robaste el cargador? —dice una voz.

Es Evon, vestida con un conjunto brillante que podría ser para dormir, para hacer deporte o para salir por la noche.

—Estás interrumpiendo bruscamente un largo diálogo de gran intensidad —grita Q.

Saco de mi mochila un cargador verde Loco-LimeTM y se lo lanzo.

—Utiliza el mío.

Evon atrapa el cargador en el aire sin mirar —impresionante— y me señala.

—Al menos algunos chicos son unos caballeros.

Sale y cierra la puerta.

—Cierra la puerta —le dice Q, demasiado tarde.

—En fin —sigo diciéndole a Q—. Es una estrategia con la que todos salimos ganando.

Veo que Q piensa en nuestro plan como si pensara en la integridad de un algoritmo, y sus ojos se mueven de un lado a otro hasta que encuentra un problema.

—Pero ¿hasta cuándo? —me pregunta por fin.

—Mientras podamos —le contesto encogiéndome de hombros—. ¿Hasta el verano? ¿Hasta la graduación?

—¿Y luego qué? —me pregunta Q.

—Luego estaremos en la universidad y podremos hacer lo que queramos.

Q me mira.

—¿Y luego?

—Déjate de «y luegos» —le digo citando una película que nos gusta mucho.

—Creo que sería mejor que se lo dijeras a tus padres, aunque tardes meses.

—No voy a hacer como Hanna.

—Hanna lo hizo bruscamente y sin previo aviso —me dice Q—. Deberías decírselo poco a poco. Poco a poco —me dice moviendo las manos muy despacio.

Pero no quiero seguir su consejo.

—¿De verdad tengo que diseñar una estrategia diplomática a largo plazo con mis padres sólo para salir con una chica? En tu caso no sería necesario.

Q está de acuerdo.

—En teoría. En realidad es discutible, salvo…

Q se calla. ¿Está pensando en alguien?

—¿Salvo qué? ¿Salvo quién? —le pregunto.

Observo su cara. Es fascinante. De repente le da vergüenza.

—Vamos —le digo—. ¿Quién te gusta?

Como dije, Q y yo no solemos hablar de intereses amorosos. Pero debe de tenerlos. Sí, es un friki con problemas para socializar, pero es un chico como cualquier otro. Lo que pasa es que es raro hablar de chicas con un amigo de toda la vida. En la secundaria le gustó una chica —Kara Tram—, pero apenas lo comentamos. Ella se fue a vivir a otro sitio, y eso fue todo.

Q piensa con la boca abierta un buen rato antes de hablar.

—Esa información es sólo para la reina, amigo.

—Amelie Shim.

Q aprieta los labios y niega con la cabeza.

—Mmm.

—Naima Gupta.

Q suspira.

—No, pero no importa. El objeto de mi afecto está saliendo con otra persona.

—Qué mierda.

—Una porquería, sí.

—¿Qué vas a hacer?

—Morirme de pena —me contesta Q.

Me inclino hacia él y le susurro:

—¿Quién es?

—Bueno, vamos a la universidad, ¿y luego qué? —me dice Q pasando por alto mi anterior pregunta—. Tus padres te llamarán e irán a verte. ¿Y después de la universidad? ¿Seguirás intercambiando gemas? Un día acabará la universidad. ¿Y luego?

De esto es precisamente de lo que no quería hablar. Quería hablar de lo bonita que es mi estrategia con Joy y de lo mágica que fue mi noche con Brit. No del maldito futuro.

—Y luego Hanna —le suelto—. ¿Sabes por qué se casó con Miles en el ayuntamiento? Porque sabía que mis padres no irían a la boda. Ahí tienes el «y luego». Miles y ella tendrán hijos, que crecerán, y mis padres se harán viejos, y ahí tienes el maldito «y luego».

—Oye, oye —me dice Q.

—Se casó con un negro. Ustedes saben mejor que nadie de qué va esta mierda. Vamos, amigo.

Q me pasa un brazo por encima y me aprieta un hombro.

—Te entiendo. De verdad.

—No sé qué pasará luego. Nadie lo sabe. Sencillamente… me la pasé muy bien con Brit. Una de las mejores noches de mi vida. En este momento no quiero hablar de otra cosa. En este momento no puedo pensar en otra cosa.

—Okey, okey, okey —me dice Q para tranquilizarme—. Te entiendo.

—Perdona.

—No pasa nada —me dice Q.

—Me puse un poco nervioso.

—Lo raro sería que no te hubieras puesto nervioso, amigo.

Le sonrío.

—Eres tan genial que consigues que la muralla china parezca una cerca de alambre.

Q me devuelve la sonrisa.

—Y tú eres tan genial que el calentamiento global te tiene miedo.[5]

—Y tú eres una bomba, tuvieron que evacuar el edificio.

Y así sucesivamente. Es nuestra versión del juego de los Dozens, pero en lugar de insultar a la madre del otro nos lanzamos piropos. Lo llamamos Dozens del Panadero. En una ronda de Dozens del Panadero nadie pierde. Todos ganan.

—Me alegro de que seas feliz, y al carajo todo lo demás y todos los demás —me dice Q mirándome a través de sus lentes invisibles y levantando una copa invisible—. Por ahora.

—Por ahora.

Hacemos un brindis invisible.

5. Este comentario tiene sentido si se considera que *cool* en inglés significa tanto «frío» como «genial». *(N. de la T.)*

12

Brillante

—Frankie, ¿quieres cerveza o algo? —me pregunta mi padre—. Hola, Joy, encantado de verte.

Mi padre deja una caja de seis cervezas —de las buenas, al parecer, IPA o algo así— en la habitación, como si dejara comida en la jaula de unos animales raros, y se marcha. Esta noche la Reunión es en casa de los Kim.

—Papá —oigo decir a mi madre—, no das alcohol.

—Ya hacen SAT. Ahora se relajan —dice mi padre.

Sí, hice el SAT esta mañana. Aunque parece que el SAT me hizo a mí.

Para empezar, estornudé en la hoja del examen, un moco espectacular, y no tenía nada con que limpiarme la nariz aparte de esa hoja.

Luego sonó el celular de una chica, y casi la descalifican, pero se salvó porque soltó un apasionado discurso de tres minutos sobre que soñaba con ser pediatra. El numerito fue entretenido, claro, pero me desconcentró.

Cuando los alumnos de las clases avanzadas nos reunimos junto a las astas de las banderas, todos daban patadas al césped, así que entendí que tampoco les había ido bien.

—No apruebo ni por casualidad, amigos —dijo Paul Olmo—. Tendremos que quebrarnos la cabeza en el segundo examen.

—¿Quebrarnos la cabeza? —le preguntó Naima Gupta.

—Tú me entiendes —le contestó Paul—. Vamos, isang bagsak.

Isang bagsak es como llaman en filipino a dar palmadas al unísono, pero cada vez más deprisa hasta acabar en un gran aplauso. Paul lo llama «aplauso de unidad».

Nuestro aplauso de unidad tampoco fue muy bien y acabó sonando como un elogio sarcástico.

Ahora, mirando a los Limbos, sé que todos pensamos lo mismo: «Podría haberlo hecho mejor».

Miro la cerveza.

—De verdad que no bebo, papá.

—Pero gracias de todos modos —le dice Joy con una mirada amable.

Qué bien lo hace.

Mi padre le sostiene la mirada un momento y luego vuelve a mirarme a mí. Entonces parece recordar que hay más personas en la habitación.

—Todos buen trabajo hoy —dice—. ¿Cuándo siguiente SAT? —añade.

La habitación se viene abajo. Mi padre acaba de admitir en voz alta que no hemos sacado la puntuación suficiente.

Mis padres bajan a jugar con los demás padres al yut nori en una gran manta de visón, que llaman «de visón» no porque esté hecha con pieles de visones asesinados, sino porque es suave y gruesa como un abrigo de visón. El yut nori es un juego de dados de hace un millón de años, pero en lugar de dados se lanzan palos de madera maciza de abedul. Luego se mueven fichas en un tablero. Creo que puede ser uno de los primeros juegos de mesa que se inventaron. No lo sé. Debería buscarlo.

Oigo los palos del piso de abajo, un sonido antiguo que parece fuera de lugar en un barrio residencial moderno. Cada lanzamiento de los palos provoca exclamaciones, gritos o carcajadas. Quiero bajar con mi Tascam para grabar ese bonito sonido de abedul, casi cristalino, pero temo que si lo hago, todos me miren raro y empiecen a hacerme preguntas.

Así que me quedo mirando el techo. Joy hace lo mismo.

—Mierda de SAT —dice Joy—. A ver si acaba la guardería de una vez.

Así llama a la preparatoria: guardería.

Joy quiere ir a la Universidad Carnegie Mellon, en la lejana Pittsburgh, y aprender a hacer robots con inteligencia artificial que acaben diezmando la humanidad.

Ella Chang está aquí, haciendo una especie de conejo demonio amigurumi con agujas muy finas. John Lim está aquí, jugando al Craft Exploit en una tableta. Andrew Kim también está aquí —al fin y al cabo, es su habitación—, haciendo flexiones de brazos y mirando la cerveza hasta que no puede más.

—Al diablo, me tomo una —dice, y la abre con teatral entusiasmo.

Andrew hizo una dieta baja en carbohidratos para perder cinco «kilos de cámara», como él dice. Quiere convertirse en el primer estadounidense de origen asiático que, según sus propias palabras, se «tire a una tipa blanca en una película con desnudos integrales y sin merkins».

Tuve que buscar «merkin».

—Chicos, ¿quieren? —nos pregunta Andrew tendiéndonos las botellas—. El alcohol cura la ansiedad.

—No, gracias —le digo.

—Yo tampoco —le dice Joy Song.

—Nubla la mente —le dice John Lim.

—Dame una —le dice Ella Chang, y lanza a John una mirada desafiante.

Andrew y ella brindan. Dan un largo trago. Sabía que Andrew era un fiestero, pero de Ella no tenía ni idea. Entre la escuela y los ensayos de violonchelo, ¿de dónde saca el tiempo?

Joy ha dicho «Mejor que no», es decir, «Mejor que no beba». Así que le pregunto:

—Oye, ¿qué pasa cuando bebes?

Andrew salta antes de que Joy haya podido contestarme.

—Habla —dice Andrew—. Mucho. Estuve en una fiesta a la que fue Wu.

—Andrew en una fiesta, qué sorpresa —dice John sin apartar los ojos de la pantalla.

—Joy no dejaba de hablar, bla, bla, bla —dice Andrew.

—Cállate —le dice Joy riéndose.

—Ah, ¿sigues con Wu? —le pregunta Ella.

Ya está en la segunda cerveza. Han pasado cuarenta segundos. Joy se queda paralizada.

—Ah, mmm, sí, sí. ¿Por qué?

Ella parpadea.

—Ah —le contesta—. Ah. Por nada. No importa.

Entonces también yo me quedo paralizado. Joy y yo pensamos en representar nuestra farsa delante de los padres, pero no pensamos en los Limbos. ¿Los engañamos también? ¿O se lo decimos? Decírselo sería arriesgado, una posible filtración en nuestro barco.

Pero el hecho es que todos vamos a la misma escuela. Nos saludamos en los pasillos. Que empiecen a sospechar es sólo cuestión de tiempo. Confiar nuestro secreto a los Limbos podría ser la única solución.

—Voy al baño —digo.

Recorro el pasillo en calcetines en busca de una habitación vacía. Le mando un mensaje a Joy.

«Dormitorio principal.»

Tras treinta largos segundos, Joy aparece en la puerta.

—Oye —le digo.

—¿Qué?

—Creo que tenemos que decírselo.

Los palos de abedul del yut nori tintinean y todos los padres gritan de alegría.

—No te oigo.

Joy se acerca a mí y se sienta a mi lado en la cama.

—Dije que tenemos que decírselo —le susurro al oído.

—¿Qué? ¿Por qué? —me pregunta Joy.

Pero luego me mira como diciendo: «Tienes razón».

—Si lo supieran, pensarían que estamos locos —le digo—. Pero apuesto a que guardarían el secreto si se lo pidiéramos. Apuesto a que no tendrían problemas. Menos John, quizá.

—Ese idiota quiere ver arder el mundo —me dice Joy.

—Lo sé, ¿okey?

—Pero sabes que John está enamorado de Ella, ¿verdad?

—No.

—Tonto, John da likes a todo lo que publica Ella. Y pontifica en sus comentarios. En cada maldito post. ¿No te has dado cuenta de que en las Reuniones no le hace ni caso?

Joy mueve las cejas.

Me río intentando no hacer ruido.

—Ella le cortaría el corazón en rodajas y las secaría al sol para echárselas en la ensalada de pasta.

—Dios mío, Frank, qué horror.

Por un segundo nos sonreímos en la oscuridad, y luego recordamos lo que nos traemos entre manos.

—Lo que digo —sigue diciéndome Joy— es que quizá John pueda guardar un secreto, porque también él tiene uno, *capisci*?

Imagino a una mafiosa Joy chantajeando a John para que no hable y resoplo.

—Creo que es bueno —le digo—. Creo que todos son buenos. Si alguien puede entender por qué hacemos esta locura, son los Limbos.

—Bien dicho —Joy inspira y espira—. Okey. Se lo decimos.

Me levanto, tomo a Joy de la mano y la jalo.

Cuando volvemos a la habitación de Andrew, veo a John soltando un chisme ante un público cautivado.

—Y luego lo vi desaparecer con ella —dice John.

—Con Brit Means —dice Ella.

—Puedo explicarlo —digo.

Los Limbos se sobresaltan y me miran, expectantes.

—Lo que pasa es lo siguiente —digo.

—Que Joy y tú tienen una relación poliamorosa abierta —dice Andrew.

—Exacto. ¿Cómo lo supiste? —le pregunta Joy en tono inexpresivo.

—Dejémoslo hablar —dice Ella.

—Bueno —digo—. Joy y yo llegamos a un acuerdo que me permite relacionarme sentimentalmente con determinado miembro de la población femenina que podría provocar tensión entre determinada población de mentalidad tradicional de nuestra etnia común.

—Estamos fingiendo que salimos juntos —dice Joy.

—Aaah —dicen los Limbos.

—Así puedes salir con Wu y además evitar problemas más graves de identidad y familiares —dice Ella.

—Exacto, Ella —le contesta Joy.

—Y tú sales con Brit Means —dice John.

Asiento. Miro a Joy. Nos encogemos de hombros. Levantamos tímidamente las manos.

—¿Pueden guardarnos el secreto? —les pregunto en voz baja.

Ella se lleva las manos a las sienes y las presiona sin terminar de creérselo. Rompe el silencio.

—Me encanta. Chicos, una gran estrategia.

Andrew levanta los puños.

—¡La mejor estrategia del mundo!

Ella me lanza una sonrisa cursi.

—Enamorado te ves muy guapo, Frank.

John presta atención. Intenta hablar, pero sólo mueve la boca como un pez fuera del agua.

Es demasiado patético para verlo. Me da pena ajena.

—Voy a orinar.

—¿A orinar de verdad? —me pregunta Ella aún presionándose las sienes—. ¿O a fingir que orinas?

* * *

Orino de verdad. Golpeo el dispensador del jabón, me lavo las manos y me las seco con la toalla de flores especial para la Reunión de esta noche. Noto que me tiemblan las manos. Joy y yo nos hemos arriesgado mucho y nos hemos desenmascarado. ¿Podemos confiar en los Limbos? Aunque hayan prometido no decir nada, se les podría escapar algo sin querer.

¿Por qué tiene que ser todo tan complicado?

Por un segundo pienso: «Que se joda todo». Me planteo dejarlo con Brit. Pasar el último curso como un monje. Dejar lo de salir con chicas para la universidad. Allí la logística será más fácil. ¿Por qué complicarme con esta doble vida?

Salgo al pasillo cuando en mi teléfono suena el tono de Brit —punto-punto-punto, raya-raya-raya, punto-punto-punto, SOS en código Morse—, y el instante de «que se joda todo» se desvanece en un puf verde de vergüenza. Nunca podría olvidar a Brit. Es un libro que acabo de empezar a leer y necesito saber adónde va la historia.

—Hola —le digo.

—Hola, Frankly —me dice Brit.

Está en una habitación silenciosa, con el micrófono pegado a la boca para que su voz suene como si estuviera dentro de mi cabeza.

—Así te llamo: Frankly —me dice—. ¿No te parece práctico que tu apodo suene igual que tu nombre completo?

—Pues entonces yo te llamaré Britmeans —le contesto—. ¿Breans? ¿Beans? Hola, Beans.

Se ríe en voz baja.

—Podemos trabajarlo.

A mi alrededor suenan los ruidos de la fiesta, y tengo que colocar la mano alrededor del teléfono para proteger nuestra conversación.

—¿Dónde estás? —me pregunta Brit.

—En una Reunión —le contesto—. Hay mucho ruido. ¿Puedo llamarte luego?

—¿Una reunión? —me pregunta Brit con curiosidad.

Un sentimiento cálido me invade. Mi frente, que hasta ahora ha estado tensa, se relaja. Porque me doy cuenta de que para Brit también soy un libro que acaba de empezar a leer.

—Sí —le digo—. Mis padres y sus amigos prometieron seguir en contacto cuando llegaron a Estados Unidos, así que nos reunimos una vez al mes. Nos reunimos desde que yo era un bebé. Desde antes.

—Parece increíble.

—Lo es —le digo.

Porque Brit tiene razón. Es increíble. De repente el yut nori del piso de abajo encaja en su lugar en la cronología cósmica. No es sólo un juego de mesa, sino una especie de celebración constante que dice: «Llegamos hasta aquí. Mírennos ahora. Miren lo que trajimos con nosotros».

De repente la habitación llena de Limbos se convierte en el logro más valioso de la vida: hijos a los que no les faltará nada, que hablan en inglés, que irán a las mejores universidades del mundo y nunca tendrán que gestionar un negocio de alquiler de muebles de oficina (como los padres de Joy), una lavandería (los de Ella), una perfumería (los de Andrew), una tienda de souvenires (los de John) o una tienda (los míos).

Esos increíbles hijos, la prueba viviente del trabajo duro y el sacrificio en una tierra extraña, ahora salen de la habitación de Andrew diciendo tonterías como payasos idiotas y me ven tapando el teléfono con las manos como un chico que sin duda está hablando con su novia.

—¿Con quién hablas? —me pregunta Andrew—. ¿Con Brit?

—Miren —dice John como si fuera testigo de la revelación de un misterio—. Frank Li enamorado.

Ella corre hacia mí, lee la pantalla de mi celular y gira la cara para acercarse al micrófono.

—Hola, Brit.

—Hola, Brit —dicen Andrew, Ella y John.

—Uf, déjenlo en paz —dice Joy. Pero también ella grita al micrófono, enojada—: ¡Brit lo dice en serio, hijos de puta!

La madre de Andrew grita desde abajo:

—¡Cena lista!

Los Limbos bajan corriendo y haciéndome muecas. Joy me guiña un ojo, se voltea, se da un golpe en el codo con la manija de una puerta y murmura:

—Maldita sea.

Supongo que se tomó la cerveza.

—¿Quiénes eran? —me pregunta Brit riéndose.

—Amigos —le contesto—. Los hijos de los que se reúnen. Se emborrachan con una cerveza.

—Parecen bastante locos. Ojalá pudiera verlo.

—Uy, es aburrido —le digo—. Bueno, aburrido no, pero no tan divertido.

—Cosas de la familia.

—Sí.

—Lo entiendo —me dice Brit—. Aun así me encantaría verlo. Me encantaría verte fuera de tu contexto habitual.

Sus palabras «me encantaría» y «verte» me derriban y tengo que apoyarme en la pared.

—Sería muy bonito ver cómo es Frankly cuando está con su madre, su padre y su hermana. ¿Cómo se mueve? ¿Cómo habla?

Oír mencionar a mi hermana me encoge el corazón.

Sé que no puedo salir con Brit y evitar que conozca a mis padres. Conocer a la familia no sólo es inevitable, sino también normal. Las personas normales salen con alguien, la relación pasa a ser seria y empiezan a conocer a las personas más importantes para su pareja. Así son las cosas. Yo ya he visto a los padres de Brit, dos veces, y me ha gustado. Me ha gustado verla con ellos. Entiendo lo que dice de los contextos diferentes.

La idea de mantener los mundos separados —el mundo de Frank y Brit, y el mundo de mis padres— me parece tan imposible como, no sé, mantener alejados el mundo de Corea y el de Estados Unidos aquí, en Playa Mesa.

No pueden mantenerse separados mucho tiempo.

Oigo lo que Brit va a decir antes de que lo diga.

—Quizá podría pasar por tu contexto este fin de semana —me dice—. Ver a Frank Li en su hábitat natural.

—Ay, sí, estaría muy bien, claro —le digo.

Lo que significa: «Piensa, idiota, piensa». Los dedos de mis pies empiezan a flotar. Imposible decirle que no. Habría sido enormemente raro. Pero ¿qué hago si viene?

—Sería increíble —dice Brit—. Perdón.

—¿Por qué perdón?

—Me prometí a mí misma no decir «increíble» tantas veces. Es una palabra muerta.

—Un objetivo increíble —le digo para ganar tiempo hasta que se me ocurra un plan.

—Tonto —me dice con una sonrisa en la voz.

Al final se me ocurre una idea: cuantos más seamos, mejor.

—Puedo pedirle a mi madre que prepare una parrillada coreana —le digo—. Invitamos a varios compañeros de clase y hacemos nuestra propia reunión.

—Ah —dice Brit.

Hago una mueca de dolor, porque sé lo que Brit había imaginado, y sé que no era una parrillada multitudinaria. Sé que ella había pensado en una cena íntima con mis padres, como hacen los chicos blancos en las películas. Quería que la presentara.

Nos quedamos callados y siento que Brit deja que esa imagen se diluya.

—Sí, suena increíble —me dice en tono animado—. Bueno, increíble no.

—¿Qué tal «brillante»? —le pregunto.

Por mí puede decir «increíble» en todas las frases. Respiro aliviado. Así, en el contexto de una fiesta, Brit podrá conocer a mis padres —como las parejas normales— y yo podré mantener intacta mi estrategia con Joy. Mataré dos pájaros de un tiro, recurriendo a una metáfora innecesariamente violenta.

—Brillante —me dice, y vuelvo a oír su sonrisa.

Me doy cuenta de que estoy agarrándome al marco de la puerta, absorto en su voz.

Mi madre grita desde abajo.

—¡Frankie! ¡Cena lista!

—Tengo que colgar.

—Te voy a extrañar.

—Yo más.

—Dios mío —me dice Brit—. ¿En qué nos estamos convirtiendo?

Colgamos. Observo la pequeña lámpara que brilla en el techo del pasillo.

—Brillante —digo a la lámpara.

* * *

En la cena hay un poco de todo: ternera con brócoli y arroz frito chino-estadounidense, sashimi y miso japoneses, chapchae y eun daegu jorim coreanos, y por último lasaña italo-estadounidense.

Mi padre deja más cerveza en nuestra mesa, la de los hijos, y mi madre vuelve a protestar. Pero, como todos están de fiesta, lo deja ir.

—Es buena —dice mi padre—. Cerveza trapense belga.

—¿El mayorista te hace descuento? —le pregunta el padre de Joy.

Habla con acento, pero su inglés está a años luz del de mi padre.

—Más cara que vendemos nosotros —le contesta mi padre.

—Pues dame tres, señor Li —le dice el padre de Joy, y saca un billete de cien dólares de la cartera.

Siento deseos de poner los ojos en blanco y decirle: «Eres rico, lo sabemos. Eres el inmigrante más rico, más inteligente y que trabaja más duro de toda la historia de Estados Unidos».

—Aigu, guardas dinero ahora mismo —le dice mi padre.

Se ríen y al final el padre de Joy toma una botella con las dos manos y dice:

—Bien, muchas gracias, mi sunbae.

—De nada, hoobae.

Sunbae —persona que tiene más experiencia, mentor— es como el padre de Joy llama a mi padre, porque mi padre llegó antes a Estados Unidos. Mi padre llama al padre de Joy *hoobae* —persona que está jerárquicamente por debajo del *sunbae*—. Se han llamado así durante décadas, y ahora se ha convertido en una rutina graciosa que les gusta interpretar. Supongo que es gracioso porque los dos tienen la misma edad.

Supongo que es gracioso porque está claro que el padre de Joy ha superado a su mentor en todos los sentidos.

Joy se llena el vaso. La miro: «¿Estás segura de que deberías tomarte otra?».

Algo cambia en Joy. Parece que está coqueteando. Levanta la botella con las dos manos, la dirige a mi vaso vacío y dice en voz alta:

—Déjame servirte un vaso, yubs.

Todos nos miran por un segundo, y luego exclaman «¡Aaah!».

Yubs es una abreviatura conglish (coreano e inglés) de *yeobo*, que significa «cariño», lo que uno dice a su pareja.

Impresionante. Inclino la cabeza para admitir su habilidad y deslizo mi vaso hacia ella como un jugador que se retira en una partida de póquer. Levanto el vaso y doy un sorbo. Es malísima. No entiendo qué sentido tiene beber agua en la que durante semanas se ha podrido lúpulo, ramas y mierda.

Los adultos se centran en su conversación, y nosotros, los Limbos, nos inclinamos hacia nuestra mesa.

—Joy —grita Andrew—, tienes que ser actriz.

Joy parpadea. Su cara está poniéndose roja por el alcohol. Está guapa.

—Si eso significa que siempre tengo que hacer esta mierda de papel de muñeca china, no —le contesta.

Cambia de cara y vuelve a ser la Joy normal, con una sonrisa irónica.

—Pues funciona —dice John—. Bueno, ¿por qué no iba a funcionar? Es perfectamente lógico.

—Quizá todos deberíamos fingir que salimos entre nosotros —dice Ella—. John, tú serás mi novio falso.

—¿Por qué? ¿Quién te gusta de verdad? —le pregunta John.

—Tú primero —le dice Ella.

—Buen intento.

Joy y yo nos miramos. ¿Están ligando?

Levanto las manos para llamar la atención de los Limbos.

—Chicos, lo repito para que quede del todo claro. Tienen que prometernos que…

Mi madre aparece en la mesa de los hijos.

—¿Todos pasar bien?

Por supuesto, nos mira a Joy y a mí alternativamente.

Quiero que se vaya. Para seguir con lo que estaba diciendo. Así que le digo:

—Estamos rajando.

—¿Rajando? —me pregunta mi madre.

Joy me lanza una mirada. Lo entendió.

—Ahora mismo estamos chismeando —añade Joy.

—¿Qué? —pregunta mi madre, y retrocede un centímetro.

Hablar coloquialmente funciona. Hanna y yo lo hacíamos, y sé que los demás Limbos también pueden hacerlo. Si quieres que tus padres no se enteren de algo, lo más fácil es recurrir a expresiones que sabes que no conocen. Así puedes decir lo que quieras en su cara.

Hanna y yo hacíamos muchas cosas. Ahora se ha ido, así que soy el dueño del universo de mis padres. Para mis padres me comporto como el hijo ideal. Hago trampas para complacerlos. Y Hanna vive en el exilio.

¿Cómo llamarlo?

¿Culpabilidad del superviviente?

Me dirijo a los Limbos:

—Antes de continuar en esta movida, toda la banda tiene que confirmar que ha configurado bien la aplicación. Nada de postear en el muro. ¿Okey?

Mi madre nos mira confundida.

—Lo entiendo genial, colega —dice Andrew.

—Estamos alerta —dice Ella.

—Lo cachan, amigos, de verdad —dice Joy—. Hashtag #Locachan.

—¿Por qué cachan?

Mi madre frunce el ceño y se retira, y los Limbos volvemos a quedarnos solos en nuestra mesa.

—Hashtag cien likes a sólo se vive una vez —dice John, al que se le da fatal hablar coloquialmente.

Lo miramos todos un momento hasta que se tranquiliza.

Andrew se levanta y nos aprieta el hombro a Joy y a mí.

—Tienen nuestra palabra, locos.

—Pero ¿están tan locos? —pregunta Ella—. Todos queremos amar a quien queramos.

Ella planteó un tema profundo. Me doy cuenta. Y sé que los demás también, vete a saber por qué razones secretas. Lo de menos es cuáles son nuestros secretos concretos. Lo que importa es el hecho de que todos tenemos secretos, siempre. Por un momento todos asentimos y dejamos las palabras de Ella flotando ante nosotros.

«Todos queremos amar a quien queramos.»

13

Gracias, Bulit

Al día siguiente llamo a mi madre a La Tienda para preguntarle si quiere, bueno, en fin, organizar una parrillada el sábado, y sin contestarme siquiera que sí se pone en su papel de madre: tendrá que salir temprano de La Tienda para ir a comprar la carne, irse a dormir más tarde la noche antes para prepararla y marinarla, pedirle a mi padre que limpie la parrilla, etcétera. Está tan ocupada murmurando para sí misma la lista de lo que tiene que hacer que me cuelga.

Finge que va a ser mucho trabajo, pero lo cierto es que mi madre está encantada con la idea de recibir a mis amigos. Porque sabe que (a) no van a juzgarnos, (b) son chicos estadounidenses a los que les va a entusiasmar la comida, y (c) podrá enorgullecerse abiertamente de su comida sin tener que fingir falsa humildad, como hace cuando los invitados son coreanos.

Me quedo un segundo parado y luego tecleo:

«Aviso: voy a organizar una parrillada, pero no te invito a propósito porque vendrá el paquete».

«Ajá —me contesta Joy—. El paquete.»

«No quería que te enteraras por otra persona.»

«Sí, las cosas claras, recibido —me responde Joy—. Cambio y fuera.»

Llega el sábado. Me despierto más tarde de lo habitual, poco antes de las doce. Bajo a la cocina a buscar leche y cereales. En el refrigerador hay un plato enorme de carne marinada esperando la parrilla.

Brit empieza a acribillarme a mensajes.

«Cinco de la tarde, ¿verdad?»

«¿Qué me pongo?»

«¿No debería llevar un postre o algo?»

Cada mensaje me golpea el cráneo como una piedra lanzada por un diablillo mágico que no puedo evitar. Me pongo nervioso. «Frankly, parece peligroso. Demasiado arriesgado, francamente.»

«¡Déjate de francamentes!», me grito a mí mismo.

Mi madre vuelve a casa temprano de su turno de la mañana en La Tienda. Mi padre se queda en La Tienda, porque —como supones— mi padre nunca se ha tomado un día libre al menos desde que nació Hanna. Mi madre se pone un delantal que le regaló un distribuidor de cerveza con la incongruente foto de una chica en bikini y con sombrero abrazando una enorme botella de cerveza.

—Te suplico que no te pongas ese delantal —le digo.

Mi madre mira a la chica en bikini.

—¿Por qué? Es nuevo. Miguel me da gratis.

—¿No puedes darle la vuelta?

Mi madre se lo desata, le da la vuelta y vuelve a atárselo.

—¿Qué te pasa?

—Nada.

—¿Viene tu profesor esta noche?

—No.

—¿Sólo amigos?

—Sólo amigos —le contesto.

Suena fatal. «Sólo amigos sólo amigos soloamigossoloamigossoloamigos.»

—Ayúdame —me dice mi madre, y mientras saco del refrigerador el enorme plato de carne, me doy cuenta de que lo que pase será responsabilidad mía.

La ayudo a preparar los platos y más platos de banchan: kimchi, raíz de loto, kimchi de pepino, gelatina de bellota, espinacas, brotes de soya, ensalada de papa y anchoas asadas, todo ello riquísimo. Un caleidoscopio de platos, un futuro festín. Mientras mi madre corta ingredientes, yo cubro cuidadosamente los platos de banchan con papel film. Luego levanto la cabeza: son casi las tres.

¿Cómo pueden ser casi las tres?

—Aún no me he bañado —digo sin dirigirme a nadie.

—Aigu, apestoso —me dice mi madre—. Haces mucha peste.

Mi madre intenta ser graciosa, así que me río un poco para ser buen hijo. Pero estoy cada vez más aterrorizado. La gente no tardará en llegar. Brit no tardará en llegar.

—Vuelvo enseguida —le digo, y subo la escalera.

Dejo que el baño se llene de vapor. En realidad no me lavo. Simplemente dejo que el agua caliente corra por mi espalda un buen rato. Me pongo a escribir en la puerta de vidrio de la regadera.

B-R-I-T

B-R-I-T

Borro las letras con la esponja, pero veo que la grasa del dedo se quedó pegada al vidrio, así que al empañarse, el nombre sigue viéndose.

Significa algo. Brit significa algo. Significa que en cuanto salga de esta niebla, todo será diferente. Mi madre verá a Brit —la verá—, Brit lo hará genial y se reirán juntas. Luego, en la cama, mi madre le contará a mi padre sus sorprendentes descubrimientos: «Brit muy simpática, ojos muy grandes, como Joy. Más mejor que Joy». Al principio mi padre se quejará, pero cuando vea la luz de la comprensión en los ojos de mi madre, se ablandará.

«Chica estadounidense, ellos bien.»

Cuando mis padres dicen «estadounidense» quieren decir «blanco». Cuando se refieren a sí mismos —o a mí—, dicen *hanguksaram* o «coreano». Yo nunca digo que soy coreano. Digo que soy coreano-estadounidense, siempre digo primero «coreano» o «asiático», luego el guion, que no suena, y acabo con «estadounidense». Nunca digo sólo «estadounidense».

Los blancos se describen a sí mismos sólo como «estadounidenses». Sólo si los presionan aluden a su origen étnico. No me parece justo que tenga que pasarme la vida explicando mi origen con ese guion mudo cuando los blancos no lo hacen.

Es complicado. Pero sencillo. Sencicado.

Brit Means se niega a decir que es blanca, y utiliza «europea-estadounidense». Porque Brit es sabia y consciente.

B-R-I-T

Cierro el grifo y oigo voces.

¡Voces!

Me seco a toda prisa, me paso una mano por el pelo y me visto. Bajo corriendo. Todavía estoy sudando por el baño caliente. Oigo que mi madre ha pasado al «inglés educado para las visitas», el dialecto que utiliza con invitados al margen de las Reuniones.

—Oh, ¿por qué traes uno tan caro? No tienes que hacerlo.

—Es para todos.

—¿Qué es?

—Es un pastel de frutas francés, relleno de… eh, de *crème pâtissière*.

—Ah, ¿eres francesa?

—Ja, ja, no.

—Bueno, muy muy guapa. Gracias, ¿okey?

—De nada, y gracias a usted por…

—Hay que meter en refrigerador.

Me acerco corriendo.

—Yo lo meto.

Mi madre mira a Brit y asiente.

—¿Bulit? ¿Blit? Perdón.

—Brit, no se preocupe —le dice Brit.

—Difícil pronunciar —dice mi madre dirigiéndose al patio con una bandeja.

—Hola —le digo a Brit.

—Hola —me dice Brit.

Y nos damos el típico abrazo entre amigos. Es el peor abrazo de mi vida. Siento que Brit se reprime. Siento que tiene cuidado delante de mi madre, que aún puede vernos por el cristal de la puerta.

Sólo entonces mi mente se calma lo suficiente para ver la ropa que trae Brit. No sus habituales jeans ni una camiseta graciosa, sino… un vestido.

Un vestido casto para Alá. Un vestido sencillo de algodón, nada lujoso, pero a mí me parece que está lo bastante guapa como para mandar una flota de marineros a la muerte. Un vestido para una cena de adultos.

—Estás increíble —le digo.

—Eh, eh —me dice Brit moviendo un dedo al oír la palabra «increíble».

Es imposible, necesito besarla. Doy un paso atrás mentalmente: aquí está Brit Means, en mi cocina, destilando su exótico aroma.

—Estás… seductora —le digo.

Brit sonríe a una figurita de bronce de un caballo salvaje derribando a un sorprendido niño cowboy.

—Tus padres tienen un gusto rarísimo.

—Yo ya ni lo veo.

—La mayor fortaleza de la humanidad —y la razón por la que al final caerá— es su capacidad de normalizar incluso lo raro.

—Lo que tú digas, Brit Means.

Brit respira hondo para infundirse valor.

—¿Dónde está tu padre?

—En La Tienda. Siempre está allí. Pero ya conociste a mi madre. Por algo se empieza.

Le toco el hombro, veo los ojos de mi madre al otro lado del cristal y me inclino hacia atrás para fingir una postura más platónica. Sólo amigos.

Brit parece quitarse algo de la cabeza y esboza una sonrisa de oreja a oreja.

—Me alegro mucho de estar aquí. Contigo. Y el niño cowboy. Sólo con el niño cowboy.

Siento deseos de abrazarla, como un niño que cree que un abrazo puede convencer al mundo.

Brit sigue sonriendo.

—Me muero por probar esa parrillada.

Suena el timbre y entran todos los compañeros: Q, Paul Olmo, Amelie Shim y Naima Gupta. Ha venido incluso la hermana buenorra de Q, Evon, que observa el entorno en silencio como un asesino experto.

Q también mira a su alrededor, quizá fijándose en qué ha cambiado desde la última vez que estuvo en casa. Es raro tenerlo aquí. Ojalá no lo fuera. Ojalá fuera como cuando estoy en su casa.

—Hola, Brit, hola, Frank —grita Naima Gupta.

Amelie Shim señala una estatua de bronce de más de un metro de una jirafa con salacot y dice:

—Parece que se vistió para ir de safari, pero ¿qué va a ver? ¿Humanos? Porque sería ridículo que una jirafa fuera de safari a ver otras jirafas.

—Creo que es una pieza auténtica de Wyatt Thomas —dice Q.

—No —le digo.

—Calla —me dice Q sin apartar los ojos de Amelie.

La puerta de cristal se abre y mi madre asoma la cabeza.

—Cena no lista. Jueguen mientras tanto.

—Jugamos mientras tanto —susurra Amelie con una risita.

No hay problema, porque sus padres hablan incluso peor que los míos.

Nos trasladamos al patio —todos menos Evon, que toma prestado mi cargador morado Grape-EscapeTM para poder ignorar al mundo y sentarse con el celular en un sofá—, y Q desenrolla una pequeña lona y saca un juego de bádminton.

Bádminton, el deporte de los frikis.

Tardamos un rato en montarlo. Tardamos un rato en empezar a jugar. De vez en cuando lanzo miradas a Brit. Ella las atrapa y me las devuelve disimuladamente. Somos delicados el uno con el otro. Una delicadeza que brilla inquebrantable incluso cuando los compañeros saltan y gritan a nuestro alrededor, y mi madre berrea pidiendo ayuda por encima de la chisporroteante parrilla, en forma de tapacubo para que se drene el exceso de grasa.

—Voy yo —dice Brit.

—No quiero que te manches el vestido —le digo.

—No me importa.

—Pelea educada —grita Naima Gupta.

Naima grita mucho.

—Brit —dice Q—. Agarra una raqueta y juega conmigo.

Brit me lanza una mirada: «¿Todo bien?», y le contesto asintiendo: «Ve a jugar». Me coloco al lado de mi madre y la ayudo a dar vuelta a la carne.

—Debería llevar camiseta, no vestido —murmura mi madre.

—Seguramente quería arreglarse un poco para su primera K-parrillada —murmuro también yo.

La K significa «coreana». Como en K-pop, K-moda o K-dramas. Por supuesto, no existen las E-parrilladas, el E-pop, la E-moda ni los E-dramas.

—En fin —dice mi madre—. Vestido es bonito.

Miro a Brit. «Mi madre cree que tu vestido es bonito», quiero gritar.

¿No cuenta? Debe contar para algo.

Q saca con tanta fuerza que el volante de bádminton parece un láser blanco. Brit atrapa un tiro difícil de Amelie, y Q da un raquetazo y lo envía a la otra punta. Paul se lanza de cabeza para pararlo. Amelie lo aplasta contra el suelo.

—Éste por Totec —grita Paul Olmo, e intenta chocar la mano a Amelie, aunque falla. Su mago muerto se llamaba Totec.

Al final ganan Paul y Amelie. Q baja la red para abrazar a Paul.

—Buen partido, amigo —le dice Q.

—Fue un error cambiar las gemas —dice Paul Olmo acercándose a Q—. Ahora lo entiendo.

—No te preocupes —le contesta Q.

—Cena lista —grita mi madre. Y en voz baja—: ¿Por qué ella aún no aquí?

Miro a mi madre: «¿Quién?».

Pero sé que se refiere a Joy.

—Ah, no puede venir. Le toca dar un seminario por internet sobre técnicas de impresión en 3D con materiales biomórficos no rígidos.

Leí en algún sitio que las mentiras superconcretas son las mejores, y resulta ser verdad.

—Ah —dice mi madre frunciendo el ceño.

Me observa un momento, quizá preguntándose si Joy y yo discutimos. Se encoge de hombros, sonríe y vuelve a gritar.

—¡Cena lista!

En un instante estamos todos devorando la comida. Para mi horror, mi madre ofrece tenedores sólo a Paul Olmo, Naima Gupta y, por último, a Brit Means. Todos sonríen amablemente y demuestran que sí, por mucho que le cueste creerlo, saben utilizar los palillos. Sé que esta ignorancia bienintencionada no es un problema para Paul Olmo y

Naima Gupta, que también tienen sus historias raras como inmigrantes. Y mi madre ya sabe que Q y Evon —que ha venido a comer— saben utilizar los palillos, aunque son extravagantes afroamericanos.

Pero me sabe mal por Brit, cuyas historias de inmigrantes seguramente se han borrado como las olas borran las letras escritas en la arena. Puede decir de sí misma que es europea-estadounidense, pero para casi todo el mundo es sencillamente blanca. Como miembro de la mayoría, pertenece a todas partes. Como producto de una larga y confusa herencia, no pertenece a ninguna parte.

Ahora mismo siento que quiere encajar. Toma arroz de su plato como diciendo: «¿Lo ve? Sé hacerlo», pero se le cae, quizá por los nervios. Mira el plato con expresión decaída. Así que tomo un poco de arroz y lo dejo caer.

—Rayos —digo limpiando el desastre.

Descubro a Q mirándome como si me dijera: «Qué caballero».

Brit se levanta.

—¿Alguien quiere más bebida?

—Yo traigo —dice mi madre.

—No, por favor, relájese —le dice Brit—. Ha hecho este festín increí… estupendo.

Brit me guiña un ojo y me quedo un poco deslumbrado.

—Sí, sí —dice Paul Olmo.

—Gracias, señora Li —dice Evon con un encanto inusitado.

Brit llena todos los vasos de té de cebada frío.

—Gracias, Bulit —le dice mi madre.

—De nada, señora Li —le contesta Brit—. ¿Cómo se llama, si no le importa que se lo pregunte?

Me quedo helado. Brit habla como con su familia. La mayoría de los niños, sean coreanos o no, jamás preguntan su nombre de pila a los adultos.

—Eh, ah —dice mi madre—. Nombre inglés es Diane.

—Sus nombres son preciosos —le dice Brit.

Y, wow, la verdad es que mi madre se ruboriza. Brit ha descubierto un territorio ignoto. Y yo lo he visto.

Suena el timbre y siento un chorro de bilis en el estómago. Sé quién es antes de que mi madre haya abierto la puerta.

—Hola —dice Joy Song.

—Aigu —dice mi madre apartándose de la puerta—. Llegas tarde.

—Lo sé. Lo siento mucho, señora Li —le contesta Joy.

—Quitas zapatos —le dice mi madre.

Joy se da cuenta de que entró en la casa con las botas y tiene que volver atrás.

—Mierda.

—¡Frankie, Joy aquí! —grita mi madre. Y luego, a Joy—: Te sientas al lado de Frank.

Lo oigo. Todo el mundo lo oye. Mi madre ha pasado del «inglés educado para las visitas» al «inglés familiar», sólo por Joy. Brit mira hacia la puerta y luego hacia mí sin darse cuenta de nada. ¿Qué demonios está haciendo Joy aquí? Cierro los ojos y quiero que se abra un agujero y me trague la tierra.

Antes de que aparezca un agujero, Joy se sienta a mi lado sin aliento. Todos mueven sus sillas para hacerle espacio.

—Hola a todos —dice Joy.

Tiembla como si se le hubiera metido un escarabajo en la manga.

—Chicos, ¿ya conocen a Joy? —pregunto al salero y al pimentero, que son meramente decorativos y nunca los utilizamos.

El salero y el pimentero no me contestan.

—Conozco a Joy —dice Q.

Le lanzo una mirada. Me la devuelve, asustado.

—Conozco a Joy —dice Brit.

Siento que el mundo se tambalea. Las mesas y las sillas se deslizan hacia un lado de la sala, y afuera los árboles gimen a medida que se acentúa el ángulo. Cuando Brit apareció en La Tienda, fue como la colisión de dos mundos. Ahora está en mi casa, con Joy, y parece que se ha unido un tercer planeta.

Mi madre coloca un plato delante de Joy y vuelve a hacer tambalear el mundo.

—Come.

Lanzo una rápida mirada a Joy: «¿Qué demonios estás haciendo?».

Joy me mira con ojos indefensos. «No es culpa mía.»

¿Los demás nos miran? No, siguen devorando alegremente su comida. Evon termina, se disculpa y desaparece detrás de un sillón de respaldo alto.

—Ah —dice Brit a Joy, como si se hubiera dado cuenta de algo—. ¿Eres una amiga de las Reuniones?

—Sí —le contesta Joy—. Conozco a este idiota desde que éramos niños.

—Brit lo dice en serio, amigos —dice Brit con una sonrisa tranquila.

Joy sonríe.

—Sí, era yo, ja, ja.

—Es increíble que sean buenos amigos desde hace tanto tiempo —dice Brit.

—No somos exactamente amigos —dice Joy, y no debería haberlo dicho, pero es incapaz de cerrar la maldita boca para que no se le escapen las palabras. Así que sigue hablando, especialmente ahora, que mi madre está observando su actuación—. Somos amigos de familia, como familia. En fin, creo que se puede decir que somos muy amigos.

Esto parece satisfacer a mi madre, que sonríe y sale de la sala con dos bolsas de basura.

Joy ha empañado el ambiente con sus estupideces, y estoy tan convencido de que Brit se dio cuenta de que quiero darme de cabezazos contra la mesa para ver a qué distancia puedo lanzar los platos. Pero lo que hago es pegarle un pisotón.

—¡Ay! —grita Joy. Intenta devolverme el pisotón, pero sólo golpea la madera del suelo—. ¡Ay, esto está riquísimo! —grita.

Esto va cada vez peor. Tengo que conseguir que nos levantemos de la mesa. Señalo a Q.

—¿Es la hora?

Q se levanta de golpe. Busca en su bolsa y saca una pequeña consola.

—Llegó la hora del Let's Heart Dancing —dice.

Todos protestan, pero en cuanto Q lo conecta y baila con su extraño —pero contagioso— estilo de chamán ciego, no pueden evitar unirse a él. Brit toma el control y empieza a mover los codos. Me mira, y lo único que quiero es ser su compañero de baile en nuestro propio mundo de videojuegos vectorizados. Pero un golpe en las costillas me expulsa de mi sueño.

—Tu tonta madre llamó a mi tonta madre —me susurra Joy—. Para preguntarle si me habías invitado. ¿Qué diablos querías que hiciera?

—Maldita sea, haber dicho que estabas enferma o cualquier estupidez —le susurro.

—Vete al diablo, como si pudiera…

—Vamos, Brit, vamos, Brit —grita Naima Gupta por encima de la música.

—Tienes que largarte en cinco minutos —le susurro—. Estás arruinándome los planes.

—¿Qué demonios digo? —me pregunta Joy—. No puedo comer y salir corriendo.

—Que tienes que estudiar para el SAT. Vete.

Me levanto, agarro un control y bailo con Brit. Miramos la pantalla y nos movemos sincronizados. Con el rabillo del ojo veo a Joy inclinándose ante mi madre con las manos en los muslos, la imagen de una sumisa disculpa. Expresa su pesar por tener que retirarse temprano, rechaza insistentemente llevarse las sobras, explica a mi madre que es urgente e importante no dejar esperando a su hipotético compañero de estudio y se culpa a sí misma por no haberse organizado bien y por su grosería.

Es buena.

—Frankie —me dice mi madre—. Di adiós a Joy.

—Adiós, Joy —digo sin perder el ritmo.

—Aigu, Frankie, deja de jugar y di adiós.

—No pasa nada —le dice Joy—. Qué tonto es.

Joy se lleva a la oreja una mano en forma de teléfono —«Luego me cuentas»— y se marcha.

Hemos llegado al trozo de la canción en que Brit y yo tenemos que bailar tocándonos, y lo hacemos. Sólo juntamos las palmas de las manos, de una inocencia casi puritana, pero para mí es como si estuviéramos casándonos. Brit y yo haciendo el ridículo con todo el mundo delante. Incluida mi madre, que mueve la cabeza, desconcertada.

Termina el baile. Brit y yo jadeamos y vemos subir nuestra puntuación.

—¡Frank noventa y dos, Brit cien! —grita Naima Gupta—. Perfecto.

Me alegro tanto por Brit que levanto las manos para animarla y me doy un golpe contra una repisa de madera que está junto a la chimenea.

Brit me toma la mano.

—Ay. ¿Estás bien?

—Perfecto —le contesto riéndome.

Me he desollado un nudillo, pero qué importa.

Me siento como si hubiera esquivado el golpe de un péndulo afiladísimo. La noche fue complicada. Pero valió la pena. Brit y yo nos sentamos muy juntos en el sofá con los demás, ella apoya su brazo sudoroso en el mío, y por un largo rato imagino las cosas como me gustaría que fueran. No como otros creen que deberían ser, sino como las quiero yo, yo, yo, yo.

Un día me sentaré en este sofá y besaré a Brit Means como si nada.

De repente Brit se levanta.

—Yo la ayudo —dice a alguien.

A mi madre.

Porque Brit vio a mi madre recogiendo la mesa. Cuando intenta ayudarla, mi madre la mantiene a raya negándose amablemente. Pero Brit, armada con sus poderosos modales, insiste. Se produce una espectacular pelea educada que culmina con mi madre ofreciéndole a Brit un delantal y un lugar en el fregadero. Brit es buena. Muy buena.

Intento ayudar, pero mi madre me echa.

—Vete a jugar —me dice.

—Sí, vete a jugar —me dice Brit, y me dibuja en el brazo una larga línea de espuma.

Me mira como diciéndome: «¿Puedes creer que estoy lavando los platos con tu madre?».

En teoría, la novia falsa y esta falsa parrillada suponen estar mintiendo a Brit. Y eso supone tratar mal a mi dulce, inteligente y amable novia. Lo sé, pero de momento me parece más fácil fingir que no es así, porque míralas lavando los platos. Debe contar para algo a largo plazo, ¿no?

* * *

Todos se van al mismo tiempo. Los acompaño hasta la calle. Mi madre, con su delantal puesto, les dice adiós con la mano desde el porche.

—Gracias, señora Li —dice Q.

—De nada, Q —le contesta mi madre.

—Fue increíble, la parrillada estaba marinada a la perfección y debe de haber tardado un siglo en hacer todos esos platos, pero valió la pena —dice Amelie Shin, y desaparece en el coche de Q con los demás.

—잘 먹었습니다 —dice Brit de repente.

Chal mogosumnida es la forma correcta de dar las gracias al anfitrión después de una comida: «Comí bien, gracias».

—Wow —digo.

—Ah —exclama mi madre—. ¿Hablas coreano?

—Bueno —le contesta Brit. Ahora le toca a ella ruborizarse—. Internet habla coreano.

—천만에요 —dice mi madre.

Cheonmanaeyo. «De nada.»

Brit me lanza una sonrisa traviesa. Frunzo el ceño y levanto una ceja, impresionado. ¿Quién estudia vocabulario la noche antes de una cita?

Una friki. Una preciosa friki.

Q toca el claxon para despedirse. Cuando va a salir del camino, llega mi padre, justo a tiempo para saludar con la mano al coche de Q, lleno de compañeros. Luego voltea hacia la casa y me ve, y ve a Brit.

—Hola, papá —le digo—. ¿Qué tal La Tienda?

—Ah, lo mismo —me contesta mi padre, que es su versión de «como siempre». Sonríe a Brit—. Encantado de volver verte.

Y entra en la casa.

Brit y yo nos miramos como diciéndonos: «Esta vez estuvo mejor».

—Voy a acompañar a Brit a su coche —digo.

—Mucho cuidado —me dice mi madre.

—Son quince metros —le digo.

Cuando Brit y yo damos los diez pasos hasta su coche, el deseo de pasarle el brazo por la cintura hace que casi me dé un ataque y me caiga al suelo. Brit sonríe. Pero no dice nada. Echo un vistazo a la puerta de mi casa. Mi madre ya no está. En su lugar sólo queda un rectángulo naranja de luz. Así que levanto la barbilla de Brit con el índice.

—Oye —le digo—. Eres mi favorita. ¿Lo sabías?

Brit coloca mi mano entre las suyas. Echo un vistazo para asegurarme de que no pueden verlo desde la puerta.

—Sé a lo que me enfrento —me dice Brit, porque Brit Means no es idiota.

Pero de todas formas finjo.

—¿Qué quieres decir?

—Sé que a tu madre le gustaría que salieras con Joy.

—¿Te dijo algo?

—No fue necesario —me contesta Brit jugueteando con mis dedos—. Pero, oye, le gustaría mucho. Sabe que Joy sale con Wu, ¿verdad?

«No, porque estoy fingiendo que salgo con Joy para que mis padres no se enteren de que salgo contigo.»

No se lo digo, claro. Una parte de mí quiere decírselo. Pero pienso en lo que le dolerían a Brit estas palabras, así que no las digo. Lo que le digo es:

—Siento lo de mi madre. Son tonterías.

—No pasa nada —me dice Brit—. Es que… ya viste cómo es mi familia. No estoy acostumbrada a que me mantengan a una distancia prudencial. Y mírame. Más prudente no puedo ser.

—Eres mucho más que prudente —le digo—. Tengo muchas ganas de besarte.

—Yo también, Frank Li, francamente.

—Aquí estamos, con ganas de besarnos y sin poder. Lo siento.

Nos miramos fijamente durante cinco segundos de otro mundo. Cinco segundos en Venus.

—¿Puedes aguantar esta mierda? —le pregunto—. Te prometo que valdrá la pena.

Me lo digo también a mí mismo. «Prometo que todo este intercambio de gemas, todos estos engaños valdrán la pena.»

—Siempre y cuando seamos sinceros respecto de lo que está pasando —dice, confiada y sonriente.

Se mete en el coche para irse.

La palabra «sinceros» me sube por la pierna del pantalón como una enredadera de vergüenza. Su coche da vuelta en la esquina y desaparece. Me quedo donde estoy mientras a mi alrededor aumenta el volumen de la noche.

Mi celular vibra. Es Joy.

«¿Todo bien?»

«Sobreviví», le contesto.

«Lo siento.»

«¡No es culpa tuya! No hay manera de evitar las fuerzas de los padres.»

Joy teclea un momento y al final dice: «Todo sería mucho más fácil si nos gustáramos de verdad, ja, ja.»

—Ojalá fuera más fácil —digo.

14

Más cierto

17:00   J + F: REUNIÓN INFORMATIVA
18:00   J: CENA (LUGAR POR DETERMINAR)
        F: EXPOSICIÓN TODOS PEDIMOS HELADOS A
        GRITOS @ THE HENRY GALLERY
20:00   J: TORNEO DE SKEEBALL @ GAMEDOME
        F: PLAYA
11:00   VUELTA A LA BASE

En esta ocasión dejar a Joy es un poco doloroso. Al parecer Wu ha elegido el Cheese Barrel Grille, que está justo detrás del lugar al que voy a llevar a Brit, una exposición llamada «Todos pedimos helados a gritos». Joy sale del coche.

—Que te vaya bien —le grito por la ventanilla.

Es lo que siempre me dice ella.

—A ti también —me contesta volteándose afectadamente.

Luego voy a buscar a Brit. Subo los escalones hasta su casa, llamo a la puerta roja y aparece de inmediato, como si hubiera estado esperándome al otro lado.

Nos quedamos un momento admirándonos mutuamente. En su camiseta dice QUÉ TIENE TRES LETRAS, que tardo un segundo en entender. Brit me besa de inmediato. Se cuelga de mi cuello. Y cuando aparece su padre, no me suelta. Una vez más me sorprende lo cómoda que se siente su familia con las muestras de cariño.

—Hola, Frankie —me dice el padre de Brit, vestido con unos pants grises y con un vaso de té en la mano.

133

—Hola, señor Means.

—Leí en el periódico lo de la exposición de helados. La llaman «arte para la generación Snapstory».

Snapstory es una app para compartir fotos. Todos la utilizan, a todos les encanta y todos la odian. Es básicamente una espantosa máquina de vigilancia corporativa que, además, produce envidia en serie.

—Ah, últimamente estoy tomándome un descanso de Snapstory —le digo.

Es verdad. Me siento mucho más feliz sin obsesionarme por recibir y dar likes.

—¿En serio? —me pregunta el señor Means—. Pues yo estaba pensando que debería ponerme al día y utilizar el Snapstory.

—Te cohíbes, porque pueden criticarte. No puedes ser tú mismo.

—Así que todos fingen.

Da un sorbo a su vaso.

Asiento y levanto una ceja con complicidad: «Patético, ¿verdad?».

Estrecho la mano al padre de Brit, bajo los escalones con su hija y, cuando subimos al QL5 para marcharnos, Brit coloca su mano encima de la mía, que está sobre la palanca de velocidades, y nos quedamos en silencio como un rey y una reina jóvenes compartiendo el cetro.

El museo está en lo que antaño era la zona industrial de Playa Mesa. Hay un montón de restaurantes y bares hípsters en almacenes rehabilitados. La gente de mi edad vamos a esa zona para fingir que ya somos adultos. Hanna solía llevarme.

Antes de que la repudiaran.

Me estaciono y tomo una foto del museo. Parece un hangar de hierro ondulado sobre el que han lanzado gigantescas bolas de helado multicolores. Pero no la subo al Snapstory. Se la mando a Hanna.

«Adivina dónde estoy.»

«Eres un hípster», me contesta Hanna de inmediato, lo que es raro.

Me pregunto dónde está. ¿Está en su casa, acurrucada junto a Miles? ¿Volviendo del trabajo a su casa en tren?

«Te extraño mucho», quiero escribirle. Y también: «Estoy saliendo con Brit, pero finjo que salgo con Joy». Pero la verdad es que Hanna y yo no hablamos así. Utilizamos el mundo como tablero, como jugadores de squash.

«Voy a dejarme crecer la barba y a hacerme un moño sólo para fastidiarte», le digo. Lo que significa: «Ojalá estuvieras aquí».

«Hazlo y volveré a cortártelo yo misma», me contesta Hanna. Lo que quiere decir: «Yo también te extraño, hermanito».

Y cuando le digo «¿A que no te atreves?», en realidad quiero decir: «Ojalá pudieras venir a casa y que todo fuera sencillo como antes».

Espero su respuesta un buen rato, y al final me rindo. Cuando Hanna deja de escribir, pueden pasar diez minutos o diez días hasta que vuelve a hacerlo.

—¿Quién es? —me pregunta Brit.

—Hanna.

Brit sabe que tengo una hermana que se llama Hanna. Sabe que la quiero. Sabe que es genial. Brit lo sabe porque se lo he contado. Pero no sabe lo que ha pasado con Miles.

—Salúdala de mi parte —me dice Brit.

—Sí —le contesto, pero no lo hago.

Dentro del museo nos vemos rodeados de un bosque de barquillos y paletas del tamaño de árboles talados.

Brit levanta el cuello, asombrada.

—Vaya, me siento como Brit y la fábrica de chocolate.

—Yo me siento como Frank y la fábrica de helado de yogur.

Hay un columpio de regaliz, y un muro de escalada con gomitas del tamaño de una sandía. Veo a lo lejos gente bañándose en una alberca llena de fideos multicolores. Todo el mundo ejecuta la danza del Snapstory: levantan el teléfono, posan para la foto, recorren la pantalla en busca del emoji, las etiquetas y los filtros perfectos para publicarla.

—Este sitio está manipulándome el cerebro por las células ganglionares de la retina —me dice Brit—. Tengo que sacar el teléfono.

—Sé fuerte —le digo sacudiéndola por los hombros.

Tiene unos hombros increíbles.

—Tengo que subirlo en el Snapstory.

Se saca el celular del bolsillo trasero, lo levanta y acerca su cara a la mía.

—Vamos, una selfie —me dice riéndose—. Presumamos un poco. Que todo el mundo se sienta como una mierda comparado con nosotros.

Por un segundo el pánico atormenta mi cuerpo como una fiebre. Imagino la selfie en la red, que un Limbo lo ve, que uno de sus padres echa un vistazo por encima del hombro y llama a la madre de Joy y a la mía, y luego el lento murmullo de sospechas y las inminentes preguntas cerniéndose en el cielo.

Pero de ninguna manera puedo negarle una selfie a Brit. Sería una torpeza. Una torpeza que estropearía la noche.

Así que nos tomamos la selfie. En el último segundo, Brit me da un beso en la mejilla. Captura el beso. Lo etiqueta, le aplica filtros y todo lo demás hasta que se convierte en la mierda perfecta para las redes sociales. Entonces pulsa Compartir. No hay duda de que es una selfie de novios. No tiene nada de sólo amigos ni de compañeros de clase. Escribe el pie de foto: «El amor te exige hacer idioteces como publicar selfies ridículas, pero si es lo que pide el amor, puedo ser idiota todo el día. En #ExposiciónTodosPedimosHeladosAGritos con @frankofhouseli».

Un momento. ¿Está diciendo Brit que me ama?

Miro la foto y luego a Brit. Quiero saber cómo sería decir la palabra «amor». Pero me asusta lo que supondría. Me asusta en qué medida me comprometería. Me descubro paralizado ante el siguiente nivel en nuestra relación.

—La exposición sigue en el piso de arriba —me dice Brit, y me lleva por un tramo de escalones de obleas de vainilla.

Arriba están repartiendo muestras de helado de sabores raros, como jazmín y caramelo con tocino.

—Probaré el de pistache con jalapeños —dice Brit.

—Estás loca —le digo dándole un beso en la mejilla—. Yo probaré el de churros con canela.

—¡Frankybrit! —exclama una voz con un fuerte acento californiano.

Es Wu.

—Vi tu post e imaginé que estaban aquí —dice Wu balanceándose ligeramente—. Vinimos a echar un vistazo para hacer tiempo.

Joy aparece desde detrás de un oso de gomita del tamaño de un oso real.

—En el Cheese Barrel Grille hay hora y media de espera.

Tengo que reprimir una carcajada. Joy odia el Cheese Barrel Grille, que socava fatalmente la imagen de hípster que la zona de los almacenes pudiera tener. Odia incluso la forma de escribir «Grille», añadiendo una *e* francesa sin razón, como dice Brit.

Brit está aquí, Joy está aquí y Wu está aquí. Estamos aquí todos juntos y siento que lo único que oculta mi engaño es una delgada cortina que la más leve brisa puede levantar. La cabeza me da vueltas y mis talones se elevan a un milímetro del suelo.

Wu empieza a grabarse un video, mete a Joy en el encuadre y se dedican a hacer muecas, sacar la lengua y reírse. Pero en cuanto deja de grabar empieza a etiquetar, teclear su frase y todo lo demás. Brit se acerca a él para ayudarlo a escribir bien la frase. Mientras toquetean la pantalla, le susurro a Joy:

—Vernos a todos juntos me está dando miedo.

Pero Joy parece perdida en sus pensamientos.

—Nos peleamos.

¿Pelearon? Hace un momento estaban divirtiéndose delante de la cámara. Entonces recuerdo que las redes sociales son todo mentira.

—¿Por qué? —le pregunto.

—La mierda de siempre —me contesta Joy—. Cree que lo mantengo a distancia. Porque así es.

—Espera, ¿es hashtag? —pregunta Wu a Brit—. ¿No es arroba?

—Hashtag —le contesta Brit—. Y luego pulsa Compartir.

—Muy bien, gracias —le dice Wu haciendo un paso de moonwalk.

Entonces ve la camiseta de Brit.

QUÉ TIENE TRES LETRAS

Wu piensa.

—No lo sé. ¿Qué tiene tres letras?

—Ése es el chiste —le contesta Brit—. Qué tiene tres letras.

Wu mira la camiseta una y otra vez.

—Q-U-É —dice Brit contando con los dedos—. Tres letras.

—¡La palabra «qué»! —exclama Wu. Da una palmada con sus grandes manos—. ¡Qué tiene tres letras! Rayos, Brit Means, qué gracioso... pero también alucinante.

Mira a su alrededor como diciendo: «¿Ya vieron la camiseta?». Muchas chicas le devuelven la mirada. Levanta el codo, se pasa la mano por el pelo y aturde a cada una de ellas con sus ojos. Los novios de las chicas se las llevan como auxiliares de enfermería.

—Ojalá pudiéramos ser nosotros mismos, abiertamente, como los demás —me dice Joy.

Veo cansancio en sus ojos. Parece agotada.

—Deseo lo mismo —le digo.

La nalga izquierda de Joy empieza a vibrar. Se mete la mano en el bolsillo y saca un vibrador del restaurante en el que parpadea una luz de color rojo furioso.

—Cariño, nuestra mesa está lista —dice Joy.

—Okey —dice Wu—. Nos vemos, Brit. Nos vemos, colega, semental asiático.

Me da un abrazo que me deja destrozado. Como muchas otras cosas, lo de «semental asiático» sólo tiene sentido viniendo de él. Cuando me lo dice, pienso: «Soy asiático, soy un semental, soy su colega». Aunque dentro de un minuto no sabré qué significa cada una de estas cosas.

Los veo marcharse. Los observo. Me doy cuenta de lo que estoy esperando: que Joy se voltee y me mire.

Joy se voltea, me mira con una sonrisa y se encoge de hombros. «Deséame suerte, Frank.»

—Wu es muy... —dice Brit buscando la palabra.

—¿Tonto?

Brit parece sorprendida.

—¡No!

—No pasa nada. Puedes llamarlo tonto. Es tonto. Pero me cae bien.

—Es que Joy es tan...

—¿Inteligente? —le pregunto con cierto orgullo.

Porque Joy es muy buena amiga mía, quizá más de lo que pienso. Estoy orgulloso de conocerla.

Brit me acaricia el cuello.

—Tú eres inteligente.

—No tanto —le digo—. Soy bastante tontito.

Brit se ríe. Pero es verdad. Sólo un tonto mantendría en secreto a una chica como Brit. Sólo un tonto pensaría que tiene sentido. O que es justo.

* * *

—Ahora mismo debería haber destellos —me dice Brit—. ¿Quieres verlos?

No tengo ni idea de lo que está hablando, pero me da igual. La tomo de la mano. Nos abrochamos la chamarra y llegamos a una playa vacía. La luna observa sobre un paisaje de arena que ahora es azul y helado. Aquí no hay nadie. El mundo es nuestro.

Le pongo la capucha a Brit, ella me hace lo mismo, y los dos parecemos personajes de caricaturas andando como patos hacia las fuertes olas. Intentamos darnos un beso sólo por reírnos. Es más incómodo que encender un interruptor con la nariz. Me encanta.

—Nunca había estado en esta playa —le digo.

—Técnicamente no existe —me dice Brit. Señala—. Esta ciudad no la quiere, y aquélla tampoco. Ah, los destellos.

Al principio creo que se refiere a la espuma blanca, que atrapa la escasa luz. Pero cuando mis ojos se acostumbran a la oscuridad, lo veo: un resplandor azul extraterrestre que aparece y se desvanece cada vez que el mar se revuelve. Destellos.

—Mi hermano estudia biología marina —me dice Brit—. Por lo que dice, los destellos los provocan pequeños dinoflagelados que brillan como respuesta defensiva cuando los zarandean. Así que su belleza no es lo que parece, porque en realidad están sufriendo un trauma.

Metáfora recibida.

—Perdón, dinoflagelados —digo.

Paso la mano por su chamarra y siento la parte baja de su espalda. Ella mete los dedos por debajo de mi cinturón. Nos quedamos

139

así, agarrados. Parece que nos conocemos desde siempre. Quizá por eso se casa la gente. Por esta sensación de comodidad. Porque podría disfrutar de esta sensación de comodidad durante mucho tiempo. Es una escena ridícula. La luna llena cuelga muy baja, como una lámpara. El mar es una lámina brillante de mercurio.

Meto la mano en el bolsillo de la chamarra —en nuestro pequeño y cálido mundo— y saco audífonos para mí y para ella. Pulso el Play en el celular. Y veo su cara transformándose mientras escucha algo que llamé *Canción para Brit*. No tiene que decir nada. Veo los recuerdos titilando plata y oro en sus ojos como un video musical.

Es una canción en la que corté y pegué sonidos de todas las veces que Brit y yo hemos estado juntos hasta ahora. Están los tintineos y los ruidos de sillas del Scudders, un sampleo retocado de un «¡Perfecto!» de Let's Heart Dancing y una capa de sonido ambiente de la primera vez que fuimos a su casa a hacer un trabajo. Además añadí sonidos del agua del Lago de la Novia. Nuestra breve pero brillante historia en un solo tema.

Mientras estamos en este escenario perfecto-perfecto, escuchando nuestra banda sonora, Brit y yo nos convertimos en los famosos protagonistas de una película romántica que todos han visto y a todos les gusta. Sé lo que va a pasar ahora. Todos lo saben.

Nos besamos una y otra vez. Y luego lo dice:

—Te quiero.

Lo dice como si fuera urgente decirlo. Como si necesitara que yo lo supiera. Y en cuanto lo dice, la preocupación oscurece sus ojos. Siento que Brit ha dado por sentado que yo también la quiero. Que le diría que yo también la quiero. Pero ahora quizá se pregunta qué pasaría si no es así. ¿Qué haría con toda la arena blanca de esta playa? ¿Con todos estos destellos azules? ¿Con la luna?

¿Qué haría Brit?

Vuelve a decirlo.

—Te quiero, Frank Li.

Nuestra película está filmándose en blanco y negro, con un filtro para simular una escena nocturna a la luz del día. Termina la canción. Nos quitamos los auriculares y la única banda sonora que se oye es el mar y el aire.

¿Quiero a Brit? La quiero. Creo que la quiero. Pero una grieta impide que mi amor se asiente. Se tambalea. Es imperfecto. ¿Puedo arreglarlo? No lo sé. Si no, ¿podré acostumbrarme? ¿Podré vivir así?

Me doy cuenta de que la grieta es problema mío. Brit no la tiene. Para ella amar es más fácil, más sencillo, no tan complicado. Mi amor es ligeramente deforme. Mi amor no es estándar. Exige soluciones alternativas.

Entonces, ¿es el mismo amor? ¿Importa? No lo sé. Nunca he estado enamorado.

Mi ignorancia sólo me deja dos opciones: decir a la mierda, no sé nada del amor, así que voy a esperar y a seguir investigando, o decir a la mierda, no sé nada del amor, así que soy la rata de laboratorio perfecta, y me lanzo.

El hecho es que quiero querer a Brit. Esto tiene que contar para algo. Sí, hay una grieta, se mueve, es imperfecto. Así que voy a tapar la grieta con chicle y esperaré que aguante. Es una solución alternativa.

Lo digo:

—Yo también te quiero.

La cara de Brit se descompone de alegría. Después de todo, no tenía de qué preocuparse. Estamos aquí, en esta playa fría, a salvo y abrigados con la chamarra como una pareja de ancianos mirando el horizonte del tiempo. Brit es un alma vieja. Lo siento. Su extraña paciencia desmiente su edad. Para casi todos los chicos este sería el momento en que nos quitamos la ropa mutuamente y lo hacemos aquí mismo, en la playa. Pero Brit no es casi todos los chicos.

Los dos sentimos que es el momento de besarse, así que volvemos a besarnos. Brit huele a puesta de sol, a almizcle y a helado. Abro el cierre de mi chamarra, y ella abre el suyo. Como los cierres están uno frente al otro, unimos las dos chamarras para formar una cueva cálida. Brit mete las manos en la cueva y me rodea el cuerpo para sentir mi torso con las yemas de los dedos, costilla a costilla.

—Te quiero —murmura como si estuviera quedándose dormida—. Qué bien poder decírtelo por fin. Te quiero.

Siento un zumbido. Vuelta a la base.

—Yo también te quiero —le digo.

Decirlo hace que parezca más cierto. Me da la sensación de que, cuanto más lo diga, más cierto me parecerá. Y al final, la verdad que he creado se entretejerá con los hilos de mi realidad, hasta que se mueva naturalmente con cada uno de mis gestos como una camiseta que me gusta mucho y que no puedo evitar llevar siempre puesta.

15

Juntos, pero solos

Volvemos en coche. Contemplo el triángulo iluminado que forman las líneas de la carretera ante nosotros, en la oscuridad, en sentido inverso a nuestros cuerpos, que se inclinan para apoyarse el uno en el otro en el centro del coche mientras sujeto con fuerza el volante.

Algo oficial se ha producido entre Brit y yo. Nos dijimos dos palabras que muy pocos se dicen. Me cuesta mucho determinar exactamente qué significan esas valiosas palabras. Son un pacto, una declaración. Y una especie de renuncia. Decir «Te quiero» es el grito del desamparado. Lo único que puedes hacer es confesarlo y esperar su misericordia.

«TequieroBritTequieroBrit.»

—Acércate —le digo.

Y se pega más a mí. Es peligroso conducir así —no veo los espejos y sujeto el volante con una sola mano—, pero no me importa, porque lo único que tengo que hacer es seguir recto, lo que no tiene mucha complicación.

Cuando llegamos a casa de Brit, me susurra por la ventanilla abierta:

—Te quiero. Me encanta decirte «Te quiero». Es como si hoy hubiera aprendido una palabra nueva.

Me acerco a la ventanilla. Ella se inclina, mete la cabeza y me da un solo beso, como un pájaro bebedor de juguete. La observo subiendo la escalera. Cuando llega a la puerta roja, mi celular vuelve a vibrar. Mierda de alarmas del calendario. Saco el celular para silenciarlo y veo la pantalla.

—¿Todo bien? —me grita Brit desde la puerta.

Ve mi cara iluminada en el coche.

—Es sólo correo basura —le contesto.

Brit me lanza un beso y entra en su casa. Vuelvo a mirar la pantalla.

«Hola, sigo en la zona de los almacenes… Ven a buscarme si estás por aquí.»

«La noche estuvo fatal.»

«Un maldito drama.»

«¿Hola?»

Es Joy. ¿Por qué está todavía en la zona de los almacenes? ¿Dónde está Wu? ¿Por qué quiere que vaya a buscarla?

«Voy para allá», le contesto.

Arranco el coche y doy media vuelta.

* * *

Cuando llego, Joy está sentada en un banco con forma de sándwich de helado, fumándose un cigarro. Un cigarro de verdad, de los que queman tabaco y te llenan los pulmones de humo. Me acerco a ella, se lo quito de la boca y lo tiro a un charco.

—¿Qué demonios haces fumando?

—Ahora tengo que ir a pedir otro —me contesta.

Detrás de nosotros hay un callejón iluminado lleno de hípsters empaquetando cucuruchos gigantes y wafles del tamaño de colchones. Al menos Joy no ha estado sola y a oscuras.

—Vamos —le digo—. Es supertarde. Tenemos que volver a casa antes de que empiecen a preocuparse.

Joy me toma de la mano, me obliga a sentarme a su lado y saca el celular. Lo levanta para tomarnos una selfie.

—¿Qué haces? —le pregunto.

—Finge que estás contento.

Lo máximo que consigo es esbozar una sonrisa arisca, que Joy compensa inclinando la cabeza, haciendo el signo de la paz y haciendo puchero. Luego se la manda… a su madre.

—Mi madre la verá, luego la verá tu madre, gritarán como cerditas, y así tendremos unas horas más —me dice Joy lanzando el celular al bolso con cara de asco.

Todavía estoy aturdido por cómo acaba de posar delante de la cámara. Ha pasado de la tristeza a la euforia, y de nuevo a la tristeza, en cuestión de segundos.

—Tienes serios problemas mentales —le digo.

—No, los tienes tú —me dice Joy.

—Buena respuesta.

Joy se da golpecitos en los labios con una mueca de repulsión.

—¿Tienes dulces de menta? Tengo un sabor de boca horrible.

—Fumar es como chuparle el dedo gordo del pie al demonio después de que haya salido a correr por el noveno círculo —le digo.

—El demonio no existe.

—¿Vamos a quedarnos aquí toda la noche?

Joy piensa, pero no dice nada. De repente parece muy triste. Muy muy triste.

Me inclino hacia ella.

—Oye, ¿qué pasó?

Joy parpadea varias veces hasta que de sus ojos resbalan dos gotitas transparentes, y cuando vuelve a parpadear, las gotitas se convierten en líneas brillantes deslizándose por sus mejillas. Las lágrimas la hacen enojar. ¿O será que se enoja consigo misma por permitirme verlas? Sea por lo que sea, me toma por los hombros y hunde la cara en mi pecho.

—Creo que Wu va a dejarme —murmura. Lanza un gemido, y otro—. Creo que me lo merezco.

Siento su cara caliente. Veo perfectamente su cuero cabelludo. Veo destellos de color verde en su pelo. Huele a agotamiento. En la parte de arriba de la oreja izquierda tiene un agujero de piercing… No, tres. Pequeños agujeros, cosas de la moda.

—No va a dejarte —le digo—. Están juntos desde siempre.

Aprieta más la cara contra mi pecho.

—Me odia. Hice que me odie. Soy una mierda, Frank.

La aparto y la miro.

—¿Qué rayos pasó?

—¿Sabes qué me dijo?

La observo haciendo un gesto nervioso con los dedos, como si estuviera tejiendo un hilo invisible.

—Estamos comiendo esa comida de mierda en ese restaurante de mierda —me dice Joy—. Y me dice: «Frankybrit sólo llevan juntos un par de semanas y ya están a punto de casarse, son la pareja perfecta».

—Exagera —le digo en el tono más amable posible.

—Me dice: «Brit ya conoció a los padres de Frank en una parrillada en su casa, y sé que Frank conoce a los padres de Brit».

—Sí, pero…

—Me dice: «¿Por qué no somos como Frankybrit? Estamos juntos desde siempre. ¿Por qué no somos como Frankybrit?».

Vuelve a parpadear, y esta vez pega la cara a mi pecho a tiempo para que no vea sus lágrimas.

—Y el caso es que tiene razón —me dice Joy llorando—. Porque soy mala persona.

La zarandeo.

—Calla. No eres mala persona.

Ahora los ojos de Joy están hinchados y rojos, como si estuviera cansada de todo.

Se da un puñetazo en la palma de la mano.

—Creí que no teníamos que escondernos, fingir que salimos con otra persona, ni nada de eso. Deberíamos ser capaces de destaparlo todo de una maldita vez y ser sinceros el uno con el otro.

Muevo la cabeza como un muñeco.

—Calla, basta ya.

Vuelve a darse un puñetazo en la palma de la mano.

—En todo el tiempo que llevamos juntos no le había dicho a Wu que mis padres tienen prejuicios racistas contra él. Así que…

—Joy, ¿qué hiciste?

—Se lo dije.

Me quedo paralizado. Incluso los hípsters que están detrás de nosotros se quedan inmóviles. Se apaga un foco. Joy se encoge un centímetro.

—Dime que no es verdad.

—Llevamos juntos casi dos años, y durante todo este tiempo pensaba que no se lo diría para protegerlo, ¿verdad? Porque ¿quién quiere oír esa mierda, verdad?

—Esperaesperaespera —le digo, aturdido—. ¿Qué le dijiste exactamente?

—Me dijo: «Me mentiste» y «Te avergüenzas de mí», y yo le dije que no. Imposible. Pero está fatal, porque ¿qué novia esconde a su novio de sus padres durante casi dos años?

Vuelve a pegarse un puñetazo, ahora casi en la muñeca.

Luego se golpea las sienes.

—Soy lo peor.

—Joy —le digo con cuidado—. ¿Le contaste a Wu nuestro acuerdo?

Joy me lanza una mirada.

—No, tonto.

—Ah, madre del amor hermoso —le digo.

—Sólo le dije que llevo casi dos años escondiéndoselo a mis padres —me dice con resignación—. Mintiendo, básicamente.

Los dos nos quedamos mirando un objeto que hay en la carretera oscura, delante de nosotros. Es un arándano del tamaño de una pelota.

—Los dos, tú y yo —le digo—. Así que supongo que podemos ser lo peor juntos.

—Francamente, Frank Li, eso no hace que me sienta mejor.

—Sólo digo que no estás sola.

Me agarro al borde del banco de sándwich de helado y muevo las piernas.

—Estamos juntos, pero solos —me dice Joy—. No hay un mundo en el que podamos ser nosotros mismos como queramos. Eso es todo.

—Oye —le digo.

Pero quizá tenga razón. Pero ¿por qué dejar de ser optimista? Pero, sabiendo lo que sé, ¿sólo un tonto sería optimista? ¿Sabiendo que, tenga la edad que tenga, y vaya a donde vaya, nunca podré amar a quien yo quiera?

¿Tendré que esperar a que se mueran mis padres?

«Estás metiéndote en terreno pantanoso, Frank.»

—Así que Wu se largó —le digo.

—No, me fui yo —me dice Joy haciendo una mueca al recordarlo—. Soy lo peor, de verdad.

—¿Qué?

—Le dije que no era fácil vivir con unos padres racistas de mierda, que tenía que ser un poco más comprensivo con mi situación, y luego me levanté y lo dejé en la mesa.

Su enorme estupidez me impresiona.

—¡Vaya!

—Soy lo peor.

—Pues sí.

—Cállate.

Busco en mi memoria.

—Sí, no recuerdo a nadie peor que tú.

—Cállate —me dice con una sonrisa. Pero al instante vuelve a sentirse avergonzada—. No contesta a mis mensajes. Hice que el chico que me importa se sienta como una mierda. No tiene gracia.

—Claro que no tiene gracia —le digo—. Oye, no eres lo peor.

La jalo hacia mí y la abrazo. Su cabeza encaja perfectamente en el hueco de mi cuello, como si éste fuera su lugar. Siento el tendón de su hombro —más duro que el de Brit— y me pregunto si Joy hace deporte en secreto, si corre, salta y hace piruetas.

No me cuesta apoyar la mejilla en su cabeza e inhalar el aroma de su cuero cabelludo. Huele a siesta vespertina al sol. Acerco la boca y la nariz.

«Ah —pienso—. Frunciendo mínimamente los labios, podría ser un beso.»

Murmuro en su pelo.

—Quizá sea lo mejor. Que se hayan peleado.

—¿Quieres decir mejor que dejarlo poco a poco?

—Esto es superfuerte —le digo—. Da igual. Quieres a Wu. Wu te quiere a ti.

Y le doy un beso imperceptible en el pelo. Porque no quiero que esté triste. Seguro que un pequeño beso puede detener toda esta marea.

Joy canturrea en voz baja:

—Quiero a Wu, Wu me quiere, somos una familia feliz —se separa y me mira—. ¿Quiero a Wu?

Mi celular vibra. Es mi madre. Le mando una respuesta predeterminada: «Volveré pronto a casa».

—Supongo que se han dicho «Te quiero» —digo.

—Muchas veces —me contesta Joy asintiendo.

—¿Y lo sentías? ¿Todas las veces?

—Creo que sí. No lo sé. No sé nada.

—Espera, ¿qué me estás contando? ¿Que quizá resulta que no quieres a Wu?

—¡No! —grita Joy. Busca palabras desesperadamente, pero no encuentra ninguna—. Es sólo que esta noche me he dado cuenta de que llevo toda nuestra relación manteniéndolo a distancia, así —me aparta con las manos—, y me pregunto si de verdad puedo decir que quiero a alguien a quien me paso la vida apartando.

Le agarro el brazo con las dos manos, sobre todo para admirar su forma ágil y bonita. Ella me engancha la mano con las puntas de los dedos. Su pregunta es retórica, y me doy cuenta de que la respuesta —si tenemos que ser cruelmente sinceros— es que no.

Mi celular vuelve a vibrar, y vuelve a ser mi madre.

«Salimos ya, estaré en casa enseguida, te lo prometo», le digo.

No dejo de pensar en el «te quiero».

—Cuando dices «Te quiero», ¿qué quieres decir exactamente?

Joy deja caer la mano.

—No lo sé, Frank. Empiezo a pensar que lo decía por decir. Como una costumbre o un ritual que se supone que deben hacer las parejas para dar a entender que son una pareja de verdad.

Creo que tiene razón. El chicle que sujeta mi amor por Brit sigue ahí, pero no sé por cuánto tiempo.

—Mierda —digo.

—¿Por qué? ¿Te pasó algo con Brit esta noche? —me pregunta Joy.

—No. Sí. Puede ser.

Le lanzo una frágil sonrisa.

Joy me presta atención, como si estuviera impaciente por dejar de estar triste.

—Cuéntame.

Me veo con Brit en la playa, con la luna, la arena y todo lo demás. Mi corazón da un ligero vuelco. ¿Estoy emocionado… o estoy temblando? ¿Estoy enamorado? ¿O tengo miedo? ¿Son dos caras de la misma moneda?

—Bueno —empiezo a decirle—. Estamos en la playa, los dos solos.

Joy se inclina hacia mí.

—Ay, ay.

—Y paseamos por la arena.

—¿Lo hicieron? —me pregunta como un diablillo.

—No, no lo hemos hecho.

—Estoy con ustedes, chicos. Aunque corte con Wu, me sentaré en una cafetería o donde sea y esperaré toda la noche cuando estén juntos.

—Aún no sabemos si llegaremos a ese punto.

—Son perfectos el uno para el otro.

Joy hace algo curioso: sujeta el lóbulo de mi oreja con el pulgar y el índice, y lo frota tres veces, como si fuera un talismán.

Retira la mano y parpadea muy atenta.

—¿Y qué pasó después?

Me cuesta mucho poner en palabras lo siguiente.

—Nos quedamos ahí. Sé lo que está a punto de decirme. Lo siento. Es como el estribillo de una canción que ya sabes, aunque sea la primera vez que la oyes.

Joy sigue mirándome fijamente.

—No entiendo a los músicos, pero te creo.

—Es como si Brit lo hubiera planeado todo. Así que cuando lo dice, me quedo pasmado, pero de alguna manera lo esperaba.

—Ya, dime, ¿qué te dijo?

—Me dijo «Te quiero».

—«Te quiero» —dice Joy, impresionada.

Asiento.

—«Te quiero.»

Mi celular vuelve a vibrar. Mi madre.

—Maldita sea.

Suspiro. Le mando otra respuesta predeterminada: «Volveré pronto a casa».

En cuanto la mando, vuelve a vibrar. Y otra vez. Y otra.

—¡Maldita sea!

Contesto.

—Frankie —dice mi madre—. Frankie, ¿dónde estás? Vienes ahora mismo.

—Mamá, ahora mismo estoy en el coche.

—Vienes ahora mismo, por favor —me dice mi madre.

Algo no va bien. Habla con voz entrecortada. Y nunca dice «por favor».

—Oye —le digo—, ¿está todo bien?

—Papá —me dice mi madre—. Estamos en hospital. Le disparan.

De repente Joy apoya su mano en la mía. Me mira. También ella sabe que algo no va bien.

—¡Hombre con pistola! —grita mi madre—. ¡Dispara a papá! ¡Dispara a papá!

Dale la vuelta al mundo
y observa lo que queda en pie

16

Hay que esperar

El hospital es de color verde salvia. Firmo un formulario y lo deslizo por la ventanilla.

—¿Están juntos? —pregunta la mujer que está detrás del grueso cristal.

En este momento parece que no entiendo el inglés, así que Joy interviene:

—No, sólo somos... —mira a su alrededor—. Sólo somos amigos.

—No les preguntaba si están casados —le contesta la mujer.

Nos sentamos en las sillas.

«Estamos aquí», le digo a mi madre.

«Doctor está aquí un momento ok salgo pronto adiós.»

«¿Está bien papá?«

«Papá bien estable no preocupas.»

«¿Qué quieres decir con estable?»

Mi madre no me contesta. Debe de estar hablando con el médico.

Todo el mundo alberga alguna vez el deseo secreto de liberarse de las reglas y restricciones de sus padres. De vez en cuando todos fantasean con vivir sin la carga de la familia. Pero sentí que fuerzas que están fuera de mi control tensaban el hilo que me vincula a mi padre, y sólo puedo sentir alivio por que no se haya roto.

No sé qué tipo de vínculo tenemos mi padre y yo. Pero sé que lo necesito, lo quiera o no.

Una vez, cuando era pequeño, le susurré a Hanna: «¿Quieres a mamá y papá?».

Mi hermana me contestó, también en susurros: «Tenemos que quererlos, ¿no?».

Joy y yo esperamos. Me pasa un brazo por los hombros y me jala hacia ella para susurrarme algo urgentemente.

—Tu padre se pondrá bien —me dice.

Y me limpia una lágrima que no me había dado cuenta de que estaba ahí. Luego apoya mi cabeza en su hombro, como no hace mucho ha apoyado la suya en el mío. Es como si mi corazón se hubiera convertido en plomo y ahora pesara demasiado para cargarlo solo, así que Joy me ayuda. Ella manejó hasta aquí. Ella llenó el formulario.

Levanto la cabeza y veo a un niño frente a nosotros, sonriéndonos desde detrás de una silla. Pienso que seguramente está esperando a que la bese. Cree que somos pareja.

Zum-zum. Es Q. Desbloqueo el teléfono y se lo paso a Joy.

—Léemelo —le digo.

No sé si ahora mismo puedo formular una frase.

—¿Quieres que lea tu teléfono?

—No tengo nada que esconder, Joy Song.

—Metáfora recibida —murmura Joy. Lee—: «Confío en que la farsa romántica de esta noche haya ido muy bien, amigo» —Joy baja el teléfono—. ¿Así hablan los chicos?

Me paso una mano por la cara despacio, como un rey cansado.

—Dile lo que pasa.

Joy se lo dice. Q abandona el tono de chico, le dice que vendrá en cuanto pueda y corta la conversación.

—Mierda —digo—. Dile que está muy lejos. Dile que es muy tarde.

—Ya está en el coche —me dice Joy—. Los amigos de verdad pueden ser pesados, ¿eh?

Le sonrío. Me sonríe. Enfrente, el niño se ríe y nos mira.

Zum-zum.

—Es Brit —me dice Joy pasándome el teléfono.

—Léemelo —le digo.

Joy me mira —«¿En serio?»— y lee:

—«Te quiero te quiero te quiero», emoji con corazones en los ojos, emoji con corazones en los ojos, emoji de beso y dos corazones rosas.

Me incorporo y miro la pantalla del celular.

—Decías en serio lo de los «te quiero» —me dice Joy.

—Contéstale «Te quiero», sin emojis.

Joy me mira de reojo.

—Deberías decirle lo que le pasó a tu padre.

—Imposible —le digo, y al instante me odio por haberlo dicho—. No podría evitar que viniera, y entonces...

—Y entonces ay, ay, ay —dice Joy asintiendo.

Teclea «¡Yo también te quiero!» y apaga el teléfono. Me gusta que entienda mi inquietud sin tener que explicárselo. Me gusta que sepa que lo último que necesito es el drama de Brit apareciendo, yo teniendo que actuar como si no saliéramos juntos y todo lo demás.

Q va mandando actualizaciones sobre el tiempo estimado de llegada, y Joy saca el teléfono para que lea mi huella dactilar antes de informarme.

Me gusta que Joy Song me cuide.

—¿Li? —dice una voz.

Nos giramos y un delgado enfermero de origen coreano nos mira. Cuando nos acercamos, frunce el ceño.

—Lo siento mucho, nuestro protocolo de seguridad sólo permite entrar a familiares —nos dice.

Me acerco a él.

—Vamos, amigo, acaban de dispararle a mi padre.

El enfermero golpea tres veces su portapapeles fluorescente —«Déjame pensarlo»— y dice:

—De acuerdo. Por aquí.

Llegamos a la habitación —una habitación de verdad con puerta, no un cubículo con cortinas—, el enfermero nos dice algo en coreano que no entiendo y entonces veo a mi padre acostado en la cama, mirándome a través de una máscara de oxígeno de color azul. Veo a mi madre inclinada sobre él, observando su respiración.

Doy las gracias al enfermero y me acerco. Veo pequeños tubos que salen de debajo de la manta, conectados a una gran jeringa, un gotero y algo más.

Mi madre levanta la cabeza.

—Aigu, Joy, no tienes que venir.

—Mamá, ¿está bien papá? —le pregunto.

Mi madre empieza a despejar una silla para que Joy se siente.

—Muy lejos. ¿Conduces?

Le dispararon a mi padre, acabo de llegar ¿y mi madre se dedica a hacer de anfitriona? Me pongo a gritar.

—¡Mamá, ¿qué demonios pasó?!

—¿Por qué gritas, Frank?

—Perdona —ladro.

—Frank, Frank, ¿por qué no te sientas? —me dice Joy.

—Me he pasado horas sentado.

Entonces Joy me rodea suavemente la muñeca con sus dedos fríos, y me relajo.

—Disparan tres veces —dice mi madre—. Una al pulmón, costilla rota. Agujero. Doctor pone ya tirita. Doctor muy bueno. Gusta coreanos, pero no habla coreano.

«Lo siento, crecí en el país equivocado», quiero soltarle. Estoy de mal humor. Sólo quiero respuestas.

—Mamá —le digo en el tono más neutro que puedo—. ¿Quién le disparó a papá? ¿Cuándo? ¿Cómo está?

—Estadounidense, caucásico, entra —me dice mi madre, indignada—. Nunca lo he visto. Único cliente blanco es Charlie, ¿verdad? El hombre entra y pregunta a papá cuánto vale billete de lotería. Muy tonto.

—Hay un letrero con el precio —le digo. Porque así es.

—Entonces saca pistola vieja y dispara.

—Bmfmfmfbm —dice mi padre a través de la máscara.

—¿Qué? —le pregunto.

—Bala pequeña, calibre veintidós. Hombre blanco huye —mi madre se ríe sin venir a cuento—. Al principio papá bien, no duele mucho. Llama policía. Pero luego, ah. No puede respirar. Porque agujero muy pequeño en pulmón.

—Ef-to-bié —dice mi padre. «Estoy bien.»

—Un momento. ¿El hombre no se llevó el dinero? —pregunta Joy.

—No dinero —le contesta mi madre—. Va a tres tiendas más, taller coches, tienda agua y dambae-jip, dispara también y no lleva dinero.

Dambae jip significa «tienda de tabaco».

—Pero policía atrapa. Blanco loco.

—Un momento, ¿atraparon a ese tipo? —le pregunto.

—Policía atrapa. Dispara tres personas más. Nadie muerto. Todos bien. Doctor dice papá bien.

Me dejo caer en la silla. Joy me sujeta a medio camino para asegurarse de que apoyo el trasero en el asiento.

—Qué locura —dice Joy.

—Compro bolsa grande de Nachitos —dice mi madre—. ¿Quieres Nachitos? Muy picantes. Papá encantan Nachitos.

—No, gracias, señora Li —le contesta Joy—. No puedo comer cosas muy maewo.

—¿No gustan cosas maewo? —le pregunta mi madre.

Maewo significa «picante». Mi madre sonríe, porque tampoco aguanta la comida picante. Se come los Nachitos encima de arroz para que no piquen tanto, lo que es casi tan raro como mi costumbre de comer Nachitos con palillos para evitar que los dedos se me queden de color naranja.

Siguen hablando de comida picante y yo me quedo al margen, sumido en mis pensamientos.

Le dispararon a mi padre.

La bala era pequeña y le dio en un punto que no tiene peligro.

Pero ¿qué habría pasado si la bala hubiera sido un poco más grande?

¿Qué habría pasado si le hubiera dado en el lado izquierdo, no en el derecho, y le hubiera atravesado el corazón?

Siento que este momento debería ser más… trascendental. Pero aquí está mi madre, hablando de comidas picantes, y aquí está Joy, que para todo el mundo es la hija coreana perfecta. Incluso junta las rodillas y apoya las manos en el regazo.

Veo que mi padre me mira fijamente a través de la máscara. Parece frágil. Nunca antes me había parecido frágil, y de repente me lo imagino viejo, convaleciente. Pero sonríe.

Mi padre está contento.

Y entiendo por qué. Mi madre está cuidándolo. Joy está cuidándome a mí. Estamos todos juntos. Su hijo eligió a la chica adecuada.

Los cuatro somos muy conscientes de que la muerte se cierne sobre nosotros, pero la desafiamos y estamos vivos. Incluso cómodos. En esta pequeña habitación esmeralda.

Echo un vistazo al celular sin razón. Q está a veinte minutos. Ningún mensaje de Brit. ¿Por qué iba a mandarme un mensaje? Es tarde y está en su mundo de los sueños, donde ella y yo somos una pareja de verdad.

—¿Estás bien? —me pregunta Joy.

Respiro cada vez más deprisa.

—¿Podemos… salir?

—Sí, claro —me contesta Joy indicándome con un gesto que me levante. Mira fijamente mis ojos, cada vez más vacíos—. Vamos vamos vamos. Enseguida volvemos, señora Li.

Joy me lleva por el laberinto de pasillos como un agente del servicio secreto llevándose precipitadamente al presidente, salimos a la fría noche y nos detenemos debajo de un cubo de luz azul verdosa. Me inclino hacia delante, apoyo las manos en las rodillas y respiro, respiro y respiro.

—Más despacio, es un ataque de pánico —me dice Joy—. Inspira profundamente por la nariz y exhala despacio por la boca. Eso es. Haz shh.

—Shh —digo—. Shh-h-hu puta madre.

Joy reprime una carcajada y se pone seria.

—Respiras el aire por la nariz y shh-h-hu puta madre por la boca.

—Demonios —le digo—. Casi pierdo a mi padre. Ah.

Se me nublan los ojos. Algo dentro del pecho me aprieta con fuerza. Me callo.

—¿Qué necesitas? —me pregunta Joy—. ¿Qué necesitas? ¿Un abrazo?

Asiento.

Joy me abraza, y mis pensamientos se evaporan en forma de nube, vuelven a caer y cristalizan en algo diferente. Levanto los brazos para abrazar a Joy. La he abrazado muchas veces, pero nunca así, con todo mi cuerpo, y me siento como si me aferrara a una balsa.

—¿Y si los tres disparos le hubieran dado? —le pregunto—. ¿Y si se hubiera desangrado? ¿Y si la pistola hubiera sido más grande? Esta noche podría haber muerto, pero por alguna razón va a recuperarse, y ahora compartimos una bolsa de Nachitos como si nada.

Estoy balbuceando.

—Shh —me dice Joy.

—En serio, ¿y si hubiera muerto? Desaparecería, el mundo seguiría adelante, y sabe tan poco de mí, y yo sé tan poco de él, rayos, si hubiera muerto, la cosa habría sido oh, ven a Estados Unidos, ten un hijo que se llame Frank, trabaja en una tienda y muere. ¿Sabes que mi padre nunca habla de su infancia? Casi nunca. Ya es una gran interrogante, y si muriera, ni siquiera sabría a quién he perdido, joder.

—Aún tienes mucho tiempo para conocerlo —me dice Joy—. Te hartarás de él. Te lo prometo.

—Podría haber muerto, Joy.

—Se pondrá bien.

—Y eso habría sido todo.

—Se pondrá bien.

Cuando Joy me suelta para verme la cara, me seca las lágrimas una a una con la manga, la izquierda, la derecha, de nuevo la izquierda y de nuevo la derecha.

Le levanto el pelo, veo el tono verde y sonrío. De repente dejo de llorar. Tengo la cara caliente e hinchada, como si me hubieran lanzado un balón de futbol.

—Gracias —le digo.

—Tienes los ojos castaños —me dice Joy.

—Son negros —le digo.

—No, son castaños —me dice Joy. Me gira la cabeza hacia la luz y los mira de cerca—. Mmm, castaños.

«Llevo toda la vida sin saber de qué color son mis ojos», pienso.

—Ey —dice una voz.

Es Q.

Joy y yo nos separamos.

—Hola —le digo.

Q me observa.

—Lloraste.

—Sí, amigo.

—Pues llora. Sácalo todo. ¿Cómo está tu padre?

—Se pondrá bien. Acabamos de hablar con el médico.

—Seguro que puedo bajarte la hinchazón con los dedos, porque mi circulación es pésima —me dice Q poniéndome la palma de la mano en la mejilla izquierda.

—Oye, yo también tengo mala circulación —dice Joy.

Le tiende la mano a Q para que la toque, y Q se queda impresionado. Joy me pone la mano en la mejilla derecha.

Debajo de este cubo de luz, formamos un trío extraño.

Saco el celular y empiezo a escribir un mensaje.

—No es para Brit, ¿verdad? —me pregunta Q.

—No, porque querría venir... —dice Joy.

—Y entonces ay, ay, ay —dice Q asintiendo.

«Hola, le dispararon a papá en La Tienda. Estamos en el hospital. Pulmón perforado, pero se pondrá bien. Los médicos dicen que hay que esperar.»

Espero y espero. Pasan dos largos minutos. Nadie tarda más en contestar que Hanna. No sólo por la diferencia horaria.

«¿Seguro que se pondrá bien?», me pregunta por fin.

«Sí, seguro que se pondrá bien. Mamá ni siquiera está preocupada.»

«Qué raro, ja, ja.»

«Pensé que debías saberlo.»

«La verdad es que... mamá me envió un correo (!) Pero gracias, Frank.»

Es la primera vez. Mi madre nunca le escribe a Hanna.

«Lo único que hacía falta era que le dispararan a papá, ¿no?», le digo.

«¿Estás seguro de que papá se pondrá bien?»

«Seguro.»

«Absolutamente seguro.»

«Sí, Hanna.»

«Pues dile que ya me convertí en negra», me dice Hanna.

Me río, y Joy y Q intentan seguir enfriándome las mejillas. Luego leen el mensaje de Hanna y también se ríen.

«Racista», le digo.

«Lloro de risa.»

Mis pulgares dudan. Nunca se lo he dicho.

«Te quiero, hermana», le digo.

Y Hanna me contesta al instante, la respuesta más rápida que me ha mandado nunca:

«Yo también te quiero, cariño.»

«Espero verte pronto», añade.

«¿Vas a venir?»

Espero y espero, pero Hanna no me contesta.

—Ay —dice Joy, y me aprieta la mejilla.

El significado de las palabras «Te quiero» no podría estar más claro para mí. Mucho más claro que hace un rato, con Brit, y con forma distinta. Le digo estas palabras porque sé —ambos sabemos— que un día mis padres no existirán, ni tampoco la Casa Li tal como el mundo la conoce. Se convertirá en otra cosa.

Estaremos sólo Hanna y yo, reuniendo los recuerdos de nuestros locos padres para intentar completar una imagen que podamos manejar. Nunca estará completa, por supuesto. Será básicamente inexacta, por supuesto. La cagaremos, por supuesto.

Y cuando por fin envejezcamos y nos muramos, se acabó.

17

Quizás es diferente

Abro los ojos.

Tengo las articulaciones heladas. Y el pie izquierdo totalmente dormido. Siento que alguien me toca la cara, hasta que me doy cuenta de que es mi mano, que también se me quedó dormida. Miro hacia abajo y veo mi cuerpo, retorcido como un pretzel en una silla de la sala de espera.

Afuera está amaneciendo.

La boca me sabe a Nachitos rancios.

—¿Qué hora es?

Q y Joy entran en mi campo de visión. Sus labios tiemblan intentando contener la risa.

Al final no pueden seguir aguantando.

—Ja, ja, ja, ja, ja, ja, ja, ja —dicen.

Me incorporo y siento hormigueos en todo el cuerpo.

—¿Qué pasa?

Ahora le toca reírse al personal.

—Buenos días, Bella Durmiente —me dice el enfermero de antes. Parece que su turno terminó—. Van a dar de alta a tu padre.

Me levanto y casi me caigo.

—¿Cuánto tiempo dormí?

Joy y Q siguen riéndose.

—Bastante.

Entonces Joy señala tímidamente un espejo. Voy a mirarme y veo que tengo la cara llena de garabatos multicolores.

No son garabatos. Son firmas.

—Le pedí a todo el personal que firmara en tu cara —me dice Joy—. Te pasaste cuatro horas roncando.

—Te queremos, Frank —me dice la recepcionista desde el otro lado del cristal.

—Tu padre se pondrá bien —me dice otra persona.

—Se acabó, se acabó —dice la recepcionista.

Teclea en un control para subir el volumen de la tele.

«Damos comienzo al informativo con una noche terrorífica en Hancock —dice la tele—, donde la policía dice que un hombre de unos treinta y cinco años entró armado en cuatro comercios e hirió a cinco personas.»

—Ah —digo.

Aparece brevemente un plano del Fiesta Hoy Market y luego una foto de un tipo blanco con la mirada perdida.

«El sospechoso está siendo interrogado por detectives y psicólogos forenses», dice la tele.

—Si el sospechoso hubiera sido negro, no lo podrían interrogar, porque le habrían pegado un tiro —dice Q.

—¿Verdad que sí? —me burlo y asiento.

—Típico —masculla Q.

—Voy a lavarme la cara.

—¡Espera! —me grita Joy—. Déjame tomarte una foto.

Mientras la toma, le digo:

—Por favor, no la…

—No la subiré —me contesta.

Quiere decir que no va a subirla en el Snapstory. Se guarda el celular en el bolsillo para que nadie la vea.

* * *

Cuando mi madre aparece empujando la silla de ruedas de mi padre, corro a abrazarlos.

—Okey, okey, okey —dice mi padre, como si quisiera quitarse de encima a un perro baboso.

—Okey, okey, okey —dice mi madre, igual.

165

En la Casa Li apenas nos abrazamos. Para mis padres, abrazarse debe de ser algo parecido al programa de televisión *Cuando los animales atacan.*

—Escriben toda la cara —me dice mi madre disimulando la risa—. Yo firmo por papá.

—¡Mamá!

—Empieza Joy —me dice mi madre—. Muy graciosa. Especialmente para chica.

—Ah, para ser chica —dice Joy riéndose.

Ambos ponemos los ojos en blanco, pero estamos contentos.

—Chica tiene que ser inteligente, callada y tranquila —dice mi madre—. Pero Joy muy loca.

«Por eso es tan genial», pienso. Y es verdad. Así que lo digo:

—Por eso es tan genial.

A mi padre se le cae la bolsa al suelo, y Q se agacha a recogerla.

—Gracias, Q —le dice mi padre.

—Faltaba más, señor Li.

—Q es nombre gracioso —dice mi padre—. Q, cucú, ja, ja.

—Me alegro de que le divierta tanto como a mí, señor Li.

Empujamos la silla de ruedas de mi padre al sol de la mañana. Mi madre me da la mano, como cuando era niño. Siento a Joy a mi lado. Q apoya una mano en mi hombro.

Es raro, pero siento que hoy es uno de los mejores días de mi vida. Es un sentimiento maravilloso. Los cinco sobrevivimos juntos a algo.

Entonces me vibra el bolsillo.

«¿Dónde estás?»

«¿Está Q contigo?»

Es Brit. Es lunes por la mañana. Hora de la clase de cálculo.

—Bien —digo—. Tenemos clase.

—Y mañana es la segunda ronda del SAT —dice Joy—. Voy a tomarme el día libre para recuperar el sueño. Deberías hacer lo mismo. Antes de los exámenes es tan importante dormir como estudiar.

Por cierto, mi puntuación en la primera ronda del SAT acabó siendo 1310, que está bien, pero no basta para Harvard. Joy sacó un decepcionante 1280. El maldito de Q sacó 1590, a diez puntos de la perfección, lo que le enojó muchísimo.

—No pueden tomarse el día libre para estudiar para el examen —dice Q.

—Seguro que sí —le dice Joy.

—Está loca —dice Q.

Nos reímos, pero enseguida me pongo serio. Porque me imagino a Brit en clase mirando mi silla vacía, sin tener ni idea de la noche que pasé. Por mi culpa. Porque no la dejé formar parte.

Pero ¿no son mis padres los que en realidad no la dejan formar parte?

Vuelvo a mirarnos a los cinco, caminando tranquilamente al aire libre. Parecemos muy felices, despreocupados y abiertos a todas las posibilidades que pueda ofrecernos el mundo. ¿Cómo puede ser que lo único que vean mis padres de Brit es que es blanca? ¿Cómo es posible, ahora que el mundo acaba de mostrarnos que todos somos humanos, mortales y frágiles?

Ven a Joy como una chica ideal, cuando en realidad no lo es. Ven a Q como a un compañero de clase, cuando en realidad es mi hermano. ¿Cómo me ven a mí?

¿Y quiénes son en realidad mis padres? Lo que yo veo —lo poco que puedo ver— no puede ser la imagen completa. Hay cosas de ellos a las que aún no puedo llegar. Seguramente nunca podré.

Me doy cuenta de que sólo hay un grupito de personas a las que de verdad conozco y que de verdad me conocen a mí. Q es una de ellas. Desde esta noche, Joy es oficialmente otra. Conozco a Brit, pero Brit no conoce mi yo de esta noche. Y es culpa mía.

De repente la mañana cambia y se vuelve seca, calurosa y deslumbrante.

—Creo que voy a ir a clase —digo—. Cuando deje a mis padres en casa.

—No, vamos a La Tienda —dice mi padre.

—Están locos.

—Cliente espera —dice mi madre—. Y hoy viene policía. Toman fotos y hacen preguntas para informe.

—Podrían tomarse un día libre, ¿no? —les digo—. Rayos, un par de días estaría bien después de que te pegaron un tiro en el pecho.

Q apoya una mano en mi brazo.

—Oye, déjalos que vayan a donde quieran. Y tú ve a donde quieras.

—Estoy de acuerdo —dice Joy.

Joy choca la mano a Q con tanta fuerza que luego Q tiene que sobársela.

* * *

Mi madre lleva a mi padre a La Tienda, y yo no salgo de mi asombro. Q maneja el coche de mi padre. Primero dejamos a Joy en su casa y luego vamos a la Preparatoria Palomino, hogar de los Conquistadores.

Llegamos a la hora de comer. No tengo hambre —ni siquiera sé qué hora es—, pero de todos modos me dirijo a la cafetería.

—Deberíamos separarnos —le digo.

Q lo piensa un momento y luego me dice «Bien pensado», porque lo entiende. Sabe que si Brit nos ve juntos, sabrá que esta noche pasó algo. Y no quiero que se entere así. La razón por la que decidí venir a clase no fue para no perder mi récord de asistencia, sino para contárselo yo mismo. Dignamente. En persona.

Pero es demasiado tarde. Porque está aquí.

—¿Dónde estaban? —nos pregunta Brit.

—Ah —digo.

—Creo que voy al baño —dice Q, y desaparece como el ninja más torpe del mundo.

—Tienes cara de no haber dormido —me dice Brit observándome el rostro—. ¿Estuviste arreglando un coche o algo así? ¿Esto es grasa?

Pensaba que me había limpiado todos los garabatos, pero me temo que por la parte de atrás quedaron unas cuantas marcas. No hay manera de explicarle lo de mi cara. Es una broma que no tiene gracia si no has estado presente. Así que me descubro a mí mismo riéndome.

—Son firmas.

—Firmas —dice Brit—. En la cara.

—Esta noche ha sido una locura. Vamos al invernadero.

—Okey —dice Brit, confundida—. Vayamos al invernadero.

Mientras caminamos, la acerco a mí para sentir sus caderas moviéndose con las mías. Sonrío. Bostezo, vuelvo a bostezar, y entonces recuerdo que bostezo cuando estoy nervioso. Noto que Brit está mirándome.

—¿Qué pasó? —me susurra.

—Te lo cuento dentro de un segundo.

Damos vuelta en una esquina en un pasillo desierto, salimos y nos escondemos detrás del invernadero, como siempre. Brit mete una mano por debajo de mi camisa y me besa.

—Te huele fatal el aliento —dice.

—Comí un montón de papas fritas —digo—. Perdona.

—No, no me importa.

Vuelve a besarme.

—Hola —le digo.

—Cuéntame lo que pasó antes de que empiece a preocuparme —me dice.

Respiro hondo.

—Okey. Bueno. Le dispararon a mi padre… No no no, espera, está bien. Pasé toda la noche en el hospital.

Brit retrocede un par de centímetros y me mira con incredulidad.

Sigo hablando.

—El personal fue genial. Me firmaron todos en la cara mientras dormía.

No le cuento que lo de las firmas fue idea de Joy. No le hablo de Q. Me enferma hacer esto.

Brit se queda en silencio, procesando esta información.

Trago saliva agria.

—Siento muchísimo no haberte llamado. Fue una locura. Era tarde. Estaba muy asustado.

Se voltea un grado en sentido contrario a mí en la banca destartalada. Empiezan a zumbarme los oídos. No es necesario que me diga nada. Lo veo en sus ojos, que se llenan de tristeza. «No me llamaste.»

—Te quiero —dice mirando las pequeñas flores que tiene enfrente—. ¿Tú me quieres?

Pego un brinco.

—Claro que sí.

—¿Puedes decirlo, por favor?

—Te quiero, Brit Means.

En cuanto las palabras salen de mis labios, me toma del brazo.

—Ayúdame a entenderlo. Yo se lo cuento todo a mis padres. Ellos me lo cuentan todo a mí. Mi padre me mandará un mensaje durante la clase para hablarme de un nuevo sándwich que descubrió —se ríe al recordarlo—. Quizás en tu familia es diferente.

Quiero decirle: «Tienes toda la maldita razón, es diferente. Apenas hablamos la misma lengua. Literalmente. Ni te imaginas la suerte que tienes de que toda tu familia hable perfectamente la misma lengua».

Pero le digo:

—Lo siento. Debería haberte llamado.

Brit no parece haberme oído.

—Cuando quieres a alguien, quieres compartirlo todo con él.

Brit habla perfectamente la lengua de la Amplitud de Miras, y ahora me doy cuenta de que yo no.

Debería explicárselo, pero me resulta agotador, es muy complicado y estoy tan cansado que siento zumbidos en el cerebro. Así que le digo «Te quiero» una y otra vez a modo de parche provisional, porque es mucho más sencillo estar enamorado de Brit detrás del invernadero, donde nadie en el mundo puede vernos.

18

Negra oveja negra

—Si haces galletas cuadradas, triangulares o circulares, y tienes seis colores de cobertura diferentes, ¿cuántas combinaciones diferentes de forma y...?

—Dieciocho —dice Q.

—Oye, al menos déjame terminar la pregunta.

Estamos en su habitación. Después de clase.

Q bosteza.

—Creo que estamos preparados para mañana.

Se refiere a nuestro segundo intento en el SAT. Hoy ya no tenemos clase. Así que lo celebraremos o nos esconderemos en la cama temiendo las dos semanas que tardan en darnos los resultados.

—Hola, internet, atenúa las luces —dice Q a la habitación.

—Atenuando las luces —dice la bocina inteligente de Q.

Las luces del techo se suavizan.

Q agarra un control de juegos. Bosteza una y otra vez.

—No tengo energía ni para jugar —se queja, tira el control, se tumba y se cubre los ojos con un brazo.

—La vida es dura —le digo.

Q ignora mi provocación.

—¿Cómo te fue con Brit?

—Bien —le digo.

—Pero.

—No hay peros.

—Siempre hay un pero.

Suspiro —es una broma nuestra muy trillada—, me tumbo y me cubro también los ojos con un brazo. Aquí estamos, los dos cubriéndonos los ojos con un brazo.

—Se sintió herida, sin duda, y sin duda le pedí perdón y le prometí que seré más abierto.

—Espera. ¿Cómo?

—No lo sé. Ya veré.

—¿Vas a convertirla en coreana?

—Eso suena racista. ¿Estás siendo racista?

—Los racistas son tus padres. No van a cambiar en breve.

Ya lo sé. No tengo nada que decir, así que me presiono los ojos con el brazo hasta que la cuadrícula verde y negra empieza a girar.

—Oye —me dice Q, ahora en tono más suave—, no te enojes. Pero tienes que prepararte para la inminente posibilidad de contarle a Brit la terrible verdad de tu montaje.

—Gracias por ayudarme.

—Te ayudo. Te ayudo.

—Ahora mismo no lo parece.

—Oye…

Q intenta levantarme el brazo, pero lo aprieto con fuerza, y cuando me suelta me doy un golpe en la cara. Lo repite varias veces.

—¿Por qué te gusta pegarte a ti mismo? —me pregunta.

—Gyahguahghghah —digo, y al final me incorporo y pego un manotazo al aire—. ¿Por qué no puedo salir con Brit y divertirme como un adolescente normal? ¿Por qué no me dejan todos en paz?

Q esculpe con las manos un cubo perfecto de aire.

—Porque, mira, cuanto más tiempo salgas con Brit, más daño acabarás haciéndole. Estás acumulando una deuda de dolor emocional que al final tendrás que pagar. Tienes que decírselo cuanto antes.

Me agarro las rodillas. Tiene razón. Jódete, Q, por tener tanta razón. No sé cómo decirle a Brit que está chocando contra una pared, mis padres. Pensarlo me aterroriza. Pensar qué pasaría después me aterroriza.

—Pero me gusta —le digo.

—Entonces tienes que decidir hasta qué punto quieres pelear con tus padres por ella.

—Pero me asusta pelear.

Q abre las manos. «ese es el problema.»

No tengo que mencionar a Hanna. Q ya lo sabe.

—¿Tus padres quieren que salgas sólo con chicas negras? —le pregunto.

—Ja, ¿para que siga siendo un negro puro?

Me río. Nos hemos reído antes de la idea de un negro puro. Hay muchos tipos de negro. Negro friki, negro artista, negro vieja escuela, supernegro (véase también: supercoreanos). «Negro» puede significar un millón de cosas.

—Es gracioso oírte llamándote negro a ti mismo.

—Lo soy —me contesta Q—. Soy negro.

—Creía que odiabas esa mierda de negro frente a blanco.

—Es una dicotomía falsa. Blanco es un constructo artificial.

—Amén —le digo.

—Negro es un constructo artificial.

—Alabado sea el Señor.

—Pero el hecho es que, mientras los malditos blancos sigan llamándose a sí mismos blancos, no me queda más remedio que llamarme negro. Porque van a llamarme negro me guste o no. Van a llamarte asiático te guste o no. Pues está bien.

Estamos entrando en un terreno extraño y delicado. Q y yo hemos hablado de la raza un millón de veces, pero sobre todo para burlarnos de ella como concepto abstracto e intelectual. Nunca en términos tan personales como ahora.

—Así que no odias tener que llamarte negro a ti mismo —le digo con cautela.

—Negro puede ser lo que tú quieras que sea. Es lo que me han dicho mis padres desde niño.

Me imagino a Q de niño hablando abiertamente de la raza con sus padres. Manteniendo conversaciones que yo nunca he mantenido con los míos.

—Entonces supongo que no les importa con quién salgas.

—No.

—Así que no es Amelie.

—Buen intento —me dice Q.

—Ni Naima.

—Ya te lo dije —me dice Q sin molestarse en abrir los ojos—. Está enamorada de otro tipo. Es irrelevante.

—Pero puedo hacerte de Cyrano de Bergerac antes del verano.

Q levanta el brazo y me mira.

—Creo que deberíamos centrarnos en solucionar tu problema antes de pasar al mío.

Me callo. Me doy cuenta de lo que estoy haciendo. Quiero fingir que no tengo problemas, como en esas películas de adolescentes en las que todos los chicos (quiero decir todos los chicos blancos) juegan a las adivinanzas, representan sus dramas amorosos y se tumban juntos en el pasto a contemplar las estrellas a la luz de la luna, preguntándose por cosas más elevadas: el universo, el destino y otras cuestiones filosóficas. No por mierdas como el racismo de sus padres.

—Ojalá coreano pudiera ser lo que yo quisiera que fuera —le digo—. Coreano es lo contrario. Coreano es sólo una cosa, y nada más.

—Supercoreano —me dice Q.

—Bingo —le contesto—. ¿Sabes que hay coreanos que de verdad creen que son de raza coreana, con su propio origen individual? Olvídate de ricos frente a pobres, o de fuertes frente a débiles. Para esos idiotas se trata de coreanos frente a terrícolas.

Q se sienta en el extremo del sofá que hay frente a mí y me hace cosquillas en la axila con los dedos de los pies.

—Corea es uno de los países más homogéneos del mundo, amigo. Lamento que éstas sean las cartas que te tocaron.

—Podría dedicarme a la música y ganar miles de millones de dólares, pero para esos idiotas seguiría siendo ante todo coreano.

—Un hombre puede ser presidente de Estados Unidos, pero para idiotas como ésos sería ante todo negro. Para esos idiotas todo lo demás no vale nada.

—Ojalá fuera blanco. Sin lo que de verdad implica ser blanco.

—Blanco puede ser lo que quiera ser, y puede ser blanco en último lugar, no en primero.

—Pero, no sé, demasiados crímenes de guerra.

—Cierto —me dice Q.

—Sólo sé que nunca podré ser un buen coreano. ¿Entiendes lo que quiero decir?

—A mi familia y a mí nos tratan siempre como mierda por el único delito de ser nosotros mismos. Ninguno de nuestros parientes de Washington cree que somos lo bastante negros. Nos trataron como mierda cuando por el trabajo de mi padre nos trasladamos de Baldwin Hills, que es un barrio negro, a Playa Mesa, que es un barrio blanco. En la última reunión, mi tío se burló de mi acento formal y dijo que tendría que quitarme mi carnet de negro por no saber lo que significaba «saltar la escoba».

Q levanta los brazos para hacer el gesto de poner comillas, pero sólo con los dedos medios. Las llama comillas-pito.

¿Q también tiene Reuniones? ¿Y son tan insoportables como las mías?

Uf.

—Los Lee de la Costa Oeste siempre han sido las ovejas negras de la familia —me dice Q—. Las negras ovejas negras. Así que sí, entiendo lo que quieres decir.

—Hola, internet, ¿qué son los negros? —digo.

—Ja, ja —se ríe Q.

Siento que algo me aprieta los dedos de los pies, uno a uno.

—¿Estás apretándome los dedos de los pies? —pregunto.

—Mmm —contesta Q.

Uno, dos, tres, cuatro, cinco, seis, siete, ocho, nueve y diez.

Cuando termina, Q me dice:

—Eres una oveja negra coreana. Y tus padres también. Al fin y al cabo, se fueron de Corea. Hasta cierto punto, todos somos Limbos.

—Seguramente —digo—. Salvo Kyung Hee.

—¿Quién es Kyung Hee?

—La hermana de Ella Chang. Se casa este fin de semana.

—Un momento —dice Q—. Tu padre no pretenderá ir a una boda en su estado, ¿verdad?

Suspiro.

—Lo pretende, aunque no debería. El maldito orgullo.

—Eso suena supercoreano.

—Si quieres a un supercoreano, deberías ver al novio. Ése sí que es coreano, coreano-coreano. Kyung Hee también es coreana-coreana. Habla en coreano y vive en un barrio coreano. Ya ni siquiera utiliza su nombre inglés.

Q resopla.

—Así que eligió la tribu.

—Sí, eligió la tribu.

—Bien por Kyung Hee. Hola, internet, ¿qué son los coreanos?

—Para ella debe de ser muy sencillo. Eligió ser coreana. Nada de guiones de mierda. Hola, Kyung Hee, ¿de dónde eres? Soy coreana, Frank. Y punto. Lo entiendo. Pero por alguna razón yo no puedo, ¿sabes?

Q se limita a respirar mirando hacia arriba.

—¿Te quedaste dormido mientras hablaba?

—No —me contesta Q, aunque parece un grito en sueños, como si estuviera soñando que monstruos de las alcantarillas le están jalando la pierna.

—No te quedes dormido cuando te hablo, William Lee —le digo.

Q no me contesta. Su respiración suena como un aparato de ruido blanco. Mis ojos no tardan en cerrarse también. Ayer apenas pude descansar en el hospital. Dormimos como dos chicos en una canoa a la deriva.

Sueño que estoy paseando por un bosque lleno de árboles negros y húmedos de los que cuelgan luces rojas. Brit pasea conmigo. Lleva un vestido amarillo futurista que brilla en la oscuridad y que temo que se manche. Sé que los árboles son los pulmones de mi padre por dentro. Sé que el suelo esponjoso que pisamos es el tejido de su diafragma, que se eleva lentamente. Un sueño demencial, pero muy vívido.

Podría parecer espeluznante, pero en general es bonito. Brit está tan sorprendida como yo. Estamos tomados de la mano, y el mero contacto con mi piel le permite saber lo que estoy pensando: «Bajemos unas cuantas de ahí arriba», y a los dos nos maravilla la luz de la luna llena de color limón. En realidad no es la luna. Es un agujero redondo de medio centímetro de diámetro que deja pasar la luz del mundo exterior.

Cuando la luna se apaga, sé que es porque un gran ojo nos mira desde el otro lado del agujero. Suelto a Brit y lo saludo con las dos manos entre la constelación de estrellas de color rojo sangre que decoran las oscuras ramificaciones. El ojo es de Joy —lo sé—, y apuesto a que me ve.

Saludo una y otra vez y grito.

—¡Joy! ¡Joy!

19

Hola, internet, ¿qué son...?

—Hola, internet, ¿qué son los negros?

«He encontrado esto: la definición de negro varía según el país. En Estados Unidos, se clasifica como negras a las personas con raíces subsaharianas, y el negro suele asociarse con las personas con tonos de piel más oscuros. El término "negro" tiene muchos significados y connotaciones, y en la actualidad sigue siendo un tema controvertido. El artículo completo tiene 13 881 palabras. ¿Quieres que siga?»

—Hola, internet, ¿qué son los blancos?

«He encontrado esto: la definición de blanco varía según el país. En Estados Unidos, el término blanco cambia constantemente. La categoría que en su momento incluía a ingleses y escandinavos se amplió e incluyó a personas a las que anteriormente no consideraban blancas, como alemanes, griegos, iraníes, irlandeses, italianos, judíos e hispanos blancos. El artículo completo tiene 13 752 palabras. ¿Quieres que siga?»

—Hola, internet, ¿qué son los asiáticos?

«He encontrado esto: la definición de asiático varía según el país. En Estados Unidos, se define como asiáticas a las personas originarias de países del sureste asiático, como Camboya, China, Japón, Corea, Malasia, Tailandia, Vietnam, etcétera. Hasta 1980, la India y Pakistán no se consideraban asiáticas. Aunque en sentido estricto estén en el continente asiático, países como Armenia, Georgia, Chechenia y Turquía no se consideran asiáticos. El artículo completo tiene 6 390 palabras. ¿Quieres que siga?»

—Hola, internet, ¿qué son los coreanos?

«He encontrado esto: los coreanos son originarios de Corea del Norte o del Sur. Hay 7.4 millones de expatriados, que viven principalmente en Estados Unidos, Vietnam, China, Japón, Filipinas, Rusia, Uzbekistán, Australia y Canadá. El cráneo de los antiguos coreanos era más similar al de los kazajos y al de los mongoles que al de los chinos o japoneses. Aunque la mayoría de los coreanos creen que comparten un único antepasado común, investigaciones recientes sugieren que esta creencia es un mito creado por la habitual adulteración de los datos genealógicos. El artículo completo tiene 7 016 palabras. ¿Quieres que siga?»

20

Atrapado desde que naces

9. Cada generación tiene desafíos a los que debe enfrentarse a su manera. Por lo tanto, la humanidad está _____ a repetir sus errores aun cuando evolucione lentamente.

a) *consagrada*
b) *acostumbrada*
c) *reacia*
d) *dispuesta*
e) *condenada*

20. La evolución es más un/a _____ que un/a _____.

a) garabato - línea
b) lucha - competición
c) pregunta - afirmación
d) barullo - avance
e) reacción - decisión

Cuando salgo del salón del examen (antes laboratorio de química) para reunirme con mis compañeros en el árbol elefante, veo que todos están como yo: muy sonrientes.

—¿Dame esos cinco? —grito.

—¡Sí! —grita Q.

Nos chocamos todos la mano en un tumulto que acaba en bofetadas. No es de extrañar en frikis como nosotros.

—Que se vaya al diablo el SAT —digo.

—La puta madre que lo parió, grandísimo cabrón —dice Q.

Todos parpadeamos al oír su ataque de groserías.

Q se acaricia los codos.

—Bueno, esta vez fue bastante fácil.

—Estuvo muy fácil —dice una voz.

Es Brit, que se mete en el grupo. Lleva una camiseta en la que pone PERO ¿QUIÉN LAVA LA TOALLA?, otra de mis favoritas. La abrazo. Me dejo arrastrar por la confianza y la beso frente a todos.

—Vayan a un hotel —dice Naima.

—Sí, busquen un hostal —dice Paul.

Brit se cuelga de mi hombro. Me lo aprieta. Ay, Buda Keanu Reeves de 1993, a Brit Means le gustan los músculos de mis hombros.

—Aún alucino con la pregunta sobre la evolución —dice—. «La evolución es más un garabato que una línea.»

—Yo elegí «barullo» y «avance» —dice Q.

—Yo elegí «reacción» y «decisión» —dice Amelie.

—Creo que era una pregunta tramposa —digo yo.

—¿Qué contestaste tú? —me pregunta Brit.

Brit parpadea teatralmente. Está entusiasmada por lo bien que le fue en el SAT. A todos nos fue bien. Todos creemos que sacamos al menos 1 400, que es el 95 por ciento. Todos sentimos que superamos con creces nuestro mediocre primer intento.

—Yo contesté «lucha» y «competencia» —digo—. Porque una competencia implica un terreno de juego nivelado. La evolución no está nivelada. Las criaturas están atrapadas con aquello con lo que nacen. Algunas criaturas son grandes, fuertes y rápidas. Pero otras son demasiado pequeñas, o demasiado lentas o han mutado. No pueden hacer nada para superar las malas cartas que les repartieron al nacer. La manada las deja atrás. Son las primeras a las que se comen. La evolución no es una competencia. Es una ruleta arbitraria de asesinatos.

Mis compañeros me miran, boquiabiertos.

Doy una palmada para despejar el rollo que acabo de vomitar.

—Bueno. ¿Cómo van a celebrarlo, chicos? Paul, empieza tú, y luego en el sentido de las agujas del reloj.

Paul: ¡Jugar a Pax Eterna!

Q: Pax Eterna, nene. ¡Nos vemos allí! (Chocan la mano. Pax Eterna es un nuevo juego online en el que… bueno, da igual.)

Amelie: Quizá vaya al Boba Castle.

Paul: Bien. Podemos ir todos en mi coche.

Naima: ¿Puedo ir? ¡No sé conducir! ¡Ja, ja!

Brit: Voy a salir con mi novio.

Yo: ¿A dónde?

—A donde sea, no importa —me contesta Brit.

—El SAT nos golpeó en la primera ronda —dice Paul Olmo—. Pero hemos respondido en la segunda. Eliminémoslo con un aplauso de unidad.

Todos empezamos a aplaudir, al principio despacio, como una lluvia que se acelera y se convierte en un violento tifón tropical.

—¡Isang bagsak! —exclama Paul Olmo, y todos damos una sola palmada al unísono para acabar con la tormenta.

* * *

«¿Y? —le pregunto—. ¿Qué tal el examen?» «Muy bien, creo —me contesta Joy—. Me salvé. ¿Y tú?»

«Arrasé. Estoy eufórico. Hoy muere el examen para que nosotros podamos seguir viviendo.»

«¡Vamos a la universidad!», me dice Joy.

Me río y guardo el celular porque Brit se acerca. Se sube a la barda en la que estoy sentado y me da tres rápidos besos en el cuello.

—¿Qué es tan gracioso? —me pregunta Brit.

—Me haces cosquillas —le contesto.

Pero en realidad aún estoy riéndome por Joy.

Brit y yo esperamos a que su padre pase a recogerla. Le mandó un mensaje diciéndole que no hacía falta, que íbamos a pasar la tarde juntos, pero su padre ya estaba en el coche, y al parecer es la única persona del planeta lo bastante disciplinada para no mirar el teléfono cuando está conduciendo.

Me doy cuenta de que tengo hambre. Meto la mano en mi mochila y saco un pastelito envuelto en papel encerado. Le ofrezco uno a Brit.

—¿Qué es? —me pregunta.

—Mazapán casero. Alguien trajo ayer a La Tienda un montón para mi padre.

Cuando doy un mordisco, Brit se acerca para ver el resultado.

—¿Qué hay dentro? —me pregunta.

—Ni idea —le contesto—. Come y no pienses.

Desenvuelvo uno para ella, le da una mordida, luego otra, y otra, y se lo acaba.

Al rato Brit me pregunta:

—¿Y cómo está tu padre?

Siento una punzada, breve y aguda, pero con una larga sordina que tarda en desvanecerse de mi pecho. Brit lo nota, claro. Pega su muslo al mío para indicarme: «Te perdoné hace mucho. No hay problema». Y me relajo. El lenguaje corporal existe.

—Mi padre está bien —le contesto sacando otro mazapán. Tengo una docena—. Volvió a La Tienda. Aunque se compró un taburete acolchonado, ya ves.

—Cómo se cuida —me dice Brit.

Nos reímos unos segundos, con las piernas colgando de la barda. Descubro que mi sonrisa es triste. No dejo de pensar: «¿No debería mi padre hacer lo que le gusta? En lugar de pasarse la vida trabajando en La Tienda». Pero luego pienso: «¿Y qué le gusta? No tiene aficiones. No tiene amigos. ¿Y si lo que le gusta es La Tienda?»

Sólo puedo decir:

—Es raro.

—Simplemente habla un idioma diferente al tuyo —me dice Brit. Desenvuelve otro mazapán. A Brit Means le gusta el mazapán. Tomo nota—. Y no me refiero al coreano frente al inglés.

—¿Crees que tú hablas un idioma diferente al de tus padres?

—Creo que todos hablan un idioma diferente al de los demás. —Brit sonríe—. Menos nosotros.

—Uno empieza y el otro termina…

—Los sándwiches —dice Brit.

—Ven aquí.

Y la beso.

—Espera, aún estoy comiendo.

Brit se traga el mazapán para seguir besándome. Dejamos de mover las piernas. Todo se queda inmóvil. Podría vivir por esta inmovilidad.

Cuando abro los ojos, veo a alguien observándonos desde una esquina. Es Joy. Pone los ojos bizcos, saca la lengua como si estuviera besando a alguien y desaparece. Me río.

—¿Qué pasa? —me pregunta Brit.

—Nada —le contesto—. Me da risa tu camiseta.

—Te quiero —me susurra Brit.

—Yo también —le digo.

Me doy cuenta de que me salté el «te quiero» —«Yo también te quiero»—, pero ahora sería un poco raro corregirlo, así que lo dejo así.

—Tengo la impresión de que querías decir algo más sobre la pregunta de la evolución del SAT —me dice. Lo hace en su tono susurrante e íntimo—. Pero no lo has hecho. ¿Por qué? Quiero saber lo que piensas.

De acuerdo.

—Pienso en mí, en mi situación como coreano-estadounidense.

Brit me aprieta el brazo y espera.

De entrada, no sé por qué me cuesta tanto. Pero estoy mintiéndome a mí mismo. Sé exactamente por qué me cuesta. Porque meterse en este tema implica reconocer una diferencia fundamental entre Brit y yo —una diferencia existencial fundamental—, y no quiero admitir que esa diferencia existe. Brit —la inteligente, despierta y consciente Brit— forma parte de una mayoría blanca lo quiera o no, y tiene derecho a todos sus privilegios, también los quiera o no.

—Siento que no soy de ningún sitio y es como si viviera en el extraño pequeño planeta de mi exilio —digo sin respirar. Es imposible hablar de este tema. Pero me obligo—. No soy lo bastante coreano. No soy lo bastante blanco para ser del todo estadounidense.

Mientras pienso en qué más decir, Brit toma la palabra.

—Mi padre dijo que eres «un estadounidense de verdad, un muchacho». Dijo que le pareció obvio en cuanto te conoció. Le caes muy bien.

¿Obvio? ¿En serio? Porque para casi todo el mundo «un estadounidense de verdad» significa…

—Para casi todo el mundo «un estadounidense de verdad» significa blanco —dice Brit.

Cierro los ojos con ella y veo infinitos reflejos de los dos. De repente siento que hemos entrado en un nuevo territorio. Brit y yo estamos empezando a hablar de temas complicados. Es un paso hacia la verdad más dura de todas: «Mis padres son racistas».

—Quiero a mi padre —me dice—. Pero a veces se pasa de progre. No dudo que te considere «un estadounidense de verdad». Pero también sé que si no fuera por mí, que te veo como a una persona y punto, seguramente no se le habría ocurrido decir que eres «un estadounidense de verdad». Como tampoco se le ocurriría pensar que es otra cosa que blanco.

Ese «otra cosa que» hace que me pregunte qué soy exactamente, pero lo dejo ir. Porque Brit me ve. Me ve de verdad. Es raro.

Se acerca un coche.

—Ya está aquí —me dice Brit.

—Con tu madre —le digo entrecerrando los ojos.

El coche parece un antiguo vehículo militar, pero pintado de color azul celeste y con nubes blancas por todas partes. Los padres de Brit están sentados delante, con ropa que fácilmente podría confundirse con un equipo de safari.

—Suban —nos dice la madre de Brit.

—La verdad es que Frank y yo pensábamos ir a… —dice Brit.

—A esto se le llama ser espontáneo —dice el padre de Brit—. Los invitamos a comer para celebrar.

—No puedo negarme a comer gratis —digo.

Abrimos la puerta, que parece una escotilla, y Brit me empuja por el trasero.

* * *

El plan espontáneo es ir al Mocha-Dick, en el centro comercial The Shops & Restaurants del muelle de Playa Embarcadero, pero cuando llegamos, el Mocha-Dick ya no existe.

—El Mocha-Dick estaba ahí —dice el padre de Brit, sorprendido. El Mocha-Dick, que tomó el nombre del artículo que inspiró la novela *Moby-Dick*, de Melville, fue una institución durante mucho tiempo, desde que se construyó el muelle de Playa Embarcadero. Pero en el letrero —con forma de ballena entre dos olas— ahora dice YOUNG DONG SEAFOOD & KOREAN BBQ.

—Pues creo que le meteremos mano al Young Dong[6] —dice la madre de Brit sin ser consciente del chiste que acaba de hacer. Incluso gruñe al decir «meteremos mano».

—Dios mío —dice Brit, incapaz de respirar.

—Inhala por la nariz y exhala por la boca —le digo, y de repente me gustaría que Joy estuviera aquí para que viera el fantástico cartel. Le tomo una foto para mandársela después.

Al entrar nos recibe un *Eoseo osipsio*, que significa «bienvenidos», pero en voz muy alta. Nos sentamos a una mesa genial, junto a un ventanal de cristal desde el suelo hasta el techo que da a un muelle con focas tomando el sol, un puerto lleno de barcas y el mar abierto.

—¿Cómo está tu padre? —me pregunta la madre de Brit.

—Trabajando en La Tienda, como siempre —le contesto riéndome—. Creo que está recuperándose bastante bien.

—Creo que su ética del trabajo lo honra —dice el padre de Brit.

Sólo puedo encogerme de hombros. A mí la ética del trabajo de mis padres no me parece tan especial. Lo que seguramente me convierte en un mimado de segunda generación que no sabe la suerte que tiene.

Pero ¿no es lo que querían mis padres?

—Lo raro es que desde que le dispararon parece más feliz —digo sin dirigirme a nadie en concreto.

La madre de Brit asiente, entusiasmada.

—Creo que, aunque raro, tiene sentido. Cuando tu mundo da un vuelco, quizá te sientes agradecido por lo que se ha mantenido en pie. El trauma de tu padre podría resultarle muy esclarecedor.

---

6. El juego de palabras tiene sentido si se considera que *dong* en inglés significa tanto «moneda de Vietnam» como «pene». *(N. de la T.)*

Supongo que la madre de Brit es aficionada a la psicología —tanto la madre como el padre de Brit son lo bastante inteligentes como para ser aficionados a cualquier cosa—, y ojalá estuviera con mi padre en una sala de interrogatorios. Quizá la madre de Brit resolvería su enigma.

El padre de Brit abre la carta, la hojea y la deja. Se dirige a mí. Ya estamos.

—Quizá sería más fácil si pidieras tú, Frank.

Sonrío, pero por dentro me enojo. Aunque el apellido del padre de Brit es anglosajón, Means, no sería capaz de dar todo tipo de explicaciones sobre la cocina irlandesa, por ejemplo. Y lo más importante es que nadie esperaría que lo hiciera. Del padre de Brit sólo se espera una cosa, que sea sencillamente estadounidense.

No estoy metiéndome con el padre de Brit. Sólo digo que su situación debe de ser agradable.

Porque de mí se espera que sea experto en Corea, ya sea que sepa o no. En otras palabras, se espera que sea ante todo coreano, y luego estadounidense. El puto guion de coreano-estadounidense no va a desaparecer.

No puedo decir nada de esto en voz alta, porque estoy comiendo con los padres de Brit y quiero que todo vaya bien. Así que:

Hola, soy Frank, y durante esta comida seré su guía de comida coreana.

El mesero nos trae vasitos de algo que no es agua, sino té frío de cebada.

El padre de Brit se quita los lentes de leer.

—¿Qué es?

—Ah, es té frío —le contesto—. Se llama... boricha.

—Boricha —dicen los padres de Brit, impresionados.

—Ah, este té tiene un color tostado precioso —dice la madre de Brit.

Le doy las pesadas cartas al mesero.

—De primer tiempo tomaremos tres kalbis, un mul naengmyeon para mí y quizá uno de esos calamares pajuns.

El mesero grita:

—¡Kalbi segeh mul naengmyeon hana haemul pajun hana!

—¡Oído! —gritan desde la cocina.

La comida llega a toda velocidad. Primero, el banchan: platitos de espinacas, anchoas asadas, ensalada de papa, gelatina picante y demás.

—Madre mía —dice la madre de Brit—. Vas a tener que explicarnos qué es todo esto, Frank. Me temo que somos un poco...

—Somos tremendamente blancos —dice el padre de Brit.

—Papá —dice Brit, en el mismo tono en el que yo hablo con mis padres.

La oigo mentalmente decir: «Se dice europeo-estadounidense».

Me prometo intentar que todo vaya bien.

—No hay problema —contesto—. Esto son espinacas. Esto es kimchi. Ya saben lo que es el kimchi. Esto también es kimchi, pero con pepino. Y esto también, pero con rábanos.

—¿Puedes decirme qué es esto? —me pregunta la madre de Brit señalando la gelatina.

—Mamá —le dice Brit—. Vamos a comer, ¿okey?

Observo la gelatina buscando una respuesta. Me encanta esta gelatina. Pero no tengo ni idea de qué está hecha.

—Ah —digo—. ¿Frutos secos?

—Aquí llega un cuenco de algo interesante —dice la madre de Brit.

Es el mul naengmyeon, un tazón de acero de sopa de fideos fría, que llega acompañado de botellas de vinagre y mostaza. En el tazón hay incluso hielo picado, como a mí me gusta. El mesero corta los largos fideos de mi tazón con unas tijeras.

—Qué locura —dice el padre de Brit—. ¿De qué son esos fideos?

Me devano los sesos. Al final encuentro la respuesta:

—¡Trigo sarraceno!

—¿Y el caldo de qué es? —me pregunta la madre de Brit.

Vuelvo a devanarme los sesos.

—No lo sé.

Me río, pero siento que estoy fallando como guía.

Miro a Brit. Está mirando a sus padres con una sonrisa forzada.

—Menos preguntas y más comer, por favor —les dice.

El padre de Brit se queda inmóvil. De repente le aterroriza la posibilidad de haberme ofendido.

—Es que todo esto es nuevo para nosotros, y somos muy curiosos —me dice.

—Quizá demasiado curiosos —dice la madre de Brit riéndose—. Perdona si te hemos puesto en un aprieto.

Todo esto me parece normal. Para ellos es nuevo, y para mí no. Pero no puedo evitar preguntarme: si yo estuviera comiendo comida filipina —de la que no sé nada— con Paul Olmo, ¿también lo acribillaría a preguntas?

¿Lo haría?

—Papá, te encanta el queso, ¿verdad? —le dice Brit.

—Sí —le contesta.

—Y una parte de tu familia viene de Francia, ¿verdad?

—Eso dicen.

—¿Podrías decirme con todo detalle qué se necesita para hacer un buen queso de cabra?

—Quieres decir que por qué Frank debería saber qué es todo esto con todo detalle —dice el padre de Brit—. Entendido. Bien visto. Muy bien visto.

Aprieta la mano a Brit. Y luego, sorprendentemente, también a mí. Asiente con una mirada melancólica que viene a decir: «Hoy he aprendido algo nuevo».

Las personas dispuestas a aprender cosas nuevas son las mejores.

—Brit tiene razón —dice la madre de Brit—. Lo único que su padre sabe del queso es cómo metérselo en la boca y masticarlo.

Ilumina el comedor con una risa alegre.

Me uno a ella.

—Oye, no tengo ni idea de cómo es el trigo sarraceno, y menos aún de cómo se convierte en fideos. Sólo sé que están buenísimos.

Y en cuanto digo estas palabras, me doy cuenta de que he descubierto de lo que se trata. No se trata de hacer de guía de comida. Ni de preguntarme si acribillaría a preguntas a Paul Olmo. Se trata de ser capaz de decir «No tengo ni idea». Sin pedir perdón. Incluso con confianza en uno mismo. La misma confianza en sí mismo que tendría el padre de Brit ante una tabla de quesos sin etiquetas.

Me doy cuenta de que «No tengo ni idea» es una parte importante de lo que soy.

Comemos demasiado, comemos un poco más y nos reclinamos en la silla. El padre de Brit se ocupa de la cuenta.

—Por las altas puntuaciones del SAT y porque los van a aceptar en muchas universidades —dice.

Al salir del restaurante siento que los cocineros me miran. ¿Han escuchado nuestra conversación? ¿Esperaban también ellos que supiera contestar?

«Da igual», pienso, y sonrío.

Ya en la calle, Brit y yo buscamos un sitio en el que sentarnos a solas mientras sus padres van a comprar boyas de cristal, faros de madera, manoplas de langosta y demás.

—Perdona que te hayan hecho tantas preguntas —me dice Brit—. A veces mis padres son unos ignorantes. He tenido que salvarte.

Le toco la barbilla.

—No pasa nada. No es nada nuevo. No tienes que salvarme.

—Estás diciéndome que no tengo que salvar al chico al que quiero. Tú lo harías por mí.

Me quedo un momento callado.

—Sí. Es verdad.

Supongamos que estamos hablando con un tipo sexista. Seguro que la defendería.

¿Y por qué nunca he defendido a Q?

Frunzo el ceño. ¿Por qué no me he enfrentado a mis padres cada vez que han soltado sus teorías racistas contra los negros, apoyadas en sus estadísticas falsas de mierda?

Porque mis padres son las cartas que me han tocado, las cartas en las que estoy atrapado. Ojalá pudiera decir algo. Por Q y por mí. Mis padres nunca sabrán quién soy de verdad si no les digo lo que pienso. Pero, para ser sincero, me da miedo enfrentarme a ellos. Porque un hijo tiene que formar parte de algo. ¿Qué pasa si te enfrentas a tus padres, y ellos te contestan dándote un portazo en las narices?

—A medida que pasan los años me vuelvo cada vez menos tolerante con las estupideces —me dice Brit.

—Es lógico —le contesto.

Pero no lo es, no del todo. Quiero matizar algo, pero creo que no es el momento adecuado. Me pregunto si lo será alguna vez.

Esto es lo que quiero matizar, pero creo que no es el momento: Brit es poco tolerante con las estupideces, pero yo lo soy mucho. Porque, a diferencia de lo que le sucede a ella, las estupideces de mis padres son una parte importante de mi vida. Las estupideces de mis padres deciden en todo momento, todos los días, y así seguirá siendo.

Sin embargo, las estupideces de Brit se eliminan fácilmente. Siempre podrá salir con quien quiera, estudiar lo que quiera y hacer lo que quiera como prefiera. Sus estupideces se reducen a lecciones de vida durante las comidas, y poco más.

No estoy metiéndome con Brit. Sólo digo que su situación debe de ser agradable.

—¿Puedo contarte un secreto? —me pregunta Brit.

Espero. Brit apoya la mejilla en mi hombro.

—Me avergüenzo de mis padres —me dice.

—No es ningún secreto —le digo—. El auténtico secreto sería que alguien pensara que sus padres son geniales. Mis padres me avergüenzan como si ése fuera su trabajo. Pero, bueno, siempre los querré.

Observamos un pelícano justo por encima del agua, pescando.

—¿Sabes todos esos adolescentes desarmados a los que la policía les pega un tiro? —dice de repente Brit, sin venir a cuento.

La miro.

—¿Qué?

—Empecé a ver artículos sobre cómo hablar con los hijos sobre el racismo. Es decir, que los padres negros no tienen más remedio que hablar sobre el racismo con sus hijos negros.

—El padre de Q lo habló con él cuando tenía siete años.

—Mis padres ni siquiera se lo plantean. Cuando le pegan un tiro a un chico, se limitan a negar con la cabeza, quejarse de las políticas sistemáticamente racistas y del sistema carcelario, y entusiasmarse con la igualdad de derechos, pero siempre acaba en: «Deberías sentirte afortunada por no tener que preocuparte de estas cosas».

No le cuento lo que mis padres dicen si un policía dispara a un adolescente. Lo que normalmente dicen es: «Si crean problema, policía dispara, eso es todo». Una vez vi a Hanna intentando discutir con mi padre —antes de que mi hermana saliera con Miles—, en vano. Era como discutir con un bebé gigante. Quiero decirle a Brit que «debería sentirse afortunada» por que sus padres reconozcan que lo que hacen con los chicos negros es una injusticia. Es mucho más de lo que conseguiré nunca de mis padres.

—Ni siquiera se dan cuenta de que son unos privilegiados, y no lo soporto —me dice Brit. Vuelve a apoyar la mejilla en mi hombro—. He leído en algún sitio que tienes que odiar a tus padres para separarte de ellos.

—Porque si los quieres, ¿nunca podrás separarte de ellos?

Noto que asiente.

—Algo así, supongo.

El pelícano se eleva y luego cae en picada al mar como un ancla cayendo del cielo.

—Te quiero —me dice Brit.

—Yo también te quiero —le contesto de inmediato, esta vez asegurándome de que no olvido el «te quiero».

21

Nebulosa verde lima

El resto de la semana pasa volando. Ahora veo a Brit de forma algo diferente. Como si en la casa de su corazón hubiera más habitaciones de las que pensaba, y no necesariamente limpias y ordenadas.

La próxima «Canción para Brit» estará en una clave menor, seguro.

Mi madre lleva a mi padre a La Tienda para evitar que se le afloje el vendaje del pecho, y en lugar de hacer turnos, trabajan todo el día juntos. Aparte de esto, nada cambia en ellos. A mi padre le han disparado, pero sigue adelante. Aún no sé qué pensar. Pero mis sentimientos no pueden cambiar sus decisiones.

Nuestro profesor de cálculo, el señor Soft, cancela la tarea para recompensarnos por haber hecho la segunda ronda del SAT y nos deja jugar Bird Slingshot durante la clase. Nos pide que digamos que son parábolas si alguien nos pregunta.

Mando disimuladamente a Joy la foto del rótulo fálico del YOUNG DONG SEAFOOD.

«Mi primera foto de un pene —me dice Joy—. Gracias.»

Ya sabes por qué se la mando disimuladamente: para que Brit no crea que me gusta Joy o algo así.

Joy me manda una foto de un cuadro enorme de un lirio negro de Georgia O'Keeffe, de su asignatura de historia del arte, acompañada de un emoji con cara intrigada. El lirio negro parece un primer plano de una vagina monumental.

«Mi primera foto de una vagina», le digo. «Gracias.»

Durante todo el día pienso en nuestro intercambio de fotos, y de vez en cuando se me escapa la risa, como si estuviera loco.

Este fin de semana no podré salir con Brit, porque tenemos la boda de Kyung Hee Chang. Recordemos: Kyung Hee es la hermana mayor de Ella Chang y tiene la misma edad que Hanna. Kyung Hee iba a ser hija única. Ella Chang apareció por accidente. Ella Chang siempre nos dice que se siente el efecto colateral de la insaciable lujuria de sus padres.

«Cogían demasiado duro para el condón», dice, y todos los Limbos contestamos con un fuerte «puaj».

Lo máximo que veré a Brit este fin de semana será para ir a la tienda de alquiler de trajes en busca de algo para la boda. Así que después de clase llevo a Brit en el ruidoso Consta a Just a Formality, donde paseamos por pasillos con trajes aparentemente idénticos.

Mi madre me ha dado un cheque en blanco. Y ahora mi madre me escribe:

«Elige traje que quieres pero OTRA VEZ NEGRO NO por favor Frank ok y busca corbata a juego con vestido de Joy.»

Y adjunta una foto: un vestido de coctel de color índigo extendido en una cama, con zapatos de seda a juego y un gran collar de amatistas.

¿Ahora nuestros padres se dedican a vestirnos? ¿Somos muñecos?

Pondría los ojos en blanco, pero estoy mirando la foto. Será muy gracioso ver a Joy tan arreglada. Gracioso no. Raro. Raro no. Nuevo. No sé.

Cierro la foto para que Brit no se haga una idea equivocada.

—Ojalá pudiera ir a esa fiesta elegante contigo —me dice Brit.

—Ay, demasiada homogeneidad étnica —le contesto.

—Podría ser interesante —me dice—. Ser la diferente por una vez.

Hago una mueca por dentro. «Prueba a ser la diferente dos veces. O tres. O siempre. Tú puedes permitirte el lujo de volver a ser una más cuando quieras.» Pero no se lo digo. Estoy con Brit en una tienda de alquiler de trajes. Voy a pasármela bien.

Le pido a Brit que se pruebe un chaleco de hombre —sexy—, un sombrero de hombre —también sexy— y un saco de esmoquin de terciopelo —quizá no tan sexy—. Encuentro un traje de color carbón, unos zapatos cafés de piel, un cinturón café de cuero y una corbata de color índigo. Le doy a Brit mi celular para que lo cuide mientras me cambio. Tardo un siglo en anudarme la corbata. Cierro los ojos y visualizo un video de internet en el que enseñaban a hacer el nudo de la corbata.

Salgo del probador transformado. A Brit se le cae el celular al verme.

—Cásate conmigo —me dice, y se tapa la boca con la mano.

Me empuja al probador, y su boca, sus manos y sus piernas caen sobre mí. Un «ejem» procedente del mostrador nos obliga a separarnos.

Me incorporo, poso como un pirata sonriente sobre una montaña de tesoros y le pido a Brit que me tome una foto. Tomo el celular y se la mando a mi madre.

«Ok bonito —me dice mi madre—. Alquilas.»

Cierro la puerta para cambiarme. Y en la intimidad del probador le mando la foto también a Joy.

«Me lo tiraría —me dice Joy—. Y luego volvería a tirármelo.»

Reprimo una carcajada.

Observo que ya se me cayó la costra del nudillo. Está curado. La piel está perfecta. Como si nunca hubiera sucedido.

Toc-toc.

—¿Te la estás jalando? —me pregunta Brit desde el otro lado de la puerta.

—¿Cómo lo supiste? —le digo.

Contesto «¡Ja, ja, ja, ja!» a Joy y borro toda la conversación.

* * *

La boda es en un gran barco que no va a ninguna parte.

Es un viejo barco de vapor que fabricaron para un viejo blanco y rico hace mucho tiempo, cuando no existía la declaración de la renta ni los departamentos de recursos humanos.

«Era un millonario autodidacta que se había hecho a sí mismo y que tuvo que invertir hasta el último centavo que había ganado», dice el folleto.

Lo doblo, me lo meto en el bolsillo y me recuerdo a mí mismo sacarlo en una de mis habituales conversaciones con Q sobre la mitología estadounidense. Últimamente hemos comentado el tópico de «cuando sea rico».

La ceremonia se celebra en la amplia parte delantera del barco (internet la llama «proa»), cubierta de cintas de raso, encaje y jacintos blancos que llenan el aire de un aroma a miel y vainilla. Nos sentamos bajo la luz halógena, entre capas y capas de sonidos: el crujido del hierro del barco, el chapoteo del mar, el lejano ostinato —¡krr! ¡krr!— de cientos de estúpidas gaviotas.

Los sonidos son bonitos, abundantes e inesperados. Levanto la Tascam para grabarlos. No soy el único que levanta un aparato. Los trescientos invitados están fotografiándolo todo. La boda de Kyung Hee será el acontecimiento más documentado de la historia de este barco.

Mi madre se retira hacia arriba los lentes de leer y mira el celular para tomarle una foto a mi padre, que está tomándome una foto a mí. La única evidencia de la herida de mi padre es un bulto en el pecho, donde está el vendaje. Por lo demás, va muy arreglado y trajeado, como todos.

Hay otros padres y madres, halmeoni (abuelas) y harabeoji (abuelos) superviejos vestidos con el tradicional hanbok. Bebés dormidos. Perros pequeños en lujosos cochecitos para perros. Niños y niñas dando patadas con sus zapatos nuevos de charol. Chicos como yo y chicas como Joy, si es que ha llegado ya.

Toda la ceremonia es en coreano, así que sólo entiendo alrededor de cinco por ciento de lo que dicen. Me acerco a mi padre, que me susurra sus descabelladas traducciones.

—Dice: «Cuerpo de mujer es como catedral. Hombre es cabeza, mujer cuerpo. Vientre de catedral hace niño, se llama inmaculada concepción, Jesús todopoderoso. Nace, muere, sale sangre, todos contagiados por pecado».

—Gracias, papá —le susurro, y vuelvo a recostarme en mi asiento.

¿Sangre? ¿Muerte? ¿Pecado?

¿Esto es una boda?

De repente un cuarteto de cuerdas empieza a tocar —el viejo canon de Pachelbel— y los invitados se agrupan. Cuando Ella Chang da un paso adelante con un vestido plateado, me giro para buscar a John Lim. Ahí está, grabándola con una mano en el corazón, como un victoriano perdidamente enamorado.

Se reúne el resto del Equipo Boda. Está el novio, con aires de actor de dramas coreanos, que se dedica a escalar puestos en Samsung North America. Guiña un ojo a sus amigos, les murmura algo en coreano, ellos le contestan y todo el mundo se ríe. Me acerco a mi padre para que me traduzca.

—Novio come muchos pulpos pequeños, pero dice no importa, soju los mata en estómago. Amigos dicen «Bebe, bebe, bebe», ja, ja.

¡Qué divertido!

El cuarteto de cuerdas cambia de rumbo —el coro nupcial de Wagner, nada sorprendente— y aparece Kyung Hee. Más exclamaciones en coreano: «El matrimonio es trabajo», «Unión de familias» y bla, bla, bla, según me susurra mi padre. Nos sentamos. Nos levantamos. Nos sentamos. Nos levantamos.

Kyung Hee y el novio se dan un beso sin lengua, y listo. El cuarteto toca la marcha de Mendelssohn acelerada y todos nos levantamos para dirigirnos a la sala de recepción del barco.

—¿Qué les pareció la boda? —les pregunto a mis padres.

—Bien —me contesta mi madre.

—Bonita —dice mi padre.

—Tú muy pronto —dice mi madre.

—Mamá —le digo.

Mi madre me alisa el saco y luego mira sorprendida por encima de mi hombro.

—Omona. Qué guapa.

Omona significa «¡Madre mía!»

Y mi madre tiene razón: aquí está Joy, mirándome, con los labios de color ciruela y la raya del ojo negra, gótica de lujo. De pie con ese vestido.

No está sólo de pie. Joy está _____.

a) *resplandeciente*
b) *centelleante*

c) *chispeante*
d) *burbujeante*
e) *jodidamente guapa*

Mi coeficiente intelectual cae a diez.

—Maldita sea —susurro.

Mi madre me empuja.

—Vete.

—Pasa bien —me dice mi padre.

Mi padre sonríe. Mi madre sonríe.

No les hago caso. La sala de recepción es una galería de siluetas alrededor de un único foco de luz violeta, y en esa luz espera la novia de…

—Frank —me dice Joy.

—Hola —le digo.

Joy se cruza de brazos, me observa y admite:

—Está bien, estás buenísimo.

—Tú estás… —busco la palabra adecuada, pero me quedo corto, así que a la mierda—. Tú estás increíble.

—No me siento increíble —me dice Joy lanzando miradas de reojo con sus sofisticados ojos brillantes—. Me siento expuesta. ¡Con este vestido se me ven todas las bubis!

—Ja, ja, ja, ja, ja —le digo—. Ja, ja, ja, ja, ja, ja, ja, ja.

El bosque que nos rodea se convierte en una constelación de ojos que nos observan. Veo sonrisas de oreja a oreja. Nos observan. De repente veo a los padres de Joy. Su ropa parece diez veces más cara que la de mis padres.

—Maniobras con fuego real… Tenemos que meternos en nuestro papel —le digo. Y no sé por qué añado—: Dame la mano.

—Recibido —me dice Joy.

Nos damos la mano. La suya está helada, como cuando me la puso en la mejilla en el hospital. Seguro que estaría helada si me la pasara por el brazo.

Hay una mesa con flores y un libro de visitas. Hay una pirámide de copas de champán. Una plataforma futurista para el DJ, que es un tipo enorme con sudadera. Hay una exposición de suntuosas coronas de flores colocadas en altos soportes, regalos de familias y negocios coreanos, flanqueando una pila de sobres impecables, seguramente decenas de miles de dólares en efectivo. Hay una escultura de hielo de más de dos metros de...

—De... —digo mirándola fijamente.

—Es un tigre —me dice Joy.

—Atacado por el águila de ahí arriba.

—Puta casualidad —me dice Joy.

—Me encanta —le digo.

—Lo odio —me dice Joy—. Pero lo odio tanto que me encanta.

—Te entiendo.

Su mano se ha calentado y humedecido entre la mía, así que paso a calentarle la otra.

Hay otra mesa que no acabo de entender, de acero y llena de rehiletes grises, tubos y algo que parecen flores muertas. Está delante de unas puertas cerradas. Quizá es algo raro de Corea que no conozco.

—Mesa de torturas —dice Joy.

—Juego de carnaval sangriento —digo yo.

—Tradicional bingo coreano de carne —dice Joy.

—Autoservicio de acupuntura —digo yo.

Y así sucesivamente hasta que nos duele la cara de reírnos.

Al final vamos a sentarnos a la mesa de los hijos. Andrew Kim, John Lim y Ella Chang ya están allí. Nuestra mesa debe de ser demasiado grande, porque hay un par de sillas libres. Nos despatarramos y las reclamamos para los Limbos.

—Aquí todos son coreanos —dice Andrew Kim. Lleva un esmoquin café de baile de graduación, porque en todas las bodas tiene que haber uno. Pasa un brazo por una silla vacía y recorre la sala con la mirada—. Está buena. Está buena.

—Explícanos lo que estás haciendo, por favor —le dice Joy.

Andrew se inclina hacia delante para explicarlo.

—Ahora mismo estoy «metiéndome en mi personaje». Estoy colaborando en un rollo indie de Los Ángeles. Interpreto a un tipo superficial, pero que en realidad es un espía increíble.

—¿Pero? —le pregunta Joy.

—Sí, ¿por qué dices «pero»? —le pregunto yo.

Andrew se nos queda mirando.

Joy se explica.

—Das a entender que el tipo es diametralmente lo contrario de un espía increible.

—Exacto —digo yo.

Andrew lo piensa y se le ocurre un jaque mate.

—Saqué un ochocientos en redacción.

Es una broma tonta, de las que le encantan a Hanna, y de repente extraño a mi hermana mayor. Me tomo una selfie y se la mando con la frase: «Te extraño». Seguramente Hanna no me contestará hasta mañana, la semana que viene o cuando sea.

—Pareces una princesa —le dice John Lim a Ella Chang.

Ella Chang sonríe y luego arruga la nariz.

—Tú pareces un mago.

—¿Quieres bailar?

—Ahora mismo no hay música, John.

—Quiero decir cuando empiece la música —le dice John Lim.

No aguanto más, así que me inclino hacia Joy.

—¿Quieres que nos larguemos y finjamos que salimos a fumar?

—Sí, sí —me contesta Joy—. Pero con una regla: no hablaremos de él.

Debe de referirse a Wu.

—Ah, no.

—No me hagas llorar. El maquillaje.

Joy se pasa una punta de la servilleta por los ojos.

Estoy a punto de preguntarle qué pasó cuando una voz atronadora invade el aire.

—¿Están todos preparados para mover el esqueleto? —dice la voz.

Es el DJ. Habla con acento. Si habla con acento y aquí todo el mundo es coreano, ¿por qué no habla en coreano?

Un chorro blanco procedente de una máquina de humo corta mi pregunta por la mitad. La música sacude los remaches centenarios del casco del barco. Rayos de luz de colores recorren las mesas.

—Señoras y señores de la boda Kang-Chang que están en este bonito y clásico barco de vapor Landworth, con ustedes los recién casados, ¡el señor y la señora Kang!

El volumen de la música baja un instante y de repente suena un compás de diez megatones que hace temblar la porcelana. Un foco ilumina una gran lámina de diamantina en forma de corazón. El corazón se desgarra y aparecen Kyung Hee y su flamante marido. Lanzan confeti por todas partes. Ella lleva un vestido negro estilo años veinte; él lleva un traje amarillo de gángster.

—¿Esto es como El gran Gatsby? —grito.

—¿Qué? —grita Joy.

El DJ rapea:

> *Todos los aquí presentes / levántense y a aplaudir*
> *que un corazón alegre / todo lo puede conseguir*
> *mucho amor y las cosas / importantes para mí*
> *me siento tan bien / la boda perfecta, sí, sí.*

Y la música baja a un nivel misericordioso para permitir que un tipo raro con auriculares lleve a los recién casados mesa por mesa, donde se inclinan y dan las gracias a los invitados. Mientras tanto, ríos de meseros con cara inexpresiva sacan platos de comida. Exactamente quince minutos después se llevan los platos vacíos.

Los recién casados llegan a nuestra mesa.

—Holaaaa —les decimos los Limbos.

—Qué bonito verlos a todos tan bien vestidos —dice Kyung Hee—. ¡Mira a mi hermanita!

Ella Chang arruga la nariz, la saluda y vuelve a poner cara normal.

El novio suelta un rollo en coreano.

—Uf, el coreano se nos da de maravilla —le dice Andrew.

—He dicho que aquí hay alcohol y nadie ha mostrado ninguna identificación —dice el novio.

Su mandíbula podría afilar espadas. Nos señala a Joy y a mí como un inspector de máquinas y le suelta otro rollo en coreano a Kyung Hee. Ella le contesta también en coreano, se ríen y nos miran con una sonrisita. No tengo que preguntarles qué dijeron.

Los recién casados pasan a la siguiente mesa: otra mesa de hijos, con tres chicos y dos chicas sentados como si fueran nuestro reflejo en un espejo, como dobles de otra dimensión.

Los supercoreanos.

Despiertan de su letargo y saludan a los recién casados. Se inclinan con una fluidez que muestra lo acostumbrados que están a inclinarse. Se alisan flequillos perfectos y murmuran en perfecto coreano. Y observo que su ropa perfectamente desaliñada combina trajes blancos con claveles negros en la solapa.

Parecen muy unidos. Yo también lo parecería si hubiera «elegido la tribu», como dice Q. De repente me siento un poco andrajoso. En absoluto unido a nadie. Más bien apartado.

—¿Por qué todos los supercoreanos van vestidos de blanco, como en un funeral? —susurro a Joy.

—Quizá son un grupo de pop coreano —me contesta Joy.

—Por qué no.

En gran parte de Asia, el color del duelo es el blanco, no el negro, como en Estados Unidos. Las películas funden a blanco. La gente cree que los coches blancos son agresivos. Tengo un viejo reproductor japonés de minidiscos blanco en mi colección, y creo que es agresivo.

Los recién casados desaparecen. Los meseros robóticos traen otro plato. Suena un redoble de tambores.

—Y ahora, damas y caballeros, saludos desde el fondo del mar —dice el DJ.

Kyung Hee aparece bajo el foco con un ajustado vestido de lentejuelas verdes y una peluca pelirroja. El novio parece un príncipe pirata. La sala aplaude. Levanto una mano y Joy me da palmadas, como si me chocara los cinco una y otra vez.

—Esto es *El romance de la sirena* —le digo.

—Por qué no —me dice Joy.

—Y den una cálida bienvenida a un número muy especial de los amigos del novio —dice el DJ.

Se apagan las luces. Los supercoreanos se levantan. Veo que llevan auriculares con micrófono blancos —¿cuándo se los pusieron?—, y una chica suelta un apasionado discurso bajo la luz de un foco mientras suena un piano eléctrico conmovedor.

—¿Qué dice? —me pregunta Joy.

—Algo sobre que el mar es muy profundo... No lo entiendo todo —le contesto.

Mi coreano es sólo un poco mejor que el suyo, lo que no es mucho decir.

Suena una música —un hip-hop de finales de los noventa que parece salido de un museo—, y los supercoreanos saltan a la pista y empiezan a cantar.

—Demonios, eso de que eran un grupo de pop coreano lo había dicho de broma —me dice Joy.

Los supercoreanos aplauden, todo el mundo aplaude con ellos y empieza a invadirme la clásica sensación de Limbo que siento cada vez que estoy rodeado de tanta coreanidad: que soy un fracaso como coreano, que como estadounidense tampoco lo hago tan bien, así que lo único que me queda es huir y esconderme en mi pequeño Planeta Frank particular.

Los supercoreanos nos miran: «¡Vamos, aplaudan!».

—Paso de esta mierda —le digo a Joy.

—Maldita sea —gime Joy.

—Vámonos —le digo.

Nos escabullimos en la oscuridad, dejamos a los Limbos, que ahora dan palmas, aturdidos, y salimos al aire libre, donde lo único que se oye es la música amortiguada procedente del otro lado de las ventanas y el ruido rosa de los alrededores del mar. Las gaviotas se callaron. El sol está muy bajo, grande y naranja.

Buscamos un sitio en el que nadie nos vea, nos apoyamos en la barandilla y contemplamos la puesta de sol. Le paso a Joy un cigarro invisible. Joy le da una fumada, expulsa el humo y me lo devuelve.

—Creo que lo necesitaba —me dice—. Necesitaba despejarme.

—¿Todo va bien?

Joy me da un golpe en el hombro.

—Tengo frío.

—Hace fresco, es verdad —le digo.

—Quiero decir que me des tu saco, idiota.

Ah, está bien. Se lo coloco sobre los hombros brillantes. Es una pena cubrir unos hombros tan brillantes. Joy me mira con ojos ardientes y me dice:

—Gracias, yubs.

Sólo puedo mirarla. La música suena detrás de nosotros. Una palabra aparece en mi cabeza:

si

si si si si

sisisisisisisisisisisisisi, hasta que la palabra deja de ser una palabra y se convierte en un sonido sin sentido que haces cuando piensas mucho.

Como en «si no existiera Brit».

¿Qué estoy diciendo? Brit existe. Salimos juntos. Lo digo despacio: «Quiero a Brit».

«Pero si no existiera Brit —dice una voz—, seguramente iría detrás de Joy.» Es verdad. Lo haría.

Es nuevo para mí. Lo aparto de mi mente.

—Bueno —me dice Joy preparándose para contarme algo—. En cuanto a lo mío con Wu…

—Creía que no íbamos a hablar de Wu.

—Hemos cortado oficialmente.

Joy inclina la cabeza hacia atrás para que las lágrimas, como gotas de lluvia, no le resbalen por las mejillas.

—Voy a llorar —me dice.

Pero ya no intenta detener las lágrimas. Una línea gris resbala desde el rímel y se extiende por su sien.

—Mira, Wu es cariñoso. Es amable. Pero nunca me ha hecho reír. La verdad es que no. No me río con él sin saber por qué. Ni me río tanto que tengo que hacer una pausa para descansar. No lo entiendes porque eres idiota. ¿Quién me hace reír, Frank? Dímelo.

Trago saliva. Mis pies se levantan del suelo.

—Dímelo tú.

—Por supuesto, tú.

Miro hacia abajo y veo que también sus pies se han levantado del suelo.

Es la primera vez que pasa.

Se levantaban del suelo sólo mis pies, no los de los demás.

—Bueno, tú también —le digo.

—Yo también ¿qué?

—Me haces reír —le digo—. Nadie me hace reír como tú.

—Lo sé, Frank, ésa es la cuestión.

Joy se pasa los dedos por las comisuras de los ojos para secarse las lágrimas.

—Y estás loca —le digo—. Es una locura lo loca que estás.

—Porque me vuelves loca.

—¿Te vuelvo loca? —le pregunto.

—Me vuelves loca —grita Joy. Y baja la voz—. ¿Yo te vuelvo loco?

Me mira fijamente y me quedo atrapado en su mirada. En sus ojos brillan dos diminutas puestas de sol.

—¿Yo te vuelvo loco? —vuelve a preguntarme.

—Sí —le contesto por fin—. Me vuelves loco.

Joy me toma el dedo meñique.

—Ay, Frank. Escúchame y no te rías. Hoy me arreglé. Estaba muy nerviosa. Me asustaba lo que estaba pensando. Porque lo que pensaba era que qué pasaría si estaba arreglándome sólo por ti y resulta que no me quieres.

El mundo se aleja hasta convertirse en una pizca de polvo. Vamos a la deriva hasta que encontramos una nebulosa verde lima llena de fragante aire respirable. Aquí las estrellas son ligeras como adornos de árbol de Navidad. Un ligero toque y se desplazan lentamente en esta nueva atmósfera.

Ensayo las palabras. Es fácil decirlas.

«Te quiero, Joy.»

No tengo que practicar. No tengo que hacer nada.

Tengo las palabras en la punta de la lengua. Siempre han estado ahí.

«Te quiero, Joy.»

Joy Song, siete letras.

—No te asustes —le susurro—. No llores.

Le limpio una lágrima con mucho cuidado. Recorro con el pulgar la línea gris del rímel. Para hacerlo tengo que acercarme. Nunca había estado tan cerca de ella.

Nuestro beso convierte la nebulosa en una delgada línea de láser que abarca sistemas enteros. La aprieto contra mí y nuestros cuerpos casi se fusionan, se aplastan con tanta fuerza que me detengo, preocupado. Ella levanta su cara ovalada y me susurra: «Estoy bien, Frank, estoy más que bien». Y vuelvo a besarla. Inhalo todos los aromas de su mundo secreto: el gel de baño, la vainilla de la loción, el perfume a quemado de la plancha que se pasó por el pelo antes de venir. Su boca sabe a comida de boda, labial y lágrimas saladas.

Sabe a Joy.

Ni siquiera nos damos cuenta de que la pared que tenemos detrás no es una pared, sino dos puertas que en algún momento se abrieron e inundaron el aire de música pop. No oímos al DJ, que ahora dice:

—Damas y caballeros, en honor a la boda Kang-Chang, me complace presentarles fuegos artificiales.

No vemos la mesa —la mesa del bingo de carne coreano— llena de barras de acero gris y otros instrumentos. Se encienden y giran. Son fuegos artificiales, que explotan a la vez en un despliegue azaroso, cegador y estridente.

Sólo nos damos cuenta de lo que acaba de suceder cuando ya estamos rodeados de humo. Todos los invitados pueden vernos en la brillante cascada blanca de magnesio. Ya estaban aplaudiendo. Ahora aplauden más fuerte. Los supercoreanos también nos ven. Jadean porque acaban de terminar su espectáculo. Aplauden en nuestra dirección con los brazos extrañamente inclinados hacia un lado.

Dirigen el foco hacia nosotros, y ahora estamos bajo su luz cristalina.

22

Día de fuego

Llega el lunes.

«Lunes» viene del latín vulgar *dies lunis*, que significa «día de la luna».

Acabaré este día de la luna con un ojo morado.

Pero retrocedamos.

La boda.

Ah, la boda.

Bailamos. Nos sentamos a la mesa y comimos. Los novios se cambiaron de ropa dos veces más: el atuendo coreano tradicional y luego la ropa para el baile.

Los Limbos se turnaron para picarnos. «¿Estaban fingiendo que estaban fingiendo?», nos preguntó Ella Chang. «Chicos, lo suyo es otro nivel», dijo Andrew Kim.

«Supongo que las cosas han cambiado», dijimos Joy y yo.

John Lim bebió demasiado, se puso mal y acabó llorando con la cabeza en el regazo de Ella Chang, que se mantuvo muy recta, impertérrita e impasible.

Amore.

Ella le levantó la cabeza a John y le dio unas palmadas en la cara para que se comportara. Ella y John están haciéndolo bien. Ocultan su relación a sus padres, que si lo supieran lo dejarían todo y empezarían a planificar la siguiente boda de los Chang.

Estuvimos con los supercoreanos. La verdad es que eran muy agradables. No son diferentes de nosotros, los Limbos, salvo en que hablan perfectamente las dos lenguas, no les cuesta pasar de una cultura a otra, se identifican ante todo como coreanos y después como estadounidenses, y en general son mejores en todo de lo que yo podría llegar a ser, así que se vayan al diablo.

Joy y yo nos escapamos varias veces más durante la noche, como fumadores que necesitan un cigarro. Sí, sentí sus manos frías en el brazo, en el pecho y en la cintura. Sabía que lo que estaba pasando estaba mal. En el gran libro del amor, sin duda contaba como infidelidad.

Durante la noche, una canción hizo que Joy, yo y todo el mundo pegáramos saltos coreando «*This could be the night / Wrong feels so right*». Joy y yo volvimos a posar los pies en el suelo y nos miramos a los ojos: una tranquila isla de culpabilidad en un mar embravecido.

A última hora de la noche los mayores se levantaron a cantar noraebang ante un público agotado. Mis padres cantaron a dúo una vieja balada —que decía algo sobre un niño en una barca y un árbol nevado—, y por un segundo me parecieron una pareja, no mis padres. En la larga nota final temí que el pulmón herido de mi padre explotara por el esfuerzo. Pero no explotó. Todos aplaudieron a rabiar su heroísmo vocal. Mi padre no sólo estaba bien, sino que sonaba fantástico. Yo también aplaudí con ganas, y Joy me dio un beso en la mejilla.

Me sentí raro. Como si lo tuviera todo. Mi padre estaba bien. Estaba enamorado, inequívoca e incontrolablemente enamorado. Me pegué a Joy para que todo el mundo lo viera. Los supercoreanos nos miraron y asintieron.

Pero.

Cuando la fiesta empezó a disolverse, encontré mi saco abandonado en una silla y miré el celular. Sabía lo que iba a encontrar.

«¿Qué tal la fiesta?»

«Mándame fotos si puedes, me muero por verte en acción con ese traje.»

«Estoy impaciente porque llegue mañana para que me lo cuentes todo.»

«Te quiero, buenas noches zzz.»

Brit.

Brit sola en su habitación un sábado por la noche, mirando el espejo de mono para ver si hay mensajes míos. No aburrida, porque a Brit el mundo le parece demasiado fascinante para aburrirse. Tampoco enojada, porque Brit sabe lo que pasa en las bodas.

Pero no tiene ni idea de lo que ha pasado en esta boda concreta.

Terminó la fiesta. Mis padres y los padres de Joy se despidieron con mil reverencias. Le apreté por última vez la mano a Joy, como diciéndole: «Adiós, mundo al revés. Ha llegado la hora de volver a ponerlo al derecho».

Mientras llevaba a casa a mis padres, medio borrachos —mi madre cabeceando y mi padre de nuevo con el maldito vaso de cartón—, apreté los dientes y acepté la dura realidad de que si quería seguir siendo buena persona tendría que decírselo a Brit en la preparatoria. El lunes.

El día de la luna.

En cálculo, Brit mueve los labios para decirme «Te quiero» por encima de la mesa. En ese momento no tengo el ojo morado. Le lanzo una débil sonrisa y finjo prestar atención a lo que está diciendo el señor Soft. Brit no se da cuenta de nada. Tampoco Q ni los demás compañeros. Siento que cambié un gran secreto por otro de igual tamaño, pero de diferente forma.

Brit y yo —Brityyo, Frankybrit, madre mía— nos separamos con un rápido abrazo. Me toca biología, literatura inglesa e informática aplicada a la música. Todas van bien. Todo va bien, como siempre. Salvo la bomba en mi corazón. Salto cuando suena el timbre. Vuelvo a saltar cuando vibra mi celular.

«Invernadero —dice Brit—. ¡Ahora!»

Y recorro el pasillo vacío, aterrorizado.

Afuera, la luz es naranja y extraña, y el aire tiene cierto olor a quemado. He oído que por aquí cerca hay un incendio fuera de control. Ahora mismo no puedo preocuparme por los incendios fuera de control.

Doy vuelta en la esquina y Brit cae sobre mí.

—Por fin —me dice. Me besa tanto rato y con tanta fuerza que tengo que apoyarme en la pared del invernadero—. ¿Me extrañaste? —me pregunta.

Parece distinta. Siente que estoy a punto de dejarla. Y yo parezco distinto. Un mentiroso. Llevo ya un tiempo mintiendo, y la única manera de salir de esta zona de arbustos espinosos que he creado es atravesarla.

—Sí, oye… —le digo.

—Cuéntame todo lo que pasó en la loca boda coreana —me dice con un movimiento impaciente.

La nebulosa verde. El beso. Los fuegos artificiales. Los dedos fríos de Joy.

—La boda fue… memorable —murmuro.

—¿Alguien se cayó en la pista?

—No.

—¿Alguien soltó algún discurso absurdo a última hora?

—No.

Brit parece perpleja.

—¿Nadie intentó colarse en la boda?

—Fue en un barco, así que no.

Brit me sujeta la cara como si quisiera comprobar si tengo fiebre.

—¿Estás bien?

No tengo fiebre, porque descubro que me he convertido en piedra. Dilo, Frank.

—Oye, Brit —le digo—. Tengo que decirte una cosa.

Brit sigue sujetándome un momento y su cara se tensa. Le cae en el ojo un copo de ceniza gris. Parpadea para expulsarlo. Retrocede horrorizada, confundida, como si mi cara se hubiera desvanecido de repente. Me suelta. Se abraza a sí misma en medio de la tormenta de ceniza.

Debe de ver algo en mi cara, porque de inmediato parece enferma.

—Ay.

—Lo siento —le digo.

Y me callo. Todas las palabras que se me ocurren suenan fatal.

Brit da un paso atrás y aprieta los puños. Respira hondo. El aire se afila como la hoja de un cuchillo. Una voz invisible susurra al oído a Brit, que me mira como si acabara de descubrir la terrible solución de un acertijo largo tiempo ignorada.

—Es Joy, ¿verdad? —me dice.

La inteligente y consciente Brit, con su hermosa capacidad de ver cosas que los demás no ven, lo quiera o no. Se me cae el estómago al suelo. Tenía la esperanza de entrar con cuidado. No sé cómo, pero bueno. Ahora no me queda más remedio que atravesar.

—Brit —le digo—. Escucha.

—Estábamos en el museo de helados —dice Brit recordando pruebas del pasado—. Wu y ella estaban juntos. Los vimos. Nosotros estábamos juntos.

Me obligo a hablar.

—No puedo explicarlo. Creo que me gustaba desde antes de lo que pienso.

No se lo explico a ella. Me lo explico a mí mismo.

Brit empieza a suplicarme.

—No es justo. Me quieres. Me quieres a mí.

—Lo siento mucho —ahora estoy a punto de vomitar de nervios. Tengo que encontrar palabras que tengan sentido para Brit—. Tengo que ser sincero con mis sentimientos. Para bien o para mal. No puedo evitar lo que me está pasando. Y lamento hacerte daño.

Brit inclina la cabeza hacia mí.

—¿Es porque es más fácil salir con una coreana? ¿Por eso... por eso... por eso me dejas?

Los ojos de Brit se llenan de lágrimas.

—No tiene nada que ver con que sea coreana —le contesto—. No.

—Y conseguí caerle bien a tu madre —me dice con tristeza—. Tuve que tragármelo.

El cielo es cada vez más naranja, hasta que llega un momento que parece casi café. Creo que deberíamos entrar.

—Mi madre no lo sabía —le digo.

E inmediatamente lo lamento. Es un resbalón. Quiero explicarle a Brit que no es culpa suya, que de verdad me gustaba mucho y que es una persona extraordinaria. Pero mi resbalón de cinco palabras amenaza con convertirse en una avalancha.

—Un momento... ¿Qué? —me pregunta Brit.

—Nada —le contesto.

¿Nada? Vamos, Frank.

—¿Qué es eso de que tu madre no lo sabía?

Brit cambia. Se pone roja. Huele diferente, como una desconocida. Aprieta los puños.

211

—Frank, ¿qué es eso de que tu madre no lo sabía? —levanta la voz—. Mírame, mírame a los ojos y dímelo claramente.

No puedo mirarla. Las palabras salen de mis labios:

—Fingí que salía con Joy para poder salir contigo en secreto.

Brit suelta una carcajada horrorizada. Jala unas flores altas del suelo y las arranca.

—¿No les dijiste a tus padres que salías conmigo? —me pregunta Brit—. ¿Te avergonzabas de mí?

—Brit, no sabes lo que es estar atrapado entre...

—Los dos son unos estafadores —me dice Brit. Las lágrimas resbalan por sus mejillas y me observa con una mezcla de asco y decepción. Ascepción—. No sé quién eres. Se merecen el uno al otro.

Cierra el puño, parte las pobres flores por la mitad y me las tira a la cara. No me pega. No es aquí donde acabo con un ojo morado. Aún no. Brit se va corriendo y dejando tras de sí un rastro de sollozos.

Veo una línea de fuego irregular a lo lejos, en lo alto de las montañas.

* * *

«Debido a la mala calidad del aire, aconsejamos a los alumnos que vuelvan a casa temprano y que no salgan —dicen los altavoces—. El fuego está controlado en un cincuenta por ciento y se espera que esta noche llueva. Les enviaremos un email.»

Suena el timbre, y los alumnos salen al pasillo. Q viene a buscarme.

—¡Tenemos fiesta por el fuego! —me dice, y levanta la mano para que se la choque—. ¡Pax Eterna en mi casa, amigo!

Me le quedo mirando.

Q baja la mano.

—¿Estás bien?

—No.

—¿Qué pasó?

—Le hice mucho daño a alguien.

—¿Qué? ¿A quién?

—¿Puedo contártelo en el coche?

Q mira mis brazos y mi cabeza como buscando heridas.

—¿Puedes decírmelo ahora?

—Q —le digo—, vivimos en el sur de California. Siempre hablamos de las cosas importantes en un coche.

Q me pasa un brazo por los hombros y caminamos despacio, más despacio de lo habitual, como pacientes de hospital dando una vuelta por la sala. Al final llegamos a la entrada de la escuela.

Un príncipe alto, musculoso y con ojos de halcón sale de detrás de una columna y se planta delante de nosotros.

Wu.

—Esto es por Joy —me dice Wu Tang, y me da un puñetazo.

«Esto no tiene sentido», quiero decirle, pero el crujido del suelo en la parte de atrás de mi cabeza me detiene. Caigo incluso al compás, como el pop-crac de un ritmo electro. Me cae en el ojo un poco de ceniza. Puede que decir «Esto es por Joy» no tenga sentido, pero el puñetazo sí. El puñetazo tiene todo el sentido del mundo.

Sólo puedo reírme.

—¿Qué demonios? —grita Q—. ¡Ayuda!

Me volteo y veo a Wu sujetando a Q.

—Déjame hacerlo —le dice Wu, y se gira hacia mí.

—¿Me robaste a la novia, cabrón? —me pregunta Wu.

—No —le contesto protegiéndome la cara—. Sí. No sé.

—¿Me robaste a la novia, cabrón? —repite Wu.

—Ella me robó a mí. Nos robamos los dos. Lo siento, ¿okey?

—¿Qué diablos está pasando? —pregunta Q.

—Pensaba que éramos amigos, Frank Li —me dice Wu—. Pero Brit me lo contó.

Cuando levanto la mirada, veo que soy yo el que le ha hecho daño a Wu, no al revés.

Mierda.

—Lo siento —le digo—. Lo siento mucho, de verdad. Lo digo en serio.

Wu mueve el pelo descartando algún pensamiento oscuro. Se incorpora. Me tiende la mano. Me la tiende como si estuviera recordando el protocolo de algún reglamento para caballeros: «Cuando un hombre esté en el suelo, tiéndele la mano para ayudarlo a levantarse».

Le agarro la mano y me levanto. El ojo ya me palpita.

Wu da un paso atrás y me observa.

—Me decepcionaste mucho, amigo.

—Lo siento.

—La enfermería está por ahí —dice Wu a Q—. Llévalo a que le pongan hielo.

—Ah —le dice Q.

—No sabes cuánto lo siento —le digo.

—Vete a la enfermería —me grita Wu, y se da media vuelta para irse.

Wu se aleja con el puño levantado y golpea siete lockers seguidos de camino a la puerta.

23

Comes melón

El tráfico es un infierno —casi todas las carreteras que llevan a las montañas están cortadas debido al incendio—, pero Q y yo apenas nos damos cuenta. Subimos las ventanas del ruidoso Consta, cerramos los respiraderos y disfrutamos del aire acondicionado. Pasan tres camiones de bomberos pitando.

Apenas nos damos cuenta porque estoy contándoselo todo a Q, como me lo pidió. Le cuento:

• Que en realidad las palabras «Te quiero» nunca han viajado por los aires hacia Brit.

• Que a menudo me descubría a mí mismo pensando en Joy en cuanto me despertaba.

• Que ahora, retrospectivamente, estas señales son evidentes.

• Que el maldito barco Landworth marcará para siempre la noche más romántica de mi hasta ahora corta vida.

• Que en realidad mi ojo morado es un sello de pasaporte en mi cara, que me permite salir por fin del purgatorio de la Aduana del Amor y entrar en la agradable zona de la puerta J de Llegadas (J es Joy).

—Tus metáforas están dándome náuseas —me dice Q—. Ni se te ocurra ser escritor, por favor.

—Creo que he pasado por muchas cosas.

Q me sonríe.

—Ahora que sé toda la historia, está claro que te mereces ese ojo. Pero Joy está bien. Me alegro por ti.

Q para el coche para darme un abrazo. Alguien nos pita desde atrás.

—Chúpame el pito —grita Q al retrovisor.

Llegamos a casa de Q, recorremos el camino de grava blanca hasta la doble puerta bizantina, y su madre nos recibe con gritos de inquietud y preocupación.

—Fue un accidente de tetherball —le digo.

—Tienen que dejar de tomarse el tetherball tan en serio —nos dice la madre de Q.

—El tetherball no es un deporte —dice el padre de Q, con unos lentes en la cabeza, otros en la cara y otros alrededor del cuello—. Pero eso no significa que sea inofensivo.

Comemos —un osobuco increíble—, olvidamos recoger los platos y corremos al piso de arriba para que Q me muestre el juego Pax Eterna, del que habla todo el mundo.

—La pobre Brit tiene que estar destrozada —dice Q mientras carga el juego—. Pero el corazón quiere lo que quiere.

—Me odio a mí mismo por hacer daño a Brit —le digo—. Pero tenía que ser sincero conmigo mismo.

—Estoy superfeliz por ti, de verdad —me dice Q.

—Habría sido peor seguir engañando a Brit, ¿verdad?

El juego está listo. Pero Q parece descartar un pensamiento molesto.

—No elegiste la tribu, ¿verdad?

—La pregunta es válida. Pero no.

Me cambio de mano la bolsa de hielo. Pero de repente me descubro preguntándome:

¿Me enamoré de Joy porque tenemos más cosas en común?

Uno de mis libros favoritos, *Guía del autoestopista galáctico*, un clásico de la ciencia ficción, dice que el secreto para volar es sencillamente tirarse al suelo y fallar. Hay que olvidar el hecho de que estás cayendo, aunque estés cayendo.

Estoy enamorado de Joy porque es inteligente. Porque es ambiciosa, una auténtica friki eternamente fascinada por el mundo que la rodea. Estoy enamorado de Joy porque nos remontamos a cuando éramos niños, y esto cuenta más de lo que creo. Estoy enamorado de Joy porque es preciosa.

Pero esto es lo obvio. En el fondo, estoy enamorado de Joy porque me hace reír. Una chica que puede hacerte reír merece que te rías con ella para siempre. ¿Y sabes qué? Estoy enamorado de Joy porque yo también la hago reír. Cuando estoy con ella me vuelvo totalmente natural. Dejo de pensar en quién soy, dónde estoy o cuándo. Sencillamente estoy con Joy. Me olvido del suelo, y fallo.

—He elegido a Joy —le digo—. Al demonio la tribu.

Q asiente, impresionado.

—Joy es mi tribu —le digo.

Q asiente.

—Y tú también —le digo.

Es como si Q estuviera esperando que lo dijera, porque esboza una gran sonrisa tímida. Sonreímos juntos un buen rato. Estamos casi en la mitad del último año de preparatoria. Luego nos graduaremos. Después, la universidad. Entretanto, veré a Joy todo lo que pueda. Pero no voy a descuidar a Q.

Evon, su hermana gemela, entra y me observa la cara con una mirada sexy de cyborg.

—Tetherball, ¿eh?

Me encojo de hombros.

—¿Puedes prestarme un cargador? —me pregunta Evon.

—¿No tienes ya siete cargadores míos? —le digo.

Evon toma un cargador naranja Citrus-SpinTM de mi mochila y vuelve corriendo al bosque de ciervos mágicos en el que vive.

—Mira lo increíble que es esto —me dice Q.

Dirijo mi atención a la enorme pantalla. Q recorre listas y listas de pequeños mapas, todos marcados con una X roja y la palabra «fallido».

—Nadie ha ganado una partida de Pax Eterna. No me refiero a Paul Olmo ni a mí. Nadie.

Me inclino hacia delante.

—¿Eh?

—En Pax Eterna, cada vez que empiezas una partida tienes una isla tropical con todo lo que vas a necesitar —dice Q. Mueve el cursor con su mano de Dios para hacerme un rápido recorrido—. Minerales, agua, tierra fértil, etcétera.

Miro fijamente decenas de diminutos íconos de cráneos negros.

—¿Son cadáveres?

Q se acaricia una barba imaginaria.

—Carajo, otra vez.

—¿Cómo se gana?

—La manera de ganar Pax Eterna es construir una sociedad estable y mantenerla durante todo un mes. El premio es de veinte mil dólares. Nadie lo ha conseguido aún.

Observo los datos en una barra lateral.

—Así que han hecho un juego sobre el mayor reto humano. La paz mundial.

—Ahí está la cosa —me dice Q—. Cualquiera puede unirse a cualquier juego de Pax Eterna empezado. Así que en la isla de Paul y mía sólo hay dos facciones, pero ya han empezado a matarse entre ellas. Y sólo han pasado un par de horas.

—Carajo —le digo—. Nadie va a ganar el premio. Como nadie ha conseguido la paz mundial.

—Es el eterno misterio —me dice Q, perdido en la pantalla.

—Puede que la única manera de ganar sea no jugar —le digo citando una de mis películas favoritas de todos los tiempos.

No sé cómo se pone en práctica, pero lo lanzo sólo para ver cómo reacciona Q.

Q se agarra la cabeza como si le fuera a explotar.

—No jugar —dice—. Tengo que llamar a Paul. ¡Gracias, Frank Li!

* * *

Cuando llego a casa, le pongo a mi madre la misma excusa —el tetherball se ha vuelto loco— y rechazo sus insistentes ofertas de hervir hierbas medicinales chinas (hanyak) que aceleran la curación. Es una bebida color café sangre de jugo de pepinillos, café, lodo y miedo puro.

Por suerte mi celular vibra —una videollamada de Joy— y me escapo.

—Hola —le digo.

—Maldita sea, ¿qué demonios ha hecho Wu? Voy a atropellarlo tres veces con el coche para asegurarme de que está muerto —grita Joy.

Videollamada. Joy me ve la cara. Ajá.

—No —le digo mientras ella sigue gritando—. No atropelles a Wu.

—Lo mataré y lo remataré —me dice Joy.

—Oye... Oye... —le digo, y se me ocurre una idea—. Ven a mi casa.

Joy se calla.

Veo que le cambia la cara. Lo entiende.

«Ven a mi casa.»

Porque ahora puede por fin ir a casa de su novio oficial y certificado como novia oficial y certificada.

Y cuando viene a mi casa, Dios mío, cuando Joy Song aparece en la puerta de mi casa con sus pants, su enorme sudadera de la Universidad Carnegie Mellon y su pelo recogido en un moño despeinado, mi corazón se acelera.

Se inclina ante mi madre y le dice *annyong haseyo* en su coreano de mierda.

Me sujeta la cara. Me da un beso en el ojo. Delante de mi madre y todo.

—Ay —digo, pero asombrado, como un niño que acaba de darse un golpe en la cabeza contra el ornamentado techo del cielo.

—Aigu —dice mi madre al ver el beso—. Hay microbios.

Pero mi madre también sonríe.

Y entonces —y entonces— vamos arriba. A mi habitación.

Solos.

Como en las películas.

—Corto melón —dice mi madre, y desaparece.

«Corto melón» significa «Voy a dejarlos unos minutos solos, pero porque soy tu madre y ésta es mi casa, voy a llevarles algo para picar para asegurarme de que no están practicando sexo en tu habitación».

Cuando llegamos arriba, no cerramos la puerta, por supuesto —así que no es como en las películas, pero casi—, y buscamos un rincón que no esté a la vista para abalanzarnos el uno sobre el otro y besarnos.

—Aprovecha todo lo que puedas —me susurra Joy al oído.

—Momentos robados —le susurro también yo.

Joy tiene un pequeño lunar café en su nuca perfecta, y me vuelve loco.

—Melón —dice mi madre.

Cuando entra mi madre, lo único que ve es a Joy y a mí sentados tranquilamente, en sillas separadas, como si hubiéramos estado esperando.

Deja el plato con rodajas de melón y se disculpa porque no está muy dulce, los melones no estaban de oferta, etcétera. La típica humildad del anfitrión. Pero veo que sacó los bonitos tenedores de coctel, los que tienen un pequeño melocotón del que surgen dos palomas microscópicas. Tomo uno para que mi madre vea que valoro su entusiasmo y su apoyo.

Joy encoge los hombros y dice «Jal meokgesseumnida», que literalmente quiere decir «Voy a comer bien», pero que en realidad sólo es una forma de dar las gracias cuando vas a comer. En cualquier caso, mi madre se la traga. Quiero darle a Joy un codazo en las costillas y decirle: «Ya no tenemos que seguir fingiendo».

Pero entonces me doy cuenta de que Joy no está fingiendo. Está siendo amable.

Está siendo ella misma.

Mi madre nos deja solos de nuevo. Volverá pronto a llevarse el plato, por supuesto. Pero hasta entonces Joy y yo nos quedamos solos. Como melón. Joy come melón. Nos miramos.

—¿Crees que Brit está bien? —me pregunta Joy.

Agacho la cabeza un centímetro.

—Seguramente no.

—¿Tú estás bien?

—Ahora que se ha destapado todo, mejor —le contesto—. ¿Crees que Wu está bien?

—Pregúntaselo a tu cara —me dice Joy.

Nos miramos un rato más.

—La vida es curiosa —le digo.

Joy se acerca un par de centímetros a mí.

—¿Qué pasa?

—Creo que seguramente me gustabas desde antes de lo que pienso —le digo—. Pero inconscientemente te descarté desde el principio porque me puse paranoico con los tejemanejes de nuestros padres. Porque es lo que hacen los padres coreanos de la vieja escuela para unir familias.

—¿Crees que habríamos empezado a salir antes si no fuera por ellos?

—Puede ser —le contesto, y me acerco más a ella—. Pero da igual. Aquí estamos.

Joy sonríe.

—Creo que hemos superado una prueba extraña.

—Sí —le digo.

Y, efectivamente, me siento aliviado. Entre las oscuras nubes de la culpabilidad surge cierta sensación de ligereza.

Le paso la mano por el pelo y observo el tono verde oculto. Siempre he querido hacerlo. Y ahora puedo.

—¿Sabes? —me dice Joy—. Siempre había pensado que eras muy guapo, desde que éramos pequeños.

Me quedo desconcertado.

—Yo creo que estás muy buena —le digo.

—Cállate —me dice Joy. Se acerca más. Me agarra del brazo con una mano y con la otra me toca el bíceps—. Saca músculo —me dice.

Y lo saco. Joy mete la mano por debajo de mi camiseta y me acaricia el pecho y la espalda. Tiene la mano fría y electrizante. La sube para enfriarme la nuca.

—Sigue sacando músculo —me dice Joy, y me besa con la lengua, que sabe a melón.

No puedo seguir sacando músculo. Meto yo también la mano por debajo de su camiseta. Mi mano caliente avanza muy despacio por su piel. La sudadera es demasiado grande para ella. Descubro el broche de su brasier.

Pero de repente oigo que se abre la puerta de la calle. Nos quedamos los dos inmóviles.

—¡Frankie! —grita mi madre—. ¡Papá en casa!

¿Mi padre está en casa? Sólo son las siete. Mi padre no vuelve a casa hasta las nueve.

Joy y yo corremos hacia la escalera, desde donde saludamos a mi padre con un fuerte «Hola».

—Ah —dice mi padre, desconcertado. Parece cansado. Parece que viene de echarse una larga caminata—. ¿Joy aquí? Hola, Joy.

—Hola, señor Li —le contesta Joy.

—Llegaste muy pronto —le digo.

—Pocos clientes hoy —me dice mi padre—. Fuego llena cielo de humo. Todos en casa.

Estoy perplejo. Mis padres trabajan en La Tienda cada día, desde la mañana hasta la noche, fines de semana, días de fiesta, Año Nuevo, 365 días al año sin un solo día de descanso desde que Hanna y yo recordamos, incluso en días de poca venta.

Mi padre consigue sonreír.

—Encantado de verte, Joy.

—Yo también estoy encantada de verlo —le contesta Joy.

Parece a punto de explotar. ¿Y yo?

Porque aquí estamos.

No ha sido un camino bonito, pero aquí estamos.

—Comes melón —dice mi padre.

Y aunque está cansado, se ríe alegremente. Nos mira fijamente un momento —su hijo con su novia, ambos de la tribu—, el tiempo suficiente para sentirse orgulloso. Y puedes decir lo que quieras, pero así las cosas son más fáciles. Siento un placer culpable. Como si hubiera hackeado un juego de computadora.

Mi novia de la tribu.

Mis padres se van. Si me quedo aquí, los escucharé. Al principio su coreano es lo bastante sencillo para que lo entienda.

MI MADRE: ¿Duró mucho?

MI PADRE: No.

MI MADRE: ¿Te dolió?

MI PADRE: Un poco. Estoy bien.

Luego su coreano se complica, se cierra una puerta y dejo de oírlo.

—¿Qué le dolió? —susurro.

—Seguramente la herida del pecho —contesta Joy.

—Diablos, todavía no creo que le hayan disparado a mi padre —le digo—. Ha sucedido de verdad.

—Ahora todo está bien —me dice Joy.

Joy me abraza. La abrazo. Sujetamos y somos sujetados a la vez, en un abrazo que desafía la gravedad.

24

La misma universidad

Las semanas previas a las vacaciones de invierno son una batalla campal ontológica. Es como si alguien hubiera sacudido sin querer los cimientos de la realidad, hubiera intentado arreglarlos y hubiera acabado dejándolos aún peor. Arriba se convierte en abajo, la luz se convierte en oscuridad, y el agua de la taza del baño empieza a girar en sentido contrario del habitual. ¿En sentido contrario a las agujas del reloj? ¿En el sentido de las agujas del reloj?

No me acuerdo.

Me siento muy incómodo en la clase de cálculo, porque Brit se niega a dirigirme la palabra. El señor Soft sigue con sus nominadores y denominadores. Pero mis compañeros se dan cuenta de que Brit y yo ya no salimos juntos. Aún peor, se dan cuenta de que corté yo.

Durante unos días, Brit se pone ropa muy ancha, luego muy ajustada, toda blanca o toda negra. Sorprendentemente, se corta el pelo, y resulta que le queda muy bien. Es como si estuviera probando diferentes Brits para ver cuál de ellas es real. Quiero abrazarla. Quiero decirle que es muy guapa y que encontrará al chico adecuado, que no era yo. Está aquí, pero no puedo acercarme a ella. No me atrevería a molestarla.

Entretanto, Joy y yo intentamos no llamar la atención. Ninguno de los dos queremos hacer daño a Brit o a Wu. Ni lidiar con las preguntas de nuestros amigos. Saben que ahora Joy y yo somos Frankyjoy, pero procuramos mantenernos alejados de su vista y, con un poco de suerte, también de su mente.

Nos negamos a escondernos en la terraza o detrás del invernadero —demasiadas asociaciones—, pero descubrimos un sitio bonito, aunque raro, entre la vieja escuela de ladrillos, la nueva ala de concreto y un montón de grandes aparatos de aire acondicionado que rechinan al calor lo bastante fuerte como para cubrir cualquier sonido. Es un trozo de cielo, literalmente.

Los fines de semana vemos películas, vamos a camiones de tacos («Al Cheese Barrel Grille nunca más», dijo Joy) o nos quedamos en casa de Joy y nos acurrucamos junto a la mesa de cuarzo que brilla al lado de la piscina mientras se pone el sol en la península de Playa Mesa.

Abiertamente. Con sus padres en casa.

A sus padres les caigo bien. Creo. Son demasiado formales para que esté seguro.

Nadie gana una partida de Pax Eterna. El premio sigue intacto.

Q sigue solo. El objeto de su amor sigue siendo un misterio.

Veo a Brit en el pasillo, y cuando paso se le caen los papeles de la carpeta.

En el patio, mi mirada se encuentra con la de Wu, que falla un tiro libre fácil.

Me siento como un poltergeist sembrando el caos a su paso.

Ya hemos mandado las solicitudes a las universidades o las tenemos listas, a punto de mandarlas. Temo los meses de marzo y abril. Es cuando se supone que llegará la mayor parte de las respuestas. He oído historias de euforia desbordante en las redes sociales de amigos, amigos de amigos e incluso desconocidos. ¡Fulanito y Menganito han entrado en la universidad de tus sueños, pero tú no! ¿Por qué no respondes con un emoticón sonriente?

A la mierda ese trauma. Intenté negociar un protocolo de silencio en redes sociales durante los meses de primavera entre mis compañeros de clase y los Limbos, pero me miraron como si fuera un viajero en el tiempo de principios del siglo XIX. Así que me quedé con la segunda posibilidad: negociar un protocolo con las dos personas más importantes de mi mundo, Joy y Q.

Optamos por las notificaciones por correo ordinario.

Pedimos a nuestros padres que nos ocultaran todo el correo.

Como última precaución, colocamos filtros que dejaran en cuarentena todos los emails de las universidades. Lo hicimos juntos en el Cafe Adagio, con las laps formando un triángulo, una especie de pacto de sangre entre frikis: lo que tiene que ver con la universidad lo hacemos juntos.

Hemos llegado al mismo acuerdo para los emails que tienen que ver con el examen. Emails como éste, que acaba de llegarme:

Querido alumno,
Gracias por haber hecho el SAT el 1 de diciembre de 2019. Nos complace comunicarte que la puntuación de tu examen está lista. Para ver tu puntuación, pulsa el siguiente enlace y sigue las instrucciones bla, bla, bla.

No leo el resto. Tomo el espejo de mono.

«No pulsen aún el enlace», les digo a Joy y Q.

«¿Qué enlace?», me pregunta Joy.

«Ah, por Cthulhu, ESTE enlace», dice Joy.

«Nos vemos en el Consta lo antes posible —digo—. ¡Tenemos que verlo juntos!»

«Pero aún estamos en la tercera clase», dice Q.

«Pues me temo que tendremos que esperar», le contesto.

«Cállate», me dice Q.

En cuanto suena el timbre, los tres salimos a toda prisa de nuestras respectivas clases y vamos directos al Consta, que está en el estacionamiento. En cuanto salimos a la calle, acelero.

Q cierra los ojos y canturrea: «Dieciséis, dieciséis, dieciséis». Se refiere a la puntuación perfecta, 1 600.

El Cafe Adagio está cerca del Peninsula College. El Cafe Adagio es genial. Los meseros no tienen prisa y no les importa que te pases todo el día sentado. Las paredes están totalmente cubiertas de folletos y pósters. Está lleno de estudiantes inclinados sobre laps llenas de calcomanías, sin duda haciendo cosas bonitas: escribir poesía, modelar problemas físicos o componer sinfonías. Los miro y me emociono. Pronto seré uno de estos estudiantes universitarios y forjaré mi propio camino más allá de los límites del libro de texto. Algunos están muy concentrados, otros frustrados, y otros perdidos en sus sueños creativos. Están preparándose para el largo partido, porque saben que al final valdrá la pena, y los admiro por ello.

Hoy la contraseña del Cafe Adagio es «trabajandoATope».

Pido las bebidas al alarmantemente moderno y guapo mesero. Té para mí y para Q, y café para Joy. El café es asqueroso, por más leche y azúcar que le eches. Aún no me he sentado cuando Joy me toma la mano y me obliga a poner la huella en la computadora.

—¿Listos? —pregunta Q—. Oprimimos a la de tres.

—Una —digo.

—¡Mil quinientos sesenta! —grita Joy—. Ay, Dios mío, tengo mil quinientos sesenta!

Le doy un beso y veo que mi pantalla también se ha actualizado.

—¡Mil quinientos cuarenta! —grito.

Los dos miramos a Q, que se ha convertido en un zombi pasmado. Giro su computadora.

—¡Mil seiscientos! —digo—. ¡Tienes mil seiscientos!

Me levanto.

—¡Universitarios! ¡Este compañero de aquí sacó la puntuación máxima en el SAT!

Los estudiantes aplauden, cantan y luego vuelven a ponerse los auriculares y siguen trabajando.

—Lo conseguí —dice Q en voz muy baja.

—Lo conseguimos —digo yo.

Choco la mano a Joy y a Q. Q me choca la mano a mí y a Joy, y Joy le choca la mano a Q y a mí, y al momento tenemos que utilizar las dos manos para seguir el ritmo.

—Podemos ir a cualquier universidad —dice Q, aún mirando la pantalla.

—Seguro que podría entrar incluso en Stanford —pienso en voz alta. Miro a Q—. Podríamos ir a la misma universidad.

—Pittsburgh, allá voy —dice Joy.

Me quedo callado. Joy y yo, Frankyjoy, somos finitos.

—¿La Universidad Carnegie Mellon tiene un programa de música por computadora? —le pregunto.

Coloco la mano encima de la suya.

—Frank —me dice Joy.

Coloca la otra mano encima de la mía, que está encima de la suya.

—Sólo me lo preguntaba —le digo.

Y completo el sándwich de manos de dos pisos.

—Tienes que ir a donde tengas que ir —me dice Joy—. Es lo que hacemos todos.

—Empiezo a ser consciente —le digo—. Aún me cuesta mucho imaginarlo.

—Todo parece ya diferente —dice Q—. Adiós, taza. Adiós, servilletas.

—Hasta que nos vayamos, nos tenemos el uno al otro —me dice Joy.

Me acaricia el lóbulo de la oreja.

El mesero aparece en nuestra mesa y deja un trozo de pastel delante de Q.

—Por cuenta de la casa, señor Máxima Puntuación —le dice.

Cabecea para apartarse el largo flequillo negro y se marcha.

Mi celular vibra con una alerta de calendario.

—Ah, es noche de museos gratis en Los Ángeles. Hay una exposición llamada «El Wunderkammer comestible: curiosidades de los tentempiés de treinta países». Vamos.

Joy cierra su computadora de golpe y se levanta.

—Vámonos ya, y así no encontraremos tráfico.

Yo también me levanto, pero Q se queda sentado.

—Vayan ustedes —nos dice.

—¿No vienes? —le pregunto.

—Vayan en plan pareja, ¿okey? —nos dice Q—. Y pásenla muy bien.

Le abrazo la cabeza.

—¿Qué vas a hacer?

—Comerme mi pastel gratis —me contesta Q—. Pero antes quizá me gustaría pasar un rato sentado con él.

—Pues siéntate —le digo asintiendo.

—Ya estoy sentado, Frank —me dice Q—. Ya estoy sentado.

* * *

Nos metemos en el coche. No dejan de llegar mensajes. Paul Olmo sacó 1 480. Amelie Shim, exactamente lo mismo. Naima Gupta, un decente 1 390, pero queda una última ronda, y estoy seguro de que superará el 1 400, como quería. En cuanto a los Limbos, John Lim, Ella Chang y Andrew Kim tuvieron puntuaciones en torno a los 1 500. En general, excelentes. Parece que el mundo gira más deprisa. Me entero de que Brit Means sacó 1 540, lo mismo que yo. ¿Debería mandarle un mensaje felicitándola? Me gustaría. Pero seguramente no debería. Seguramente no tengo derecho.

En fin. «¡1 540, lo mismo que yo, muchas felicidades!», le digo. Tras una larga pausa, Brit me contesta. «Felicidades para ti también, increíble.»

Quiero comentarle que escribió «increíble», pero no lo hago.

Conduzco el lúgubre Consta por la autopista, hacia el norte. Joy se ocupa del protocolo de gestión parental en los dos teléfonos mientras yo conduzco. «Vamos a Los Ángeles», «Quizá volvamos tarde» y bla, bla, bla. Mis padres contestan: «Pasa bien». Los padres de Joy, que hablan mejor y tienen más estudios que mis padres, escriben: «Pásenla muy bien».

Es curioso. Para nuestros padres nada ha cambiado. Mi drama con Brit y el drama de Joy con Wu han sido invisibles para ellos. Para nuestros padres, Joy y yo empezamos a salir una noche en una Reunión, y desde entonces hemos estado juntos sin problemas. Intercambiamos las gemas y luego volvimos a intercambiarlas. Y nadie se enteró.

—¿Puedo volver a decir lo bonito que es no tener que fingir que estamos saliendo con otra persona? —le pregunto.

Joy se inclina a besarme en la mejilla, la oreja, el cuello, y es lo más erótico que me ha pasado en el Consta con las manos al volante, o en cualquier otro sitio.

Llegamos al centro de Los Ángeles en un tiempo récord. Pero hay una carretera cortada, luego otra y luego otra más. Joy mira el mapa y ve que está lleno de líneas rojas.

—Maldición —dice—. Hay un festival o algo así. Dice que tardaremos una hora en llegar.

Me niego a desanimarme. Estoy de muy buen humor.

—Pues nos adaptaremos —le digo—. ¿Vamos al festival?

—Vamos al festival —me contesta Joy, como si dijera «¿Por qué no?».

Salimos del coche, saltamos como idiotas por la acera durante medio kilómetro y llegamos a la entrada del festival, desde donde se oye música.

46º Festival Anual Coreano de Invierno
de Los Ángeles presentado
por Aju Electronics North America

Miramos curiosos a la multitud. En los altavoces negros suena pop coreano. Todo está cubierto de serpentinas. En un escenario con luces multicolores, unos niños con doboks blancos hacen ejercicios de calentamiento para una exhibición de hapkido lindísima. Bailarines con trajes tradicionales y cintas pegadas al sombrero giran entre la multitud como remolinos.

Y la comida. Hay carne, claro, y kimchi, claro, pero también muchas otras cosas que la mayoría de la gente nunca llega a ver: rojos y picantes pasteles de arroz tteobokki, pirámides perfectas de kimbap de arroz y algas, patbingsu con hielo picado y alubias azuki, e incluso montañas de beondegi recién tostado.

Joy señala el puesto de beondegi.

—Esto se come —me dice.

—Esto se come —le contesto.

El beondegi son larvas de gusanos de seda. El dueño del puesto me llama en coreano, y yo le pido en inglés que me deje probar uno. No está mal —sabe a nuez y a champiñones, y es maravillosamente crujiente—, y de inmediato beso a Joy para que también ella lo pruebe.

—Puaj —dice.

Se pasa la lengua por los dientes y pide un barquillo.

Paseamos de un lado a otro y vemos un cuarteto de percusión samulnori tocando a un ritmo frenético, un viejo loco bailando y dos niñas gemelas tapándose los oídos. Lo grabo con mi Tascam. Estos ritmos con instrumentos electrónicos serían lo máximo.

Saltamos. El pelo de Joy lanza destellos verdes y negros, verdes y negros. Por encima de nosotros, guirnaldas de luces brillan contra un cielo de terciopelo. Supongo que el sol se ha puesto sin avisarnos.

Más allá hay otro pequeño escenario, más elegante que el primero, con un grupo de bailarinas samgo-mu actuando en decoradas tarimas individuales, entre tambores tradicionales. Son todas mujeres, impecablemente vestidas con hanboks brillantes, que con un ritmo perfecto golpean tambores a la izquierda, a la derecha y delante de ellas al unísono con sus palos. En un momento dado se inclinan hacia atrás y tocan un crescendo de corcheas en la piel del tambor, luego en el borde, y luego detrás.

—Abdominales de acero —grita Joy.

Me besa mientras los tambores suenan cada vez más fuerte. Estalla un aplauso. Algo está sucediendo dentro de mí. Miro a Joy y sé que ella también lo siente. Las luces, la música y esta gran celebración de una cultura de la que supuestamente formamos parte. Aquí todos parecen como nosotros. La comida, los tambores y los niños con sus doboks blancos. Uno de ellos se parece a mí cuando era pequeño.

Joy y yo crecimos expuestos a este mundo. Conocemos todos sus elementos, aunque no siempre sepamos cómo se llaman en coreano. Para nosotros no son raros ni exóticos. Nos sentimos en casa.

Si no fuera por el skyline de Los Ángeles al fondo, podría pensar que estoy en Corea. Es más, podría pensar que soy coreano.

Joy y yo avanzamos saltando como idiotas.

Joy se detiene. Señala lentamente una delicada carpa rosa y blanca decorada con cientos de diminutas almohadas, cada una de ellas del tamaño de la mejilla de un bebé.

—Son pastelitos de arroz —susurra Joy.

Algunos pastelitos son sólo de arroz, otros están rellenos de pasta de frijoles azuki, y otros están cubiertos de ajonjolí. Los más exóticos están cubiertos de mango e incluso de chocolate.

Me devano los sesos en busca del nombre. *Chalttok*. Estoy casi seguro de que estos pastelitos se llaman chalttok.

Detrás de la carpa sonríe una amable anciana, con un sencillo hanbok campesino, que parece que acaba de salir de un frágil cuadro en pergamino.

—Quiero el de ajonjolí —dice Joy, cautivada como una niña.

Empiezo a armarme de valor. Porque de repente siento el impulso de pedir en coreano para mi novia.

La comida, los tambores, los niños con doboks blancos.

Señalo y digo:

—I chalttok dugae jeom juseyo.

Dos pastelitos de éstos, por favor.

La sonrisa de la anciana se convierte en una línea recta, a la que enseguida se añade el ceño fruncido. Empieza a gritarme con su boca en forma de media luna negra. Entiendo casi todo lo que dice.

—¿Chalttok? —me dice la anciana—. No sé lo que es chalttok. Deberías aprender a hablar bien en coreano.

La comida se desvanece, los tambores se silencian, los doboks blancos se desploman, de repente sin niños dentro.

Me equivoqué. No es «chalttok», sino «chaltteok». No hay gran diferencia, como entre «queso» y «yeso». Pero nadie pediría una pizza con extra de yeso.

Nadie que fuera nativo.

—Todos los pinches kyopos son idiotas —dice la anciana.

Utiliza deliberadamente un coreano básico para asegurarse de que lo entiendo todo.

«Kyopos» es como llaman a los coreanos que viven en el extranjero. No sé quiénes los llaman así. En este momento parece que no sé nada. Excepto que mis pies vuelven a levantarse del suelo. Ya sabes lo que pasa en momentos como éste. Es una sensación alarmante, pero también reconfortante, aunque sé que no tiene sentido.

—¿Qué pasa? —me pregunta Joy—. ¿Qué te dijo?

Miro a mi alrededor. ¿La música pop coreana que sale de los altavoces? Indescifrable. ¿Todos estos carteles? Un galimatías. ¿La gente? Se parecen a mí, pero sé que es una elaborada ilusión óptica. Podría atravesarlos con la mano como si fueran fantasmas.

Me he engañado a mí mismo creyendo que formaba parte de todo esto. Mi compresión mental es la mejor.

—Vámonos —le digo.

La jaló hacia la salida y hacia el gris y monótono mundo exterior. Quiero desaparecer como un fantasma y fingir que Joy y yo nunca hemos pisado este lugar.

—Oye —grita una voz masculina—. Espera.

Una mano me toca el hombro, y me giro. Un chico algo mayor que yo. Se parece a mí y frunce el ceño como yo. A diferencia de mí, lleva una gorra azul de Los Ángeles y una camiseta de tirantes, y tiene los brazos musculosos, con bonitos tatuajes geométricos.

Me ofrece una elegante bolsa transparente con cuatro pastelitos de arroz con ajonjolí. Ahora mismo no soy capaz de llamarlos chaltteok. Se quedan en pastelitos de arroz.

—Maldita sea, amigo, siento mucho que mi abuela haya sido tan grosera contigo —me dice—. La cabrona puede ser muy enojona.

El torrente de insultos sinceros me llena el alma de cálida luz naranja. Y me muero de risa. Miro a Joy, que se tapa la boca para reprimir las carcajadas.

—¿Era tu abuela? —le pregunta Joy.

—Me llama idiota todo el tiempo porque mi coreano es una mierda.

Parpadeo. Mis padres tienen lo suyo, pero al menos nunca me han llamado idiota por no saber coreano.

El chico agita la bolsa.

—Toma. Es mi manera de decirte que lo siento.

El tipo es sincero. De verdad quiere que tome la bolsa. Así que lo hago.

—Los dejaremos para el postre, supongo —le digo encogiéndome de hombros—. Gracias.

De repente el chico nos mira con curiosidad.

—Espera, ¿aún no han cenado?

—No —le contesta Joy.

—Vengan conmigo —dice el chico.

Al ver que dudamos, da un pisotón en el suelo y mueve las manos como si estuviera bailando en un escenario.

—Vamos, babo saekkidul —nos dice guiñándonos un ojo.

—Acaba de llamarnos idiotas hijos de puta —dice Joy.

—Me cae bien este chico —le digo—. Vamos.

El chico pasa entre los puestos y la gente, y Joy y yo corremos en fila para seguir el ritmo de sus ágiles tenis blancos. Pasamos el cuarteto de salmunori, luego un ruidoso escenario con gente bailando pop coreano y llegamos al final del recinto del festival.

Esto no está tan decorado. Sólo hay un círculo de food trucks estacionados y mesas plegables llenas de gente comiendo. Un sonido monótono hace vibrar el aire al ritmo de un paseo de gángsters, y por encima suena rap en coreano y en inglés. En mi puta vida he oído algo así. Es sublime. Lo grabo con mi Tascam.

Al hacerlo, grabo también el nombre del chico.

—Soy Roy Chang —dice Roy Chang—, y éste es mi carro.

Señala un camión rojo en el que pone TODO DAE CADA DÍA. *Dae* significa «grande», y hay un carácter 大 de un metro y medio, por si no se entiende el juego de palabras.

Roy ve mi Tascam.

—¿Eres músico?

Asiento tímidamente.

—Enrique también es un friki de la música —me dice Roy—. Te lo presentaré. —Roy da un golpe al camión—. Ey, dos pedidos vip urgentes, kimchi quesadilla hana, pollo jidori gochujang y waffles hana —yY añade en español—: ¡Y tres cervezas, por favor!

—Al gesseo —dice Enrique, como si dijera «Oído».

Roy nos sienta a una mesa, y la comida llega al instante.

—¿Qué es? —le pregunto, intrigado.

—Come, no pienses —me contesta Roy.

Así que comemos. Y cuando empiezo a comer, no puedo parar. Es una mezcla perfecta de la comida de mi vida: el kimchi de mi casa, con el queso, las tortillas y los nopales encurtidos que me encantan porque soy de California, y por último waffles, como no podía ser de otra manera.

—Mmm —decimos Joy y yo.

—Les gusta —dice Roy a Enrique, que se acerca a ver cómo nos damos un atracón.

Enrique señala a Roy con el pulgar.

—Dicen que este tipo es el futuro de la cocina estadounidense, ja, ja.

—¿Cómo diablos puedo ser el futuro si ya estoy aquí y ya soy un maldito estadounidense adulto? —le pregunta Roy.

Enrique me pide escuchar mi música —incluida la «Canción para Brit»—, y le gusta tanto que me da su email para que sigamos en contacto. También yo le doy mi email, y a Roy, sin dudarlo. Porque me da la extraña sensación de que ya nos conocíamos, como si hubiéramos ido a la misma escuela.

Nos terminamos la comida y nos bebemos las cervezas. Nos levantamos.

—¿Ya se van? ¿Podemos sentarnos aquí? —dice una voz.

Me giro. Y me veo a mí mismo, a un tipo que se parece a mí, aunque es más grande: patas de gallo en los ojos y entradas. Está con su mujer, que es negra. En medio está su hija, que debe de tener unos siete años. Va disfrazada de elfo.

—Claro —le contesto.

—Su hija es guapísima —les dice Joy.

—Di gracias, cariño —dice la mujer.

Parecen acostumbrados a que se lo digan.

—Gracias, cariño —dice la hija.

Quiero dar mi email también a esta familia. Pero sería raro, así que Joy y yo nos despedimos de Roy y de Enrique y nos marchamos despacio.

Saco el celular y empiezo a teclear.

—¿A quién estás mandándole un mensaje? —me pregunta Joy.

Se lo muestro: «Te extraño, hermana».

Joy sonríe y pulsa Enviar. Y al segundo aparece en la pantalla la respuesta de Hanna.

«Yo también te extraño, Frankie.»

25

El mejor pedo

Es tarde. La autopista es una franja vacía. Las luces naranjas pasan por encima de nuestras cabezas como si el sol saliera y se pusiera en bucle.

Los dos estamos callados. Procesando la noche.

Cuando nos acercamos a Playa Mesa, Joy me toca la mano.

—No quiero volver a casa aún —me dice.

—Okey —le contesto inmediatamente.

Son las once y media. Quiero ver el amanecer con Joy. Y luego quiero ver la puesta de sol con Joy. Una y otra vez.

Joy toma mi celular y se ocupa del protocolo de gestión parental, y cuando recibimos la confirmación «Pasa bien», llevo el recalcitrante Consta al único lugar donde sé que podemos estar solos y tener privacidad.

Westchester Mall, el centro comercial más grande del condado de Orange, al sur de California.

El estacionamiento está vacío como un río de lava. Atravieso hectáreas de asfalto con rayas blancas en forma de espigas y me estaciono justo delante. Subimos la gran rampa y entramos.

Adentro no hay nadie. Todas las lujosas tiendas están cerradas. Las notas de la sonata más breve del mundo caen como polvo desde lo alto de la bóveda iluminada. Me encanta venir aquí porque me siento como si fuera la última persona del planeta, y desde pequeño he tenido la fantasía de ser la última persona del planeta.

Se lo murmuro en voz baja a Joy, porque el espacio que nos rodea parece sagrado y merece que hablemos en voz baja.

Joy me toma de la mano y ajusta su paso al mío.

—Creo que sería aterrador.

—Ay, sería sólo durante un año —le digo—. Como una pausa temporal.

—¿Y luego qué?

—Y luego, una mañana entendí, quitaría la pausa y todo se reanudaría exactamente donde lo había dejado.

—Supongo que podría ser divertido durante un año —me dice Joy mordiéndose un trozo de labio seco—. Una pausa planetaria. Aunque me daría miedo volverme loca.

Pasamos junto a un gran embudo tallado en madera con dos ranuras para monedas y un cartel en el que pone DONA PARA MATERIAL ESCOLAR EN NUESTRO DISTRITO: ¡MIRA CÓMO GIRAN TUS MONEDAS!

—Creo que esta noche he entendido por qué siempre he tenido esa fantasía —le digo.

Joy hace un movimiento que me gusta: me suelta, me recorre el brazo hacia arriba con la mano, me aprieta una vez, me recorre el brazo hacia abajo y vuelve a tomarme de la mano.

—Muy bien, mi niño, ¿por qué? —me pregunta Joy.

Pienso en la abuela malvada, en Roy y en los food trucks.

—Porque así podría ser quien quisiera y nadie me juzgaría.

Joy sonríe mirando nuestros pies, que siguen andando.

—Esa vieja era una psicópata, ¿verdad?

Cruzamos el patio de los restaurantes. Está el Pretzel Wrestle, que aún huele a levadura y mantequilla. Está el italiano de mierda, el asiático fusión de mierda, el Tex-Mex de mierda y luego tres hamburgueserías. Un microcosmos único de la cocina blanca estadounidense convencional.

—Cuando estoy contigo, me siento yo mismo —le digo—. Creo que por eso he querido venir aquí.

—¿Para vernos totalmente fuera de contexto? —me pregunta Joy.

Sonrío. Joy lo entiende. Lo entiende todo.

—Ven aquí.

Nos besamos. Para mi sorpresa, me agarra el trasero con las dos manos.

—No puedo creer que te haga esto al aire libre —me dice—. Buena idea venir aquí, Frank Li.

Oigo a lo lejos el breve ruido de un radio. Joy levanta la cabeza.

—¿Qué fue eso? —me pregunta.

—Seguramente Camille u Oscar —le contesto.

Me refiero a los vigilantes.

—¿Tenemos que irnos? —me pregunta Joy.

—No, caminan superdespacio y no dejan de hablar. Quedémonos mientras podamos… Vamos.

Jalo a Joy hasta una esquina y zigzagueamos hacia el Nordstrom. Cuando llegamos a un lugar en el que nadie puede vernos, reduzco la velocidad a nuestro paso habitual.

Nos besamos una y otra vez. Nos besamos sin dejar de caminar. Sólo estamos nosotros. Estamos en una pausa planetaria, en nuestro pequeño paraíso abandonado.

Llevo a Joy a una fuente del Patio de Cristal. Es una estructura rugosa de sencillos arcos modernos, rodeada por una base de piedra de color chocolate.

—Se acabó el Lago de la Novia —murmuro.

—¿Qué es el Lago de la Novia? —me pregunta Joy.

FUENTE CERRADA POR OBRAS:
PROHIBIDO SUBIR

La fuente no tiene agua. Se ve la base cubierta de polvo y de cal, llena de tela metálica, mangueras y dispositivos de iluminación manchados.

También está llena de monedas.

A Joy aún le brillan los ojos.

—Aquí debe de haber cien dólares.

—Amiga —le digo.

Entonces se me ocurre una idea.

Salto a la fuente, me agacho y empiezo a recoger monedas. Utilizo la parte delantera de mi camiseta como canasta.

—Ven a ayudarme —le digo.

—Estás loco —me dice Joy.

Pero también ella salta a la fuente y empieza a recoger monedas conmigo. La empujo y casi se le caen las monedas que ha recogido. Ella me devuelve el empujón. En unos minutos tenemos cientos de monedas en la camiseta, como sonrientes marsupiales mutantes.

Se oye el ruido de un radio a lo lejos, y después un grito.

—¡Ey! —dice una voz.

—Por aquí —le digo a Joy.

Salimos de la fuente y corremos como hobbits con las piernas torcidas. Mientras corremos, Joy me mira como si lo hubiera entendido.

—¡Sé lo que vamos a hacer! —exclama.

Y lo sabe, porque es la primera en llegar al gran embudo de donaciones tallado en madera. Debe de tener casi dos metros de diámetro. Nos arrodillamos cada uno en un extremo, tiramos al suelo las monedas que llevamos en la camiseta y acercamos nuestra primera moneda a la ranura.

—A la de tres —le digo.

—Una —dice Joy.

—Dos —digo yo.

—Tres.

Las metemos. Las dos monedas giran formando arcos perfectos hasta que llegan al fondo del embudo, donde aceleran en círculos horizontales de fuerza centrípeta perfecta que desafían la gravedad. Al final caen tintineando al abismo del tesoro.

—Son tú y yo —le digo.

—Eres un cursi —me dice Joy.

Pero sé que le encanta.

—Más monedas —dice Joy.

—Más rápido —le digo.

Metemos una moneda tras otra, y enseguida un sonido metálico retumba en el embudo de madera. Me detengo para grabarlo un buen rato con la Tascam. Suena como una infinita bandada de aviones de combate volando por encima de nosotros.

¡MIRA CÓMO GIRAN TUS MONEDAS!

Tardamos sólo unos diez minutos en meter todas las monedas. A veces las monedas llegan al fondo sin chocar, y otras veces chocan y provocan una gran avalancha. Es estimulante y a la vez da que pensar. No intentamos crear conflicto o armonía metiendo las monedas a un ritmo concreto ni nada de eso. Lo único que hacemos es seguir metiendo monedas lo más rápido posible.

Ésta es la auténtica metáfora.

Al final las últimas monedas caen al vacío tintineando, y luego se crea un silencio filosóficamente significativo de notable duración.

—Estuvo genial —dice una voz de mujer.

Joy y yo levantamos la mirada. A unos seis metros están Camille y Oscar, con sus uniformes de vigilantes, que no les quedan bien.

—Nunca había visto tanta belleza surgiendo de objetos cotidianos —dice Oscar.

—¿Cuánto llevan aquí? —les pregunto.

—¡Casi desde el principio! —me contesta Camille. Siempre habla como si se quejara, aunque esté de acuerdo contigo o te desee lo mejor—. ¡Frank, sabes que esas monedas eran del Westchester Mall!

Me levanto y toco el cartel del embudo.

DONA PARA MATERIAL ESCOLAR EN NUESTRO DISTRITO

—Piensa en los niños —le digo.

—El Grupo Westchester les agradece su generosa donación en su nombre —dice Oscar.

—Frank, ¿no vas a presentarnos a tu amiga? —me pregunta Camille.

—Ah, ella es Joy —le digo.

Joy estrecha la mano a Camille y a Oscar, que intercambian una mirada de aprobación.

—Frank —me dice Oscar—, ten en cuenta que esta noche tenemos que hacer la ronda en todos los sectores menos en el estacionamiento Europa de arriba, esquina noroeste, así que no pasaremos por allí. Esa zona siempre está oscura porque las lámparas no funcionan bien.

Sonrío.

Oscar se enfunda el walkie-talkie.

—Márchense, jóvenes amantes.

* * *

Conduzco en silencio. Como el centro comercial es enorme, tardamos un rato en encontrar el estacionamiento Europa. Mientras conduzco, noto que un extraño nerviosismo ha caído entre Joy y yo. La descubro mirándome. Ella me descubre mirándola.

Nos dirigimos a un estacionamiento vacío.

¿Por qué?

Ni siquiera lo sé. Sólo siento que debo ir. Joy también. Aquí está, con las yemas de los dedos en las rodillas, impaciente.

Oscar estaba equivocado respecto de que las lámparas no funcionan bien. Todas las lámparas están apagadas, así que la única luz es la de la luna. Me estaciono en la esquina más lejana. La noche es clara como un zafiro y vemos luces extendiéndose desde la bahía de Playa Mesa hasta San Marco, Paloma, Karston y más allá. A nuestra derecha está el vacío negro del Pacífico, salpicado por las perezosas luces de las plataformas petroleras, ahora inmóviles.

—¿Qué hora es? —me pregunto.

—Muy tarde —me contesta Joy.

—¿Deberíamos volver pronto a casa?

Joy me contesta abriendo la ventanilla un par de centímetros, así que también yo abro la mía.

—Me da vergüenza —me dice Joy, y se ríe.

—Ya sabes, los humanos se ríen para romper la tensión —le digo, y me río también.

Y volvemos a quedarnos callados. El asiento de cuero cruje cada vez que me muevo un milímetro.

—Tienes la camiseta llena de mierda —le digo.

—Y tú —me dice Joy.

Extiende el brazo y me toca la barriga.

La acerco para darle un beso, que se convierte en dos, que se convierten en más de diez. De repente a Joy no le gusta su asiento. Se da impulso con las piernas, gira el cuerpo y trepa por encima del compartimento situado entre los asientos, en un lugar absurdo, con el infernal freno de mano y la palanca de velocidad.

Al final se acomoda, se sienta a horcajadas encima de mí y se alisa el pelo. «Aquí estoy. Hola.»

Sólo una pausa, el tiempo suficiente para que nos miremos en la oscuridad iluminada por la luna. Las ventanillas ya están empañándose, aunque no están cerradas del todo. Joy y yo somos los protagonistas de una película romántica que todo el mundo ha visto y le gusta. Sentimos que se acerca la siguiente parte.

Nos besamos mucho rato, despacio. Nos detenemos para respirar.

—Te deseo —me dice Joy—. ¿Okey?

Lo dice muy asustada. Lo veo en sus ojos. Lo huelo en su piel. Porque el amor es lo más aterrador. El amor es una poderosa mano azul que viene por ti desde el cielo. Lo único que puedes hacer es rendirte y rezar para caerte y matarte.

Intento contestarle, pero la garganta se me queda atorada. Carraspeo.

—Okey —le digo.

Volvemos a besarnos. La poderosa mano azul nos lleva a algún sitio, no sabemos adónde, es aterrador, pero vamos. Mi mano descubre su piel debajo de la camiseta, un lugar que he tocado antes, pero ahora que sólo hay piel desnuda parece totalmente nuevo. Joy entiende mi gesto como una especie de permiso para tocarme ella a mí. De repente sus manos me recorren todo el pecho, lo sondean con urgencia, aunque delicadamente.

De repente no me gusta nada la camiseta de Joy. A ella tampoco le gusta la mía. Nos las quitamos. Ya sé dónde está el broche de su brasier, y lo abro. Joy toca el claxon con el codo, y nos reímos.

—¿Esto puede echarse hacia atrás? —me pregunta, refiriéndose al asiento.

—Sí —le contesto, y extiendo un brazo para presionar un botón.

El asiento de cuero retrocede lentamente, por Dios, tarda una eternidad en reclinarse, y al hacerlo suena como un pedo. El mejor pedo hasta ahora. Nos reímos a carcajadas y nos tapamos la boca, sorprendidos. ¿De verdad vamos a hacerlo?

Vamos a hacerlo.

Lo hacemos.

26

La broma pesada

Pim-pam.

Pim-pam.

Es mi padre, trapeando el suelo de la entrada.

Pim-pam.

El trío de moscas baila por encima de mí.

Hace calor. El sur de California siempre se salta la primavera y pasa directamente al verano. El chocolate está en el refrigerador.

Voy vestido en tonos negros cálidos: pantalón negro anaranjado y camiseta de Kraftwerk negra parduzca. Me toco las pulseras, también de color negro cálido.

Por fuera parece que nada ha cambiado. Soy Frank, en La Tienda sigue haciendo calor y mi padre está trapeando, como siempre.

Pero en realidad todo ha cambiado. Hace calor porque el mundo quiere recordarme que pronto será verano, acabará la preparatoria y todos iremos a la universidad. Yo. Q.

Joy.

Aún no quiero pensarlo.

Y mi padre: debajo de la habitual camiseta de trabajo de mi padre hay una pequeña cicatriz, lisa y brillante como una gota de pintura oscura. Nadie imaginaría que hace poco sobrevivió a un disparo.

¿Y yo?

Una vez leí un cómic en el que el protagonista perdía la virginidad y le decepcionaba descubrir que al día siguiente se sentía exactamente igual. Pensó que los chicos no eran como las chicas. No tenían himen que romper. No había evidencias físicas de lo sucedido. Al día siguiente el protagonista sólo sintió decepción.

Qué cómic tan tonto. Estaba totalmente equivocado.

Porque si ahora mismo me cortas y me miras por dentro, descubrirás mis entrañas brillando como una geoda en todos los tonos imaginables. Si las miras más de cerca, verás ciudades enteras de cristal llenas de puntos minúsculos de luz palpitando en orden cromático —RNAVAAV— mientras entregan sus novas por mis extremidades.

Nova, novae, que en latín significa «nueva», estrellas recién nacidas.

Me apoyo en el mostrador y sonrío como un idiota.

Dentro de mí todo ha cambiado.

Saco el espejo de mono y mando un mensaje a Q.

«La he perdido, colega.»

«¿La cabeza?», me pregunta Q.

«Anoche», le digo.

Se produce una pausa, y luego una granizada de caras de sorpresa con la boca abierta.

«¿Cómo te sientes? —me pregunta Q—. ¿Vuelas?»

«Espera, voy a ver —le contesto—. No, aún no.»

—Aigu —dice mi padre dándose un puñetazo en la espalda.

—Deja que lo haga yo —le digo.

—Estoy bien —me dice mi padre.

Echo un vistazo a la caja registradora. El rollo de papel tiene una raya rosa, lo que significa que está acabándose.

—Papá, ¿puedes cambiar el rollo de papel? —le pregunto—. Yo no sé.

—Está bien —me contesta mi padre—. Yo lo hago.

Mientras maniobra con la caja registradora y el rollo de papel, tomo el trapeador sin que se dé cuenta. Cuando mi padre levanta la mirada por fin, todo el suelo brilla.

—Frankie —me dice mi padre sonriendo—. ¡No trapees!

Demasiado tarde. Ya estoy escurriendo el trapeador en la cubeta y sacándola para tirar el agua gris. Mi padre mira las baldosas del suelo, las esquinas, los extremos y por último a mí.

—En fin, buen trabajo —me dice.

Es su manera de darme las gracias, así que le digo:

—De nada.

Llegan un montón de clientes —una oleada, siempre llegan en oleadas—, incluido Charles, que vuelve a darme un pequeño rollo de papel. Lo desenrollo. Hay un pene, esperma, un óvulo y un embrión en una bolsa. Y pone

DEL AGUA AL AGUA Y AL AGUA
Y VUELVE AL AGUA

Para empezar, ¿qué pasa con los tipos que dibujan penes? Dejen de dibujar penes. Pero me sorprende entender este dibujo. Creo. Quizá. Los humanos son en buena medida agua. Agua de diferentes tipos: sangre, bilis, saliva, bla, bla, bla. Estas aguas se mezclan con otras aguas, y de ahí surge la vida. Un milagro y un misterio.

El agua es vida; la ausencia de agua es ausencia de vida. Pienso en las laderas a barlovento y a sotavento de una montaña. El lado de barlovento recibirá la valiosa humedad, y el lado de sotavento siempre estará privado de ella, lo que crea una exuberante ladera verde a un lado, y una gris y estéril al otro, separadas sólo por una delgada y afilada cresta. Los insectos que nacen en el lado de sotavento la pasan mal. Los que nacen en el lado de barlovento tienen de todo.

Se me ocurre que es una metáfora de los inmigrantes. Pongamos que naciste en un país devastado por la guerra. Cruzas una frontera —que podría ser incluso invisible, ni siquiera definida por una cresta delgada y afilada— y de repente descubres que estás en el lado de barlovento: una sociedad segura, limpia y moderna.

¿Qué pasa?

No lo sé. La primera parte difícil es cruzar esa cresta. También es lo más sencillo.

La otra parte difícil… bueno, aprender a vivir en el lado verde. Es más complicado.

Esta vez el rollo está bastante bien, Charles.

—Papá, cuando viniste a Estados Unidos, ¿tenías miedo?

—¿Yo? —me dice mi padre—. No.

—¿De verdad?

—Mamá miedo. Yo quizá un poco miedo. En fin, da miedo.

—Espera. Entonces tenías miedo.

—Sí, yo miedo mucho tiempo. Venimos y no tenemos nada. ¿Inglés? Sólo así así. Sólo encontramos trabajos malos. ¿Dinero? Aigu. Sólo ganamos trescientos dólares. Estamos casi dos años...

—Así que se quedaron dos años en casa del doctor Choi y su mujer comiendo sólo ramyun y arroz kimchi.

Mi padre sonríe mirando al suelo. Sabe que lo he oído un millón de veces.

—Papá, tengo curiosidad. ¿Qué les daba miedo cuando llegaron? ¿Cuál era su mayor miedo?

Mi padre sonríe y lo piensa. Aunque eso no quiere decir que esté contento. Suele sonreír cuando lo ponen en un aprieto. Es más una mueca de dolor que una sonrisa.

—Nosotros miedo porque quizá venimos a Estados Unidos y no tenemos nada, quizá pedimos dinero a un amigo, quizá pedimos dinero a la familia. Quizá negocio va mal, hijos van a escuela mala, quizá no tenemos casa. Perdemos tiempo. Volvemos a Corea, aigu. Causamos problemas. Toda la familia se convierte en una carga económica para todos. Todo el mundo dice que fracasas, mejor te quedas en Corea desde el principio.

—Es decir, vergüenza.

Mi padre asiente muy serio.

—Familia Paek —no conoces— monta negocio de lavar coches. Pierden todo el dinero. ¿Al final? Vuelven a Corea. Ah. Toda su familia prisionera, lo llaman esclavitud financiera. Señor Paek da un ataque al corazón. Se muere —mi padre corta el aire con el dorso de la mano—. Yo no. Imposible.

—¿Ya no tienes miedo?

Mi padre se ríe.

—No.

—¿Se han establecido?

—Estamos bien, Frankie. ¿Tú vas a universidad? ¿Conoces una buena chica? ¿Tienes hijo guapo? Ya está. Me muero, ah, Frankie, y tú estás bien, sonrío y sonrío. Respiro antes de estirar la pata.

Mi padre se ríe a carcajadas.

Yo también me río.

—Diablos, papá, ¿por qué vas a tener que morirte ahora mismo?

Siento la necesidad de preguntarle directamente por Hanna. Parece un buen momento. O quizá no, porque de repente deja de reírse. Tiene una extraña mirada perdida. Casi asustada. ¿También está pensando en ella? ¿Está preguntándose si va a morirse sin haber vuelto a ver a Hanna?

Parece que mi padre no sabe adónde mirar, así que mira el reloj.

—Oye, ¿ya organizado cámara? —me pregunta.

—Ah, no.

—Lo haces ahora mismo. Pronto vamos a Reunión.

—Okey, okey, voy.

—Date prisa —me grita.

—Okey, papá, maldita sea.

Tomo la chamarra y me meto en el frío absoluto. Con mi padre siempre es así. Estamos platicando, todo está bien, y de repente le da la paranoia y me echa a patadas. Hace que me sienta como si hubiera aterrizado de la luna y en lugar de establecer contacto acabarán lanzándome piedras con resortera.

Muevo cajas de cerveza y de jugo. Uno latas sueltas para formar seis packs. Giro cartones de leche y aparto los caducados. Estoy tan enojado que trabajo a doble velocidad, tan deprisa que cuando salgo al calor descubro a mi padre haciendo algo con mirada culpable.

Tiene en la mano un frasco de plástico naranja. Pastillas.

—¿Qué son? —le pregunto.

—Vitaminas —me contesta mi padre. Ya se puso su comida de las Reuniones—. Frasco de otro medicamento. B12, calcio y fibra. Tú también tienes que tomar vitaminas.

—Los jóvenes no necesitamos vitaminas, papá.

—Bueno, vamos. Pali kaja.

«Date prisa, vámonos.»

—Déjame ver esas vitaminas.

—Pali kaja —me dice mi padre metiéndose el frasco en el bolsillo—. Tú conduces, ¿está bien?

Subimos al viejo QL5 de mi padre. Veo que la parte delantera del asiento del conductor se ha deshilachado y se ha abierto.

—Muy bien, pues entonces dame las vitaminas, me las voy a tomar —le digo.

Se lo digo en voz demasiado alta, como si insistiera en empezar a discutir con él. Pero sé que no son vitaminas.

—Estas especiales para personas mayores —me dice mi padre—. Mañana compro vitaminas normales para ti.

Y mi padre no dice nada más en todo el viaje. En situación normal se dedicaría a comentar las diferentes razas de los barrios por los que pasamos, o los problemas que tienen todos los pequeños comercios, menos el nuestro, gracias a que mis padres trabajan duro y son muy hábiles, pero esta vez no. Quiero saber qué diablos le pasa. Quiero preguntarle:

- ¿Qué son esas pastillas?
- ¿Estás enojado porque ayer volví muy tarde a casa?
- ¿Te sientes culpable por Hanna?
- ¿Te sientes raro porque pronto me iré a la universidad?

Incluso quiero preguntarle:

- ¿Te diste cuenta de que ayer perdí la virginidad y por eso te sientes incómodo?

Estoy a punto de hacerle estas preguntas, pero no se las hago, porque sé que de todas formas no va a contestarme la verdad. Media hora de viaje genial.

Llegamos a la casa de los Song. Salgo al aire, salado y suavizado por el océano cercano y seis árboles plumeria, todos ellos iluminados desde abajo. ¿Quién tiene el tiempo y el dinero para instalar luces debajo de cada árbol?

Los ricos.

Miro instintivamente a mi padre, que está cortando un hilo suelto de la parte delantera de su asiento. Así que también ese asiento está abriéndose. Vuelvo a preguntarme si mi padre es feliz. Me pregunto si envidia al padre de Joy, al que le ha ido mucho mejor que a él, aunque empezaron en el mismo punto. Me pregunto si tiene envidia por haber ahorrado durante tanto tiempo para comprarse su querido QL5, cuando su hoobae se compró un QL6 y luego dos QL7.

Espero que no. Espero que tuviera una meta determinada, que un día cruzó y dejó de correr porque para él eso era la felicidad.

Supongo que los ricos como el padre de Joy están siempre persiguiendo una meta que en realidad es el horizonte, que nunca van a alcanzar. ¿Es también la felicidad para ellos?

La cara del padre de Joy aparece en una pantalla de seguridad antes de que hayamos tocado el timbre.

—¡Yi-sunbae osyeotseumnida! —grita.

«¡El mentor Lee está aquí!»

Adentro huele a calor, a ajo y a salvia. Murmuro mi annyong haseyo y me inclino, abrazo a mi madre —ya está aquí, por primera vez ha pedido un taxi por el espejo de mono, muy emocionante— y subo la escalera hasta la habitación de Joy, donde están los Limbos.

—Hola, chicos —les digo.

—Hola, Frank —me contestan los Limbos.

Veo que John Lim y Ella Chang están sentados juntos, aunque sin tocarse. Eso es disciplina.

Andrew Kim está tumbado mirando el teléfono, utilizándolo para lo que él llama «entrenamiento de espejo», que es cuando los actores estudian y perfeccionan sus expresiones faciales.

Joy aparece vestida de negro. Al tomarme de la mano veo que nuestros negros combinan.

—Estás aquí —me dice—. ¿Puedes ayudarme un momento?

—¿Qué?

—En esta habitación.

Me lleva rápidamente a la inmensa oscuridad brillante del dormitorio de sus padres, se gira y me da el beso más largo de la historia de la humanidad.

—Te he extrañado —me dice, y respira.

—Yo también —le contesto, y respiro.

—Espera escapadas como ésta toda la noche.

—Oído.

—Uuuu —dicen dos voces infantiles.

Joy y yo dirigimos la mirada a un rincón de la habitación oscura, donde vemos a dos niños agachados detrás de una maceta.

—¡Ben, chicos, váyanse a otros sitio! —les grita Joy.

Ben, el hermano pequeño de Joy, sale de la habitación riéndose. Lo sigue Anna Kim, la hermana pequeña de Andrew Kim.

Ponemos los ojos en blanco a la vez, nos metemos en nuestro personaje y volvemos a la habitación de los Limbos.

—Si salta, sólo tienes que girar el interruptor —le digo—. Pero apaga todo antes.

—Ahora ya lo sé —me dice Joy—. Gracias.

Los tres Limbos nos miran, nada impresionados con nuestra farsa. A nadie le han interesado nunca los interruptores.

—¿Por qué se molestan en fingir? —nos pregunta Ella—. Díganos simplemente que se escaparon para acostarse.

—Escaparnos para acostarnos —dice John Lim en un tono que suena a «Buena idea, Ella».

—¡Todo el mundo a cenar! —grita una voz desde abajo.

Nos giramos para bajar. John Lim y Ella Chang se entretienen.

Miro a Joy: «Ay, dejémoslos que se entretengan».

La cena es la versión de los padres de Joy de comer en un gastrobar: cervezas artesanales, whiskies, abundante pollo asado, minihamburguesas de ternera, camote frito y esas cosas. Es genial. A los chicos nos dan incluso un surtido de cuatro vasitos de cervezas diferentes —ale, IPA, lager y no tengo ni idea— en una tabla de madera con las palabras BAR SONG impresas. Bastante extravagante.

Los adultos se sientan a la mesa de los adultos. Los hijos mayores nos sentamos a la mesa de los hijos mayores. Los dos hijos pequeños —Ben Song y Anna Kim— se sientan en un sofá lejano con una tableta y juegan Karate Fruit Chop.

Doy un sorbo de algo que se llama Scotch Ale, de inmediato empiezo a sentirme borracho y lo aparto. Andrew Kim se lo bebe de un trago, como si fuera una bebida energética.

—Mis viejos amigos —dice Andrew Kim—. El cielo cambia, y siempre cambiará, una y otra vez.

—¿Qué? —le digo.

Está hablando como un *fake* de Shakespeare. *Fakespeare*.

John Lim da un sorbo a su vasito de cerveza.

—Creo que pretende ser filosófico.

Andrew asiente despacio, como si estuviera en la iglesia.

—En fin, creo que Andrew quiere hablar de los cambios, de la graduación, del verano —dice Ella—. Y de lo que pasará con nosotros después.

—Bueno, supongo que muy pronto descubriremos dónde nos hemos metido —dice Joy—. La preparatoria casi ha terminado. Lo único que podemos hacer hasta entonces es divertirnos, ¿no?

—Es lo único que podemos hacer —dice Ella—. Tenemos que estar abiertos a lo que pueda pasar en la universidad, y así creceremos como individuos.

Joy me mira, la miro y nos apretamos la mano por debajo de la mesa. Llegará el día —pronto, muy pronto— en que se la meteré a Joy por última vez antes de que se vaya al otro extremo del país.

—La verdad es que he intentado no pensarlo —dice Joy.

—Ella y yo iremos a UCLA juntos —dice John muy alegre y despistado.

La primera opción de John y Ella es UCLA, que está muy cerca, y seguro que los dos entran.

—John —dice Ella, y le lanza una mirada reprobatoria.

John abre la boca para decir algo, pero desde la mesa de los adultos llega un grito raro. Es mi padre.

—¡Yo nunca pedido un préstamo! —grita mi padre—. ¡Ni un dólar, ni un centavo!

Joy me aprieta la mano y susurra:

—¿Está borracho?

—Seguramente —le contesto. Lo miro—. La verdad es que no, no ha tocado su cerveza.

Toda la sala se queda en silencio.

—Señor Lee —dice el padre de Joy amablemente, en su excelente inglés—, tienes que entender que los costos previos de mi negocio son tan elevados que dependo del apalancamiento financiero. Así son las cosas en el sector servicios.

—¡No me importa qué es apalancamiento o lo que sea! —dice mi padre, aún en voz alta—. Sólo haces deudas. No haces dinero real. Esta casa no es real. Es del banco.

—¿Qué diablos está pasando? —le susurro a Joy.

—No tengo ni idea —me contesta Joy.

Veo a mi madre agarrando del brazo a mi padre.

—Papá, basta.

Pero mi padre le aparta la mano. Señala al padre de Joy.

—No me criticas. Mi casa toda pagada. No debo nada. Trabajo duro cada día. Dices mi negocio no seguro, me disparan, ¿soy idiota?

—No quise decir eso, señor Lee —dice el padre de Joy—. Fue una broma pesada.

—씨발 이거 완전히 병신같은 새끼네 —dice mi padre alzando la voz—. Alguien te demanda y te arruinas. A mí nadie me demanda. Sólo cobro en efectivo. Nadie me demanda. Estoy bien.

Veo al padre de Joy arrugando la cara. Mi padre acaba de llamarlo imbécil y cabrón. Delante de los invitados. En su propia casa.

—오~그렇게 다 아는 사람이 사는게 겨우 그 정도야? —dice el padre de Joy. No estoy seguro de lo que significa—. Nadie va a demandarte porque no ganaría nada. Nadie quiere tu casa pequeña y vieja. Nadie quiere tu sucio coche descompuesto. Ese coche vale un mes de mi hipoteca. Eso es todo, 이 새끼야.

Los dos se levantan. No entiendo nada de lo que se dicen a continuación. La cabeza me da vueltas demasiado deprisa incluso para escucharlo.

—너는 지금 선배한테 그딴 식으로 말해? —dice mi padre—. 그것도 내 마 누라랑 식구들 앞에서?

—여긴 내 집이야. 내 가족이고. 내가 당신을 여기 초대한거야. 당신 이 예의에 맞게 굴어야지 —dice el padre de Joy.

—내가 니 선배야. 나한테 예의를 지켜야 하는건 너야.

—그냥 실없는 농담이었고 아차 싶어서 사과했잖아. 그런데 당신 열 등감때문에 그걸 가지고 계속 물고 늘어지는 거잖아. 그건 당신 문제지 내 문제가 아니야.

—제발 그만 —dice mi madre.

—상종할 가치도 없어 —dice la madre de Joy.

—그게 무슨 뜻이에요? —dice mi madre, sorprendida.

—알지 모르겠는데, 씨발 지금 여기는 미국이야 —dice el padre de Joy—. 당신이 말하는 선배니 후배니 하는거 여기서는 상관없다고.

—니가 나보다 잘난거 같냐?

252

—암 당연히 내가 낫지. 너보다 집도 좋아. 차도 좋아. 심지어 차도 두대야!

—우리 딸은 대학다녀. 그거 한두푼 드는거 아니다. 우리 아들도 곧 스탠포드 대학에 갈꺼야. 나는 중요한데다 내 돈 쓰지 누구처럼 집이니 차니 쓸데 없는데 안써 —dice mi padre.

—학비 못대줘서 당신 아들 스탠포드 못갈꺼잖아. 뭐 어차피 갈 실력 도 안되지만 —dice el padre de Joy.

De repente algo en mi padre se endurece y muere.

—그래 당신이 나보다 미국엔 먼저 왔어 —dice el padre de Joy—. 그래서 뭐. 한국에서도 가난했고 여기서도 깜둥이나 멕시칸 같은 못사는 애들 상대로 술이나 팔잖아. 아들도 당신이랑 똑같이 끝날꺼야. 우리 딸은 안 그럴 꺼지만.

—¿Papá? —dice Joy.

Su padre no le hace caso.

—그리고 말이야, 우린 서울출신이야. 미국 에 오지만 않았어도 당신 같은 시골 무지랭이랑은 상종도 안했어. 미국만 아니었어도 당신 아들 같은 놈이 어딜 감히 우리 딸을 만나. 아 뭐 그 래. 지금은 지들끼리 잘 지내라 그래. 그래도 우리 딸은 더 낳은 사람 찾 아갈꺼야. 당신 아들? 방탄조끼나 사 입혀.

Mi padre inhala y exhala.

—Nos vamos —dice.

253

27

Estamos bien

Sujeto el volante con las dos manos.

Giro el volante en sentido contrario a las agujas del reloj, y mi cuerpo se desplaza a la derecha.

Giro el volante en el sentido de las agujas del reloj, y mi cuerpo se desplaza a la izquierda.

Tengo el pie derecho apoyado en algo que puede apretarse. Cuando aprieto, presiono mi cuerpo contra el asiento.

Ante mí hay una autopista negra, naranja y gris salpicada de luces rojas, de dos en dos.

Conduzco un coche. Un resistente cinturón me ciñe el pecho y el regazo. Dos luces brillantes me ayudan a ver en la oscuridad.

Esta noche debe de haber luna nueva, porque no encuentro ningún disco blanco en el cielo, como de costumbre. Conduzco en la oscuridad y sigo las líneas que hay delante de mí.

Mi padre está sentado a mi lado.

Mi madre está sentada detrás de él. Deja un vaso de cartón vacío en el agujero cilíndrico del compartimento que está entre los asientos delanteros. Mi padre se lo devuelve.

—No bebo nada —le dice, molesto—. No estoy borracho.

Son las primeras palabras que suenan desde hace largos minutos.

—Papá —le digo.

Alza la voz.

—Tengo cabeza muy clara ahora mismo.

—Papá, ¿qué…?

—No quiero nada de casa de ese hombre —dice mi padre—. Ni comida, ni bebida, ni nada.

—¡Papá! —le grito. Lo que parece sacar a mi padre de sus pensamientos, sean cuales sean—. ¿Qué demonios pasó?

Después de que mi padre dijera «Nos vamos», tomó su chamarra, tomó a su mujer (mi madre) y tomó a su hijo (yo). Señaló nuestros zapatos en el recibidor: «Pongan ahora mismo».

Joy sólo pudo decir «¿Frank?». Parecía aterrorizada. En sus ojos la vi con seis años, y sé que ella también a mí. Estaba produciéndose un movimiento tectónico. La tierra estaba desplazándose y separándose.

Sólo pude encogerme de hombros, muy asustado. «No lo sé», le dije. «Te mandaré un mensaje.»

Y los Li salimos en desbandada, sin decir nada, y nos metimos en el coche, como una familia de barriobajeros huyendo disimuladamente tras haber perpetrado un delito sin sangre.

Y ahora conduzco. El coche avanza a la velocidad del rayo dividiendo el asfalto en grandes pedazos.

—¿Papá? —le digo.

Mi padre no dice nada. Por el retrovisor veo a mi madre desenrollando con cuidado el fondo del vaso y despegándolo hasta que vuelve a ser un círculo de cartón, una luna de cartón que aplasta en la palma de la mano.

—¿Papá? —le digo.

—Un hijo de puta —dice por fin mi padre.

—Papá, basta —le dice mi madre desde atrás.

—Tienes que decirme lo que ha pasado —le digo.

—No confías en nadie —dice mi padre, sin dirigirse a nadie en concreto—. Sólo confías en familia. ¿Amigo? No. Nada.

Miro por el retrovisor buscando ayuda.

—Mamá, dime algo.

—Papá, señor Song hace broma pesada —dice mi madre, ignorándome—. ¿Por qué tan enojado?

—Enseña su verdadero carácter, cae piel como serpiente —le dice mi padre—. Biblia dice: «Ay de los que hacen planes malvados».

—Biblia dice que tienes que perdonar —le dice mi madre.

—Que lo perdona Dios —dice mi padre—. No es mi problema.

Se acerca una valla de flechas amarillas y negras, y estoy tentado de empotrar el coche contra ella. ¿Por qué diablos no me lo explican?

—Mamá —digo entre dientes—, ¿qué pasó?

—Aigu —dice mi madre. Suspira, como diciendo «¿Por dónde empiezo?»—. Señor Song. Burla de papá, ¿vale la pena que pegan tiro en sitio que no ganas dinero? Dice que en Navidad regala a papá bonito chaleco antibalas, de la marca Gucci.

Mi padre murmura para sí mismo.

—Bueno, es una broma de mierda —le digo.

—No dices palabrotas —me dice mi padre distraídamente, por instinto.

—Papá dice no burlas, trabajo duro —dice mi madre—. ¡Señor Song pide perdón! Pero papá sigue. Dice que negocio del señor Song es mentira, no buen negocio, sólo hace deudas.

Estoy confundido.

—¿Cómo?

—¿Por qué enojado, papá? —le pregunta mi madre.

—Señor Song —dice mi padre fingiendo tranquilidad— pide préstamos, ¿está bien? Muchos préstamos. Todos los días trabaja, negocio de muebles de oficina, todos los días tiene que pagar deudas a mucha gente. ¿Un día no paga? Ay, ay. Todo negocio hundido. Un castillo de naipes. ¿Conoces la expresión «castillo de naipes»?

—Sí, papá, sé lo que quiere decir «castillo de naipes».

Pero sigo sin entender por qué se enoja tanto. Le pregunto a mi padre con cautela, como si hablara a una bomba.

—¿Estás diciendo que te enojas con el señor Song porque… pide demasiados préstamos?

—No —me contesta mi padre—. Señor Song cree mejor que nosotros. Pero ¿mi situación? No tengo deudas. Soy libre. No debo nada a nadie. Señor Song siempre esclavo financiero. Y burla de nuestra familia.

—¿Porque envidia nuestra seguridad? —le pregunto.

—No —dice mi madre desde atrás—. Señor Song cree mejor porque somos de campo, de Gwangju. Señor y señora Song de Seúl. ¿Conoces barrio Gangnam? Barrio rico. En universidad vamos misma clase, pero siempre tratan como clase baja.

—Espera, entonces ¿siempre se han burlado de ustedes? —les pregunto.

—Aigu, siempre hablan hablan hablan, burlan mi acento. Acento de papá también.

Y mi madre se ríe. Si no conociera a mi madre, pensaría que es totalmente idiota, pero sé que se ríe porque está nerviosa.

Mi mente se aleja rápidamente.

Observo todas las Reuniones que hemos celebrado durante años. Los padres platicando como si estuvieran en la mejor fiesta del mundo, y los Limbos pasando el rato en el piso de arriba.

Pero ¿en realidad estaban picando a mis padres todo el tiempo? ¿Mis padres han estado aguantando bromas pesadas para no arruinar la noche? ¿Tragándoselas y aguantando?

No tenía ni idea. Ninguno de los Limbos tenía ni idea. Siempre había pensado que estaban juntos en su Gran Aventura Americana, en la que el simple hecho de ser coreano en otro país bastaba para que se consideraran familia.

Ahora me pregunto por qué otros dramas pasarían nuestros padres ante nuestras narices.

Nunca nos hablaban de ellos, por supuesto. Su labor era proporcionarnos lo necesario, y nuestra labor era estudiar. No querían distraernos con sus tonterías.

Lo entiendo. De verdad. Pero quiero saber las tonterías. Las tonterías hacen que vea a los padres y todas las Reuniones desde una perspectiva totalmente nueva. De repente me muero por saber quiénes son realmente estos padres. Porque eso es lo que hacen los hijos, ¿no? Observar a sus padres. Aprender. Ver qué partes de ti proceden de ellos.

En el coche, mientras las luces naranjas amanecen-atardecen-amanecen-atardecen rápidamente, observo a mis padres con una mirada nueva, como si fueran personajes de una historia. Los veo como pueblerinos silvestres en una preparatoria rural. Como novios en una gran universidad de Seúl. Como joven pareja en otro país. Como marido y mujer.

—Entonces vas a disculparte, ¿verdad? —le pregunto a mi padre en tono esperanzado.

Pero mi padre se mantiene firme.

—No hago nada malo. Señor Song tiene que pedirme perdón primero.

—Papá, Biblia dice... —interviene mi madre.

—También dice cosas muy malas de ti —me dice mi padre.

—¿De mí? —le pregunto—. ¿Qué ha dicho de mí?

—Aigu, da igual —dice mi madre.

—Dice mejor compras chaleco antibalas tú también —me dice mi padre.

Entorno los ojos, confundido. ¿El padre de Joy ha hablado mal también de mí?

—No quiero nada más con familia Song —dice mi padre—. Todos saben que hacen mal. Señor Song sabe. Joy sabe.

Levanto las cejas.

—Espera. Papá.

Mi padre no dice nada.

Pongo el intermitente, tic-tic-tic, y tomo la salida.

—Papá, ¿estás diciendo que no quieres que me relacione con Joy?

—Soy libre —me dice mi padre—. Tú también libre. Haces tu propio camino.

—¿Estás diciendo que no quieres que vea a Joy por tus tonterías con el señor Song?

—Frankie, tranquilo —me dice mi madre.

—Tú haces tu camino —me dice mi padre—. No voy a pararte. Tú tomas tu decisión y tienes tu consecuencia, ¿está bien? ¿Entiendes lo que digo?

—No, no entiendo lo que dices —le contesto.

—Frankie, no corres tanto —me dice mi madre.

—No entiendo lo que está pasando —digo—. ¿Estás diciendo o no estás diciendo que ya no puedo ver a Joy?

—Tú haces tu propio camino —me dice mi padre en voz baja.

A estas alturas ya casi estoy totalmente loco.

—No puedo creer lo que estoy oyendo —le digo—. Querías que saliera con una chica coreana. Salí con una chica coreana. Te di lo que querías. Puta madre, ¿y ahora me dices que la chica coreana no es la correcta?

—Frankie, no dices grosería —me dice mi madre.

—No corres tanto —me dice mi padre.

—No, en serio —les digo—. ¿Con qué chica quieren que salga? Díganmelo. ¿Okey? Elijan el pelo que quieren, los ojos grandes que quieren y toda esa mierda. Adelante.

—¿Por qué gritas? —me pregunta mi madre.

—¡No los entiendo, maldita sea! —grito.

—Frankie —me dice mi padre.

—Si doy un paso en falso, si me equivoco, ¿van a repudiarme también a mí? —les pregunto—. No puedo ganar.

—Frankie, basta —me dice mi madre.

—¿Van a hacerlo? —les pregunto—. Maldición, ¿de verdad vinieron a este país a criar a dos hijos para no volver a dirigirles la palabra?

Pasamos por un bache. Quiero pasar por todos los baches hasta que esta mierda de coche se caiga en pedazos. Mi padre hace un ruido, como un balbuceo, y cuando lo miro lo veo haciendo una mueca de dolor.

—Frankie, conduce con cuidado —me dice mi padre—. Por favor.

Mi rabia se detiene ante las palabras «por favor». Mi padre nunca dice «por favor».

Mi padre parece mareado de miedo.

—Mamá —dice mi padre—, dame vaso, vaso, vaso.

Mi madre mira el cono de cartón y el círculo lunar aplastado.

—No hay más vaso, papá —le dice mi madre.

Está agarrada al asiento de mi padre y al mío.

—¡Frankie, para! —me grita mi madre—. ¡Paraparapara!

Paro el coche. Por suerte, estamos en un largo tramo de carretera vacía y sin luz, porque cuando mi padre abre la puerta para vomitar, no pasan coches que puedan verlo.

—¿Estás borracho? —le pregunto, aunque ya sé que no. Pregunto por pura confusión.

Miro a mi madre, que no me contesta. Tampoco mi padre. Se limita a cerrar la puerta.

—Estoy bien —dice mi padre—. Vamos a casa, Frankie.

Llegamos a casa. Limita con una pared de concreto que la separa de la autopista. Me estaciono en nuestro camino manchado de aceite y flanqueado por hierbajos cafés. Dicen que los inmigrantes llevan su estética a los lugares a los que van, y ahora sé que es verdad. Seguramente a los niños coreanos de los años ochenta nuestra casa les parecería una mansión.

Salgo del coche y ayudo a mi madre a llevar a mi padre a casa.

—¿Comiste algo raro? —le pregunto.

—Estoy bien —se limita a decir mi padre.

Quiero darle un puñetazo, pero de repente parece que un simple puñetazo lo mataría.

Entramos a la casa.

—Voy a acostar —dice mi padre, y desaparece lentamente escaleras arriba.

Lo oigo meterse en la cama, y la casa se queda en silencio. Estamos sólo mi madre y yo, de pie entre los zapatos del recibidor.

—Mamá, ¿qué pasa? —le pregunto, casi en un susurro.

—Papá está bien —me contesta.

Parpadea. Le cuelga una lágrima de las pestañas.

—Mamá, ¿está bien papá?

—Vas a dormir —me dice mi madre—. Ya hablamos.

—Mamá.

—No te preocupas de nada —me dice mi madre—. Ya hablamos. Estamos bien.

—Te pregunté por papá.

—Vas a dormir, Frankie —se limita a decirme mi madre.

Sube la escalera y me deja solo.

* * *

Cuando por fin empiezo a quedarme dormido, sueño con una mano fría en mi frente. ¿Es de Joy? Abro los ojos.

No es un sueño. Tengo una mano fría en la frente. De mi madre.

Mi madre está sentada en mi cama, en la oscuridad, con su piyama, tocándome la frente. No está comprobando si tengo fiebre ni nada de eso. Sólo está ahí, apoyando la mano en mi frente.

Una repentina ternura me acelera el corazón. Muchísimas veces ha entrado a tocarme la frente mientras estaba medio dormido. A mí, su niño, que mientras dormía iba creciendo para hacerme cada vez más alto, más fuerte, para hacerme mayor y alejarme de ella tanto si ella quería como si no.

Dos líneas brillan en la oscuridad. Son las dos rayas de sus lágrimas.

—Mamá —le digo sin moverme.

—Papá está muy triste —me dice mi madre.

—Siento haber perdido los estribos —murmuro—. No tendría que haberle gritado.

—No pasa nada. Papá te quiere mucho.

Mi ternura se contrae en miedo. Nunca nos decimos estas cosas.

—¿Está bien papá?

—Revisan herida de bala, escanean todo pecho de papá, PET o algo así.

Veo a mi madre parpadeando y creando nuevos rastros húmedos en sus mejillas. He visto llorar a mi madre muy pocas veces. Su manera de llorar es la más aterradora. No solloza ni resopla. Sólo lágrimas silenciosas, como si sus ojos tuvieran una fuga que no va a detenerse.

—Doctor dice pulmón está bien, herida de bala está bien, pero encuentran bultito en pecho —me dice mi madre—. Muchos bultitos. Dice como árbol de Navidad. Doctor como tú, coreano yisei, segunda generación, sólo habla inglés.

—¿Qué estás diciendo, mamá?

Se lo pregunto en voz baja, muy asustado.

—Pregunto qué son tantos bultitos por todas partes. Doctor dice carcinoma de células pequeñas. Pregunto qué es carcinoma.

No puedo decir la palabra.

—Doctor dice papá mejor empieza quimioterapia, así que papá empieza.

Cáncer.

—Al principio, papá bien, no síntomas.

Cáncer.

—Luego papá más enfermo, más enfermo, más enfermo. No tiene hambre.

Cáncer.

—Hago jugo de verduras y medicina china, hanyak. Quizas ayuda. Espero. Espero.

Y mi madre no sabe qué más decirme.

El calor de mi frente le ha humedecido la mano, así que la cambia por la otra.

—¿Por qué no me lo dijiste? —le pregunto.

—No quiere que te preocupas —me contesta mi madre.

—¿Qué quieres decir? Mamá, tengo que saber estas cosas.

—Si te preocupas, te da estrés.

—¿Cuándo lo supiste?

—Si te preocupas, malas calificaciones en SAT.

—¿Lo sabes desde hace tanto? Por Dios, mamá.

—Frankie, protegemos tu futuro. Me entiendes, ¿verdad?

Lo entiendo y no lo entiendo. No me explico cómo han conseguido ocultármelo. Llevan semanas fingiendo.

—¿Lo sabe alguien de las Reuniones? —le pregunto.

—Ay, no —me contesta mi madre, muy seria—. Si decimos algo, todos muy preocupados. Todos hablan y hablan, mucho estrés. Esperamos que papá está mejor y decimos a todo el mundo. Espero. Espero.

La voz de mi madre se reduce hasta quedarse en nada. La miro fijamente un buen rato. Está mirando algo de mi habitación. Mi luz nocturna, que tengo desde niño. Dos ángeles acurrucados, durmiendo en una nube en el cielo. Siempre he pensado que éramos Hanna y yo. Pero ahora pienso que podrían ser mis padres.

—¿Va a curarse? —le pregunto por fin.

—Doctor dice seis meses —me contesta mi madre. Asiente para sí misma distraídamente, en la oscuridad—. Seis meses, quizá doce, sí. De seis a doce meses.

Me quedo en blanco.

Mi madre abre la boca y veo sus dientes brillantes.

—¿Por qué tiene cáncer? Come muy bien. No fuma, no toma drogas. No bebe mucho. Quizá trabaja demasiado. Pero duerme bien. ¿Por qué tiene cáncer?

Ahora me toca a mí llorar. Mi madre me quita las lágrimas de los ojos con los pulgares y se los seca en los hombros.

—Rezas a Dios cada día —me dice mi madre—. Yo rezo cada día.

—Está bien —le digo, aunque no sé si voy a rezar. Sólo digo que está bien por mi madre. «Está bien» es mi oración.

Ahora entiendo que mi padre se volviera loco en la fiesta. En la vida de mi padre ya no queda espacio para que nadie le eche más mierda. Todo el espacio lo ocupa algo grande. No hay nada más grande en el mundo.

Mi madre se va.

Sigo tumbado en la cama. Siento que entra aire que ocupa el vacío que ha dejado su ausencia. Me hundo. Algo me empuja desde arriba. El pánico.

Se acerca el final.

Érase una vez mi padre. Nació. Creció entre un montón de problemas. No estoy enterado de los detalles. Se casó con mi madre, se trasladó a este país y abrió La Tienda. Trabajó cada día sin descanso.

Y ahora se acerca el final.

¿Cuánto sé de mi padre? Nunca me cuenta nada de su infancia, ni de su vida de adulto, por cierto. Sé algunas cosas básicas: su fecha y su lugar de nacimiento, qué comida le gusta, sus poetas ingleses favoritos y cosas así. Pero ahora me doy cuenta de que no es mucho. Pero ¿cuánto puede saberse de una persona? Mi padre asumió su papel de mantener a la familia, esperó que yo asumiera mi papel de buen alumno, y los dos nos matamos a trabajar y nunca levantamos la mirada.

Aunque está el jeong, el tiempo para crear vínculos en silencio. Así que empiezo a calcular el tiempo que hemos pasado juntos. Unos minutos cada noche. Los domingos en La Tienda los dos últimos veranos. Hago un cálculo aproximado.

Unas trescientas horas en total. Poco más de doce días.

¿Quién es este hombre que era mi padre?

Es, Frank. Aún no se ha muerto.

Pero se morirá.

El pánico vuelve a apoderarse de mí. Respiro cada vez más deprisa. Hundo la cabeza en la almohada para amortiguar mi llanto y me pregunto por el frío misterio de todo esto, frío como una estatua en ruinas a la luz de la luna cuyo significado se ha perdido hace mucho tiempo. Mi padre —ese hombre en cuya casa vivo— tiene pistas sobre quién soy. Hay cosas que hago, que digo, que me gustan y en las que destaco que pueden tener su origen en él, pero ahora nunca lo sabré.

Estoy muy asustado porque me doy cuenta de que toda la vida he deseado desesperadamente conocer a mi padre. Supe hace mucho que con una impenetrable estatua en ruinas como él era una esperanza imposible. Así que me rendí. Además, fingí que no me importaba no llegar a conocerlo. Fingí que me parecía bien vivir como un Limbo, sin formar parte de ningún sitio, un hijo sin la más mínima relación con el hombre que lo engendró.

Pero resulta que me importa mucho. Siempre me ha importado.

Y ahora que se acerca el final, ahora sé que el misterio eterno de mi padre seguirá siendo exactamente eso, un misterio eterno.

¿Debería haber trabajado más con él en La Tienda?

¿Debería haber aprendido mejor el coreano?

¿Debería haberme esforzado más?

Y por último:

¿He hecho feliz a mi padre?

Tardo horas en quedarme dormido.

Cuando me duermo, tengo un sueño demencial, pero muy vívido.

Estoy en un gran bosque lleno de árboles negros y húmedos. Luces rojas cuelgan de todos ellos. Debe de haber luna nueva, porque no encuentro ningún disco blanco en el cielo, ni de medio centímetro de diámetro ni de otro tamaño, ni sol ni luna. El suelo es esponjoso. Se eleva y desciende lentamente.

Este bosque no está dentro de los límites finitos de los pulmones de mi padre. Este bosque es infinito, y deambulo durante horas, días y semanas buscando una salida. Hago lo posible por no tocar los árboles. Su negra humedad me manchará. Pero tras horas, días y semanas buscando, tengo manchas aquí y allá, líneas oscuras de lodo, y sigo atrapado.

Esta vez estoy solo. No está Brit con su vestido amarillo futurista. No está Joy mirándome desde afuera por un agujero. Sólo yo.

Al final me doy cuenta de algo. Este bosque es como es porque aquí no hay amor. ¿Quién aceptaría un lugar tan repugnante? La ausencia de amor es la clave. Estoy seguro. Me acerco a un árbol por probar, respiro hondo y rodeo el tronco con los brazos.

La corteza está tibia, es viscosa y agria como un medicamento. Cierro los ojos y abrazo el tronco con más fuerza. Siento que las ramas empiezan a moverse a mi alrededor. Llegan de todas partes, van acercándose a mí a medida que aprieto. Pronto estoy cubierto de ramas negras. Me dan tanto calor que me asfixian.

De repente los árboles se alejan. No puedo levantar los pies. He echado raíces en el suelo esponjoso. Estoy cubierto de pies a cabeza de un mejunje pegajoso. En mi pecho empieza a brillar una luz roja. Es mi corazón, y es la luz roja más brillante de todas. Ahora soy un árbol negro justo en el centro del bosque negro.

Parpadeo. De repente el fango se ha evaporado y ha dejado los árboles secos, grises y limpios. Miro hacia abajo. Ahora yo también estoy limpio.

Vuelvo a parpadear, y ha empezado a salir un sol.

Parpadeo: ahora los árboles tienen color y están llenos de brillantes hojas verdes.

Parpadeo: se separan y forman un túnel de vegetación que conduce a una salida. El bosque deja que me marche. Salgo a un prado lleno de gente, de picnics y de niños jugando en la tierra cálida, que late con cada enérgico paso.

Parpadeo, y es de día en mi habitación.

Estoy despierto.

Tú

haces

tu propio

camino

28

Hola, ironía

Estoy despierto.

El sol de mierda lanza sus rayos por detrás del árbol del otro lado de mi ventana, muy contento. Parece tarde. ¿Cuánto dormí? Miro el despertador —un viejo modelo analógico plegable, no dejo el espejo de mono en la mesita— y veo que son casi las once y media.

Soy un adolescente. Se supone que tenemos que dormir mucho. Pero las once y media me parece excesivo, incluso a mí.

Me levanto. Me baño hasta que me pongo rojo. Tengo que cortarme el pelo. Cuando me peino el pelo mojado, es tan largo que puedo hacerme una cola de caballo con una vieja liga de Hanna. Lo dejo así —¿por qué no?— y me pongo ropa de verano: shorts, camiseta de Front 242 y muñequeras, todo ello en diferentes tonos de negro.

Atuendo de verano.

Ya casi llega el verano.

Estamos a treinta grados, y como esto es el sur de California, seguirá así hasta que vuelva a empezar la escuela. Pero cuando vuelva a empezar la escuela, yo ya no estaré aquí. Ninguno de nosotros. Estaremos todos en otro sitio, dependiendo de la voluntad de los dioses de las admisiones.

Zum-zum.

«¿Estás bien?», me pregunta Joy.

«Acabo de despertarme —le contesto—. Una noche dura.»

«¿Qué diablos pasó? —me dice Joy—. ¿De repente nuestras familias se odian o qué?»

Es eso, pero también no lo es.

«¿Yubs?», me dice Joy.

Me siento.

«Es sencicado —le digo—. Te lo contaré todo en persona.»

«Dicen que no quieren que vuelva a verte —me dice Joy—. No entiendo qué está pasando.»

«A mí me dijeron lo mismo —le digo—. Tenemos que hablar.»

«Espérame un segundo —me dice Joy—. Estoy comprando cosas para la residencia.»

Cosas para la residencia universitaria.

Uf.

«Un poco pronto, ¿no crees?», le digo.

«Lo único que odio más que ir de compras es hacer largas colas para pagar», me dice Joy.

Espero a que me siga escribiendo, pero supongo que está ocupada. Bajo y encuentro en la encimera una caja rosa y algo de dinero. Abro la caja, que contiene donas y una nota.

Hoy no trabajas en Tienda OK Frankie no te preocupas papá estará bien. Yo voy a ayudar tú descansas puedes ir a casa de Q a jugar ¿OK? No te preocupas por nada te quiero.

MAMÁ

Miro fijamente las palabras «Te quiero».

—Yo también te quiero, mamá —digo, sobre todo para ver cómo suena.

Suena raro y un poco vergonzoso, como una frase en lengua extranjera —*Je t'aime, maman*—, pero me da igual.

No puedo creer que mi padre siga yendo a La Tienda sabiendo que tiene una enfermedad terminal. Aunque lleva semanas yendo a La Tienda. Lo sabe desde hace semanas. ¿Y si fuera yo? Si me hubiera enterado de que me quedan entre seis y doce meses. Lo dejaría todo e iría a tirarme en paracaídas, a carreras de coches, a festivales de música, haría cualquier cosa menos quedarme en La Tienda.

Pero eso es porque no sé nada de la vida, y por lo tanto soy un idiota.

Mi padre ha trabajo duro en La Tienda, con mi madre. Conoce a todos los que entran. Mis padres trabajan cada día, y por la noche apilan las facturas en la mesa de centro y hacen las cuentas.

A mi padre, La Tienda debe de proporcionarle un consuelo que yo no puedo imaginar.

Tirarse en paracaídas no proporciona consuelo. Ni las carreras de coches, ni los festivales de música, ni bla, bla, bla.

Si ahora mismo descubriera que me quedan de seis a doce meses, ¿dónde encontraría consuelo?

Vuelvo a mirar el celular.

«Quiero verte», digo.

«Quiero verte», me dice Joy a la vez.

«Diablos», digo.

«¿Dónde?», me pregunta Joy.

«No me importa, sinceramente —le contesto—. Decide tú.»

«¿Cafe Adagio?», me pregunta Joy.

«Ay. Hoy no quiero ver a gente.»

«¿La playa? ¿Un paseo?»

«¿Qué te parece venir aquí?», le pregunto.

«¿Después de lo que pasó ayer? ¿No estará tu madre?»

«Hoy estará en La Tienda hasta las tres.»

«¿Por qué?»

«Circunstancias imprevistas.»

«¿Estás seguro, yubs?»

«Ven y ya está.»

Guardo el celular en el bolsillo, y la casa se queda en silencio, a excepción del ruido de fondo del tráfico que pasa por encima del muro. Caigo en la cuenta de que nunca he grabado este ruido. Debería. Pero ahora no puedo perder tiempo.

Subo a la habitación de Hanna.

Parece que se fue sin pensarlo demasiado. Todo está igual, pósters de películas en las paredes, estanterías llenas de viejos CD, vinilos y libros esperando a que vuelva y lo ordene todo. Me pregunto si mis padres esperan que regrese algún día. Quizá por eso han dejado su habitación intacta.

Me tiro en su cama. Siento el peso del celular en el bolsillo.

¿Sabe ya mi hermana lo de mi padre?

Imagino a Hanna enterándose de lo de mi padre por uno de los locos emails de mi madre, y la mezcla de terror, frustración y rabia que le provocaría. Me pregunto si Hanna debe enterarse de algo así por un email de mi madre —ya no hablan por teléfono— o si debería decírselo yo.

Llamo a Hanna.

«Hola, soy Hanna, deja un mensaje.»

Cuelgo.

Me gusta la habitación de Hanna. La habitación de Hanna es genial. No me importa que seguramente la haya dejado atrás hace mucho, junto con todo lo que contiene.

Extraño a mi hermana mayor.

«Estoy en tu habitación viendo todas tus mierdas», le escribo.

Hanna no me contesta.

Voy a la habitación de invitados, que llamamos cuarto de cachivaches porque casi nunca tenemos invitados. En el fondo del armario —en el fondo del todo— hay una vieja maleta negra de Legionite, una empresa de la década de 1970 que ya no existe.

Giro las ruedas de los cierres de latón con los pulgares: 7-7-7 para el izquierdo, y 9-9-9 para el derecho.

Dentro de la maleta hay artilugios de otro tiempo. Entre ellos:

• Una placa de un restaurante que ya no existe llamado Cup-N-Saucer, con los alegres personajes de cómic del mismo nombre y la palabra «Diane». Diane es el nombre inglés de mi madre. D+I+A+N+E+L+I son siete letras.

• Un paquete de diez bolígrafos sin estrenar con la dirección de Eat My Krust Sandwiches, uno de los primeros negocios de mis padres. Los bolígrafos son tan viejos que los números de teléfono ni siquiera llevan prefijos.

• Un pequeño ábaco de madera.

• Un libro en coreano sobre literatura victoriana lleno de párrafos subrayados. En la portada interior pone PROPIEDAD DE FRANK LI en la espantosa letra de mi padre. Frank es el nombre inglés de mi padre. También el mío.

• Un viejo anuario de la preparatoria de mi madre. Lo abro por su foto —la página tiene la esquina doblada— y la veo a mi edad. Es guapa. Lleva uniforme. Todos los chicos llevan uniforme. Todo está en coreano. No hay firmas a mano, porque supongo que, en aquel entonces, en el campo coreano nadie hacía esas cosas en un objeto tan caro.

• Tres sellos de mármol y una caja negra lacada que al desenroscarse muestra una almohadilla de tinta roja.

Todo en la maleta me da ganas de llorar, y sé por qué. Porque es una maleta muy pequeña y ligera —en aquella época no se llevaba tanto equipaje—, pero lo contiene todo.

Mi padre se morirá pronto.

Un día mi madre también se morirá.

Quizá tendré hijos algún día. Me preguntarán por mi vida. Será fácil responderles. Hablaremos el mismo inglés. Podremos buscar todas mis cosas en internet, si aún lo llamamos internet. Hablaremos de mis esperanzas, de mis sueños, de mis miedos, y los compararemos con sus esperanzas, sus sueños y sus miedos. Entonces nos diremos abiertamente «Te quiero» y nos abrazaremos, porque los estadounidenses se abrazan, mierda.

Luego me preguntarán por las cosas de esta maleta y no podré explicarles ni la mitad. Ni siquiera aproximadamente. Esta pequeña y ligera maleta será para ellos lo que es para mí.

Una wunderkammer.

Zum-zum. «Estoy estacionada en la calle —me dice Joy—. ¿Todo despejado?»

Me seco los ojos y me levanto.

«Estaré en la puerta», le contesto.

Cuando abro, Joy está fuera, al calor, con su vestido de verano.

—Hola —le digo.

Joy me toma la cara y me da un beso, y por un momento es el único sonido en toda la casa.

—¿Qué pasa? —me pregunta, porque Joy sabe cuándo besa a una estatua.

Quiero contárselo. Pero no aquí. Seguramente lloraré. Las lágrimas me marearán y me caeré, me daré un golpe en la cabeza con la figurita de bronce del caballo salvaje derribando a un sorprendido niño cowboy y sufriré una conmoción cerebral. Así que le digo:

—¿Quieres ver cosas viejas geniales?

Y la llevo hasta la maleta.

—¿Estás bien? —me pregunta Joy.

—Sí —le digo sin dejar de caminar—. No.

—Ayer montaron un número de mierda.

La siento en la alfombra, que es blanda y no provoca conmociones cerebrales, delante de la maleta.

—Ay —dice Joy—. ¿Son todas las cosas viejas de tus padres?

Asiento. Una maleta pequeña. Se me llenan los ojos de lágrimas, así que me tiro y dejo que se acumulen como si atrapara gotas de lluvia.

—Eh —me dice Joy. Se tira encima de mí y me acaricia la mejilla—. Eh, eh, eh.

Resoplo. Siento el loco deseo de poner verde a su padre, aquí, delante de Joy, por haber hablado mal de mí. Pero me contengo.

—¿Qué te dijeron tus padres sobre lo de ayer?

Joy mueve el pelo.

—Que tu padre no tiene sentido del humor. Mi padre dio a entender que es porque tus padres son de campo. ¿Es verdad?

Parpadeo sobre las gotas de lluvia.

—Parece que sí.

—De campo.

—Y parece que tus padres se burlan de los míos básicamente desde que se conocen.

Joy retrocede al escucharme.

—Así que ¿mis padres son pitos rey?

«Pito rey» es una broma nuestra, porque «rey» es *wang* en coreano, y *wang* es «pito» en inglés vulgar, así que es como si dijéramos *wang wang*. Aunque me siento fatal, no puedo evitar reírme un poco.

Así es Joy.

—O eso, o mi padre es un psicópata con complejo de inferioridad —le digo.

—Mierda —dice Joy.

—O las dos cosas —le digo.

—¿Hablamos de nuestros padres? —me pregunta Joy.

—Eso parece —le contesto.

Cierro la maleta. La meto en el fondo del armario y lo cierro.

Joy mira fijamente el rectángulo aplanado de la alfombra donde había estado la maleta.

—Ahora mismo los odio.

—Alguien me dijo una vez que tienes que odiar a tus padres para poder separarte de ellos —le digo.

—No tiene ningún sentido —me dice Joy—. Sólo digo que los odio ahora mismo, no para siempre, porque espero que se den cuenta y dejen de ser idiotas.

Veo su mirada desafiante. Puede poner una mirada desafiante porque no sabe toda la historia. Ojalá yo pudiera ser desafiante. Sería más sencillo.

—Mi padre… —empiezo a decir, pero vuelven a saltárseme las lágrimas.

Joy me agarra.

—Oye, su relación es su relación, no tiene nada que ver con la nuestra. ¿Okey?

Tiene razón, pero en realidad no es ése el problema, para nada, aunque ella no lo sabe, y ahora mismo no quiero hablar. Ahora mismo no soporto la idea de hablar.

Así que la beso. El beso nos asombra tanto a los dos que tenemos que volver a besarnos para asegurarnos de que ambos sentimos lo mismo, y otra vez, y otra. Cada beso arroja agua tibia sobre mi mente acelerada. La calma.

Dejo que me tumbe. Dejo que las cosas se tomen todo el tiempo que necesiten. No hay prisa. No hay expectativas. Me dejo arrastrar de una sensación a la siguiente.

Y luego, cuando los dos estamos tirados en un paralelogramo de luz polvorienta, me aferro a ella porque resulta que es lo que necesito ahora mismo, estar desnudo y sentirme vulnerable, pero a la vez seguro entre sus brazos. Jadeamos. Ante mí veo sus brillantes pupilas, los pelillos de sus sienes, el pequeño lunar en su pecho. El aire de la habitación parece reducirse con el movimiento de nuestros torsos.

—Mi padre tiene cáncer —le digo por fin.

—¿Qué?

—El médico ha dicho de seis a doce meses.

—¿Qué?

—...

—Ay, no —dice Joy. Y lo repite—: Ay, no, ay, no.

Me pregunta qué tipo de cáncer, cuándo se enteró y esas cosas. Se lo cuento. Me dice que ahora lo entiende, que ahora entiende por qué mi padre se volvió loco en la fiesta. Cualquiera que estuviera soportando esa presión saltaría. Lo entiende rápidamente, porque es Joy.

—Tengo que decírselo a mis padres —me dice Joy.

—No se lo digas.

—Pero así entenderían por qué tu padre se enojó tanto.

—Mi madre no quiere que nadie lo sepa. Dice que sería muy estresante.

—Pero... si yo tuviera cáncer, lo primero que haría es contárselo a mis mejores amigos.

—Teme abrumar a los demás con la mala noticia —le digo—. Dice que quiere esperar a que mi padre esté un poco mejor para contárselo a todos.

Joy pone mala cara.

—Pero, yubs...

—Lo sé.

—Tu padre no va a mejorar.

—Lo sé.

Lloro y hundo la cara en su cuello.

Joy me dice «Shh», porque ¿qué otra cosa va a decirme? Me sujeta la cabeza y me mece un buen rato. Por un momento siento que voy a quedarme dormido. Joy dice «Shh» y «Shh», una y otra vez, y quiero que nunca se detenga.

Joy se da cuenta de algo y respira hondo.

—Supongo que durante un tiempo deberíamos no llamar demasiado la atención.

Joy tiene razón. Porque imagina que mi padre llega a casa y encuentra a la hija de su exmejor amigo. No gritaría, ni echaría a Joy, ni me acusaría de traición. Nada tan dramático.

Pero se pondría muy triste. Y el cáncer se alimenta de tristeza. En este sentido, el cáncer es malvado como él solo.

—Sí, tienes razón —le digo.

—Justo cuando habíamos dejado de fingir que salíamos —me dice Joy.

—Hola, ironía —le digo.

—¿Volvemos al calendario común?

—No —le contesto—. Ya somos profesionales.

Joy me lanza una sonrisita. Luego se queda seria. Fue una broma triste.

—Ya veremos lo que hacemos —le digo—. Aún nos queda tiempo.

—Nos queda tiempo —dice Joy.

Mi cabeza susurra: «Quiero alejarme de todo esto». No sé qué significa exactamente. Pero no me atrevo a decirlo en voz alta. No mientras Joy y yo estemos aquí tirados, bajo este cálido rayo de sol. «Quiero alejarme de todo esto» parece implicar que Joy es parte del problema. «Quiero alejarme de todo esto» parece implicar que quiero romper con ella, y no quiero.

«Pero simplificaría las cosas, ¿verdad?», susurra mi cabeza.

«Claro —le contesto—. También simplificaría las cosas vivir solo en un búnker.»

Joy es parte del problema, yo soy parte del problema, mis padres son parte del problema, y así sucesivamente. Todos somos parte del problema, queramos o no. Todos son parte del problema, y todos son parte de la solución, y por eso todo es tan exasperante.

Creo que lo que de verdad quiero decir es «Ojalá fuera más sencillo». Pero me da la sensación de que últimamente lo he dicho muchas veces. Cada vez duele un poco más.

El verano llegará y acabará. Seguramente mi padre se morirá. En coreano, «morirse» es *doragada*, que significa «regresar».

Por Dios, ¿regresar adónde?

Joy se marcha.

Luego mi madre vuelve a casa, sólo diez minutos después de que se marchó Joy. Joy y yo somos expertos en no llamar la atención.

Hola, ironía.

Normalmente mi madre se preocupa por mí cuando vuelve a casa: «Comes algo», «Vas a jugar a casa de Q», «Estudias para el SAT» y esas cosas. Pero se limita a sentarse a la mesa del comedor, que nunca utilizamos, y escuchar el tráfico de la autopista.

—Tienda hoy mucho calor —me dice mi madre.

—¿Encendió papá el aire acondicionado?

—¡No! —grita mi madre—. Muy tacaño.

Quiero decir «¿Qué diablos espera?», molesto, pero se me pasa.

—Aigu, hoy muy cansada —me dice mi madre.

Se dirige al sofá y se sienta.

Mi madre respira hondo, retiene el aire y suelta un gran suspiro. Se pasa las muñecas por los ojos.

—Mamá muy cansada —me dice.

Veo que se queda adormilada.

—Mucho calor —murmura mi madre, aunque no hace tanto calor—. Frankie, ¿abres la ventana?

Abro las ventanas para que entre la brisa.

—¿Mejor? —le pregunto.

Pero mi madre no me contesta, porque ya está inmóvil.

Las cortinas blancas de las ventanas abiertas se ondulan de un lado a otro sin hacer ruido. De un lado a otro, movidas por la respiración del viento, que el sol calienta.

29

Delgados y gordos

La Era de la Preparatoria se desintegra lentamente y da paso a una orgía preapocalíptica de abandono sin sentido. La gente sale de la escuela para comer fuera del campus. Suena el timbre, pero no hacen caso y siguen tirados en el pasto o haciendo cualquier cosa. Hay una reunión obligatoria para que la asociación de alumnos explique lo que ha hecho, pero casi nadie se presenta. No va ni la presidenta de la preparatoria. A los cinco minutos, alguien de entre el público lanza al escenario un puñado de tortillas de maíz, y el subdirector levanta las manos y se marcha.

El señor Soft previó la llegada de esta proverbial tormenta de tortillas. El señor Soft está preparado. Trajo de casa su espantoso proyector 8K —al parecer en su tiempo libre es un ávido bloguero de cine— y nos deja ver cualquier cosa que esté en CD. Ha traído incluso una pequeña máquina de hacer palomitas. Nada de cálculo. Palomitas y películas a las siete de la mañana.

—Estoy muy orgulloso de ustedes, chicos —nos dice el señor Soft—. Estos dos últimos meses lo único que vamos a hacer es celebrarlo cada vez que les llegue una carta de admisión.

Y van llegando.

Naima Gupta ya entró en Harvard. Lo descubrió en clase y se le cayó la computadora al suelo. Palomitas extras para ella.

¿Entré yo en Harvard? Como tengo las notificaciones de los emails silenciadas, sólo las cartas de mi Bolsa de Almacenamiento lo saben.

¿A mis padres sigue importándoles que entre en Harvard?

Amelie Shim entró en la Universidad de Chicago. Paul Olmo, en la Universidad de California en Santa Cruz. Brit Means entró en la Universidad de California en Davis, como quería. Me alegro por ella. No iré a verla, no veré su habitación, no veré su lugar favorito del campus para sentarse y soñar despierta. Es raro que una vez lo deseara tanto.

Andrew Kim entró en Yale, donde sus sueños de ser actor seguro que se hacen realidad. John Lim y Ella Chang entraron en UCLA. Sus padres aún no saben que están saliendo. Wu Tang entró en USC y se unirá al panteón familiar de aguerridos graduados troyanos.

Obligo a Q a saltarse la cuarta clase para contarle la pelea de la Reunión, que a Joy y a mí nos ha dejado en medio y que mi padre tiene miles de diminutas bombas palpitando dentro de él. Q me escucha. Sólo puede fruncir el ceño y mirar al suelo, la superficie del planeta Tierra, un lugar tan injusto, tan complicado y trágico.

Luego Q llora. Llora hasta que la parte de abajo de los lentes se le llena de lágrimas. Se los quito y limpio los cristales con mi camiseta.

—Perdona, parezco un bebé con gigantismo y con el pañal cagado —me dice Q.

—No pasa nada, bebé gigante —le digo, y extiendo la mano para agarrarlo del brazo.

Pasan alumnos y nos miran, seguramente preguntándose si somos una pareja que rompe justo en las últimas semanas de clase. Hemos visto estas cosas por todo el campus. El fin de una época.

—No —me dice Q—. Quiero decir que perdón porque estoy causándote otro problema. Bastante has llorado tú. Lo último que necesitas es que venga yo a añadir lagrimas.

—Añade lo que quieras, colega —le digo—. Hay espacio.

—Es que… —dice Q, y resopla—. Mierda, ¿qué sentido tiene todo esto? ¿Vivir, trabajar y morirte? ¿Un día te peleas con tus amigos de toda la vida y al día siguiente es como si no los conocieras? ¿Es eso lo que nos dice el universo?

—Lo sé, ¿okey?

Q finge subirse los lentes, pero sé que está tapándose los ojos con la mano.

—¿Es lo que va a pasarnos a nosotros?

—¡Oye! —le grito—. Imposible. Deja de decir tonterias.

Q parpadea mirando los lockers, el suelo brillante y las puertas.

—Voy a extrañar este manicomio infernal —me dice—. Mi madre me dijo que hoy llegó el último sobre.

—La mía también. Los ha ido metiendo en la Bolsa de Almacenamiento.

Q me mira.

—¿Tu madre?

—Claro.

—¿Y la de Joy?

Asiento.

—Creo que por fin las bolsas están completas.

—Y no has visto nada.

—Amigo mío, ninguno sabemos una mierda.

Q apoya la cabeza en mi hombro.

—Te quiero.

—Y yo también te quiero, amigo.

—Siento muchísimo lo de tu padre…

Levanto una mano para detenerlo. Basta de lloriqueos.

—¿Qué le dice una nuez a otra a la que está persiguiendo? —le pregunto.

—¿Cómo?

—Toma castaña.

—¿Qué?

Miro a Q a los ojos.

—¿Qué le dice una castaña a otra a la que está persiguiendo?

Q me mira a los ojos. Sus iris son tan oscuros que sus pupilas se diluyen en ellos.

—Toma casta…

—Jajajajajaja —se ríe Q—. Jajajajejejeje.

—Dilo —le digo—. Que no te dé pena.

* * *

Una hora antes de que acaben las clases, Joy y yo conspiramos para meternos en el somnoliento Consta a ver cuántos besos podemos darnos hasta que llegue Q.

—Vayamos al parque temático Mouse World este sábado —le digo.

Joy sonríe, pero se interrumpe.

—No puedo. Tengo una Reunión.

Levanto las cejas al máximo. «¿Cómo?»

Joy se encoge de hombros.

—Sólo los Kim y los Chang.

—Así que es cierto —le digo—. Cada uno ha elegido su bando.

Ahora es Joy la que levanta una ceja.

—Yo tengo una Reunión el domingo —le digo—. Sólo con los Lim.

—¡Vaya! —me dice Joy, consternada.

—En fin —le digo, y abrazo a mi guapa novia para darle un beso. Pero es como besar un jamón—. ¿Qué pasa? —le pregunto.

—No lo sé —me contesta Joy.

La miro.

Joy traza un círculo en su muslo.

—Aquí estamos nosotros, besuqueándonos. Pero fuera del círculo todo es una mierda. Y me choca. Me siento asquerosa y sucia.

—Como un bosque cubierto de alquitrán —susurro.

—¿Cómo?

—Digo que yo también.

Cubro el círculo con la palma de mi mano y coloco su mano encima de la mía.

—No dejaremos que toda esa mierda nos afecte —le digo.

—Pero a veces nos afectará —me dice Joy—. No sé, no puedo creer que mi padre sea un pito rey. Estoy muy avergonzada de él. De su orgullo. Que nos jode la vida.

Levanto el descansabrazos y acerco a Joy. Una hoja café entra volando desde afuera y aterriza en mi muslo. Las células de la hoja se han secado y se han convertido en encaje.

Me pregunto hasta cuándo nuestros padres tienen poder sobre nosotros. ¿Hasta que nos separamos de ellos?

Hanna responde por fin a mi mensaje, como si me contestara.

«Puedes quedarte con lo que quieras de mi habitación —me dice—. ¿Te has puesto también mi ropa? Chiste malo. Te apoyaría totalmente si tuvieras problemas de género.»

Quizá la respuesta es para siempre: nuestros padres tienen poder sobre nosotros hasta que se mueren y más allá.

Me prometo a mí mismo llamar a Hanna pronto.

—Compongan su atuendo —dice una voz—. Porque se acerca su humilde servidor Q a un paso tan ligero que los copos de nieve se morirían de envidia por...

—Pregúntale quién le gusta —le digo a Joy—. Tómalo por sorpresa.

Joy asoma la cabeza por la ventanilla.

—¿Quién te gusta? —le grita.

—Susurraré la respuesta a ese misterio en mi último aliento —le contesta Q sin inmutarse—. Ni un suspiro antes. Cabrona.

—Grr —dice Joy.

Salta al asiento trasero para que Q se siente a mi lado. Nos organizamos así por una razón concreta: por si nos ven.

Mientras vamos a buscar las Bolsas de Almacenamiento.

Primero vamos a mi casa. Me estaciono justo delante. Mi madre se asoma y frunce el ceño al ver a Joy en el irreprochable Consta. Pero también ve a Q sentado a mi lado, sonríe y saluda con la mano como si no pasara nada.

Entro corriendo, tomo mi Bolsa de Almacenamiento y salgo.

Vamos a casa de Joy. Joy me pellizca el lóbulo de la oreja al salir del coche, abre la puerta de su casa, desaparece un largo y silencioso rato y vuelve a salir. La puerta empieza a cerrarse, pero de repente se detiene.

Vuelve a abrirse.

Aparece el padre de Joy. Impecable. Inteligente. Perspicaz.

Veo al padre de Joy diciéndole algo a su hija. Joy le contesta. Su padre levanta un dedo a modo de advertencia, sin dejar de mirarme, y dice algo más. Luego mira a Q y de repente le dirige un saludo absurdamente alegre.

Mierda, ¿qué haría el tipo si Joy y yo estuviéramos solos, sin Q?

Veo a Joy protestar, girar el pelo como un paraguas lanzando destellos verdes y volver corriendo al coche.

—Larguémonos de aquí de una puta vez —dice, y suspira.

Conduzco. El padre de Joy nos sigue con la mirada.

—¿Estás bien? —le pregunto.

—Sí, pero no —me contesta Joy.

—Ya veo —le digo.

—Nuestros padres, que querían que saliéramos, ya no quieren —le dice Joy a Q—. ¿Puedes creer esta mierda?

—La verdad es que sí —le contesta Q.

Por último llegamos a casa de Q. Mientras Q corre por su camino de grava de medio kilómetro, paso al asiento trasero para seguir besándome con Joy. Evon, la hermana gemela de Q que está buenísima, aparece en una ventana, pone los ojos en blanco y desaparece.

—Esa loca tiene todos mis cargadores —le digo a Joy.

—La mataré —me dice Joy.

Cuando llegamos al Cafe Adagio, está casi vacío. No hay estudiantes con sus computadoras, no hay nadie.

—Me temo que la enfermedad del último año también ha afectado a este lugar —digo.

—Inflamación del último año.

Pedimos las bebidas y ocupamos la mesa más grande que encontramos. Q nos indica que levantemos nuestras Bolsas de Almacenamiento llenas de sobres.

Hay dos tipos de respuestas de la universidad: sobres gordos y sobres delgados. Los gordos son buenos. Quieres que sean gordos. Gordo significa «Tenemos mucho que decir y necesitamos mucho espacio para todas las palabras».

Sin embargo, delgado significa que sólo necesitan espacio para una palabra.

—Ya está —dice Q—. Los volcamos a la de tres. Joy, esta vez no te adelantes.

—No me adelantaré —le contesta Joy.

—En serio —le dice Q.

—Que no, mierda —le dice Joy.

—Una —digo.

—¡Heentradoheentrado! —grita Joy.

Ante ella hay seis sobres, dos delgados y cuatro gordos, y Joy levanta uno gordo con el logo de la Universidad Carnegie Mellon.

Q y yo aún estamos con las Bolsas de Almacenamiento en la mano mientras Joy da saltos.

—Sabía que entrarías —le digo sonriendo—. Lo sabía. Eres una estrella del rock.,

—Gracias, Frankie —me dice Joy, y me da un beso.

Me mira. Sé lo que significa esa mirada, porque yo estoy mirándola igual. Una mirada que dice: «Supongo que esto es real».

—Anda, Frank, unadosytres —dice Q, y suspira Q.

—Unadosytres —digo yo.

Vaciamos las bolsas. Los sobres se extienden por la mesa como peces.

Observo mi pila. UC Berkeley, sí. Levanto el puño. Objetivo conseguido. UCLA, sí. Demasiado cerca de casa, pero la dejaré en reserva. Princeton, no, en fin, y Harvard, no. También en fin. Esperaba negativas de las dos. Y en este momento no podría importarme menos.

Porque ahora veo una gran S roja y un árbol, uno de los logos más idiotas que he visto nunca, pero para mí convierte el sobre que adorna en una valiosa obra de arte.

Es gordo.

Stanford.

La Harvard del oeste.

Que se vayan a la mierda todos, Harvard es la puta Stanford del este.

—Aaaaaaaah —exclama Joy, y salta sobre mi espalda.

Intento mantener el equilibrio. Estoy estupefacto, como si me hubiera golpeado la cara una bolsa de nubes de azúcar voladora, y me giro lentamente hacia Q.

—Seremos compañeros de habitación —le digo.

—¡Ése es mi chico! —grita Q, y me pasa las manos por el cuello.

Ahora hay dos personas colgando de mi cuerpo. Mis dos mejores amigos en este injusto, complicado y trágico planeta Tierra.

—Ay —digo.

Q me suelta. Joy se resbala cuando me echo hacia atrás y se cae de sentón al suelo.

—Déjame ver la tuya —le digo a Q—. ¿Dónde está?

Examinamos su enorme pila —Q envió solicitudes a quince universidades—, y nuestras seis manos extienden los sobres por la mesa.

—Dónde está, dónde está —digo.

Busco la gran S roja y el árbol. Howard, Georgia Tech, Cal Tech, Cornell, Spelman, todos gordos, y por fin ahí está: Stanford.

Es delgado.

Todo se queda en silencio. Incluso los meseros se callan. Nos miran nerviosos desde detrás de las cafeteras.

—Q —le digo.

A Q se le doblan las rodillas y se agarra al borde de la mesa.

—No entré —dice Q.

Toma el sobre con cuidado y jala de los extremos, como si hubiera encogido al lavarse. Luego lo suelta.

—Pero mi tío investiga allí —dice sin dirigirse a nadie en concreto—. Hasta la idiota de mi hermana ha entrado. No tiene sentido.

—Ay, Q —dice Joy.

Ahora nos toca a nosotros colgarnos de él. No aguanta tan bien el peso y cae en una silla.

—Stanford era mi única universidad en la Costa Oeste —dice Q—. Di por sentado que entraría.

—¿No mandaste solicitud a Berkeley?

Q niega con la cabeza.

—Di por sentado que entraría.

—¿Cuál es tu segunda opción?

Q se encoge de hombros y toma un sobre gordo de la pila.

—Bueno, supongo que entré en el MIT, pero…

Abro mucho los ojos.

—Entraste en el MIT.

Se encoge de hombros mirando el sobre. Es sin duda gordo. El más gordo de todos.

—Entraste en el MIT —le digo.

—Estaremos muy lejos —me dice.

Llego a la conclusión de que Q es la persona inteligente más idiota que conozco. Tomo el sobre, lo sujeto por dos esquinas y lo levanto.

—No —me dice Joy.

—Tengo que hacerlo —le digo, y le pego el sobre a Q en la sien—. Entraste en el MIT —le digo dándole con el sobre una y otra vez—. Entraste en el MIT. Entraste en el MIT.

—Supongo que debería estar orgulloso —dice por fin Q.

Se oyen unos aplausos procedentes de detrás del mostrador. Los glamorosos meseros aplauden.

—Chicos, son muy inteligentes —dice el mesero.

—Sí —dice la mesera mascando chicle.

Joy, Q y yo nos acercamos para abrazarnos.

—Lo conseguimos —digo—. Estoy contento y triste a la vez.

—Tristento —dice Q.

—Contriste —dice Joy.

* * *

Cuando llego a casa, dejo el sobre gordo de Stanford en la encimera de la cocina. Mi madre sonríe, como diciendo «Lo sabía». Mi madre lo sabía, por supuesto. Para empezar, ella es la que ha ido metiendo obedientemente los sobres en la Bolsa de Almacenamiento. Toma el delgado de Harvard, lo rompe por la mitad y sonríe.

Mi padre está en La Tienda. Lo llamo para darle la noticia.

—Lo estás haciendo bien —me dice mi padre.

«Lo estás haciendo bien» significa «Tu madre y yo estamos muy orgullosos de ti, de lo mucho que has trabajado y de tu diligencia. No te preocupes por lo de Harvard. Te queremos.»

—Gracias, papá —le digo.

Subo a mi habitación.

Me dejo caer en la cama. Pero no llego a tocarla, porque soy ligero como un globo. Floto a un par de centímetros del edredón. Soy un astronauta, y ésta es mi primera noche a bordo de la Estación Espacial Internacional, donde por supuesto hay camas normales como la mía.

La preparatoria ha terminado. Las admisiones han terminado. Lo he hecho genial. Y todos los demás, los Limbos y mis compañeros de clase.

Todos lo estamos haciendo bien.

Veo el prado lleno de gente, de picnics y de niños, y vaya, también está Joy. Lo único que me queda por hacer es estar con ella todo el tiempo que pueda hasta que el sol se ponga y se enciendan las luces.

30

Una tierra llamada Hanna Li

—¡Frankie!

—¡Amiga!

—Amigo.

—¿Tu aparato de mandar mensajes no funciona en Boston?

—Cállate.

—Pensé que si te llamaba por teléfono, contestarías, porque eres vieja.

—¿No es mejor escuchar mi voz que leer mensajes?

—¿Qué tal en Boston?

—Así hablamos en directo, no como aquí, que ni ven por dónde van. Levanta la cabeza, maldita sea, que a tu alrededor hay todo un mundo.

—Tu voz suena diferente. ¿Estás enferma?

—¿Eres Frank o mamá?

—¿Qué tal Miles?

—Muy bien, te manda un saludo, y ay, mierda, quiere que nos veamos en San Francisco cuando vayas a Stanford… ¡Felicidades!

—¡Ah! Quería darte yo la noticia.

—Mamá me mandó un email.

—Ya van dos veces este año.

—Como si fuera su hija, ¿verdad?

—Mierda.

—Perdón.

—Bueno, ¿hablaste con mamá de algo?

—Ah, Frankenstein, ¿podemos limitarnos a celebrarlo? Eres toda una estrella del rock.

—Gracias.

—Una estrella del rock.

—Graciasgraciasgracias.

—Bueno, mamá me escribió un email para contarme lo otro. Lo de papá.

—Iba a decírtelo.

—

—¿Hola? ¿Estás ahí?

—Papá está muy enfermo.

—Bueno, es…

—Lo sé.

—Es una mierda.

—Una amiga mía médico me ha ayudado a buscar información sobre el carcinoma de células pequeñas y cree que el diagnóstico es correcto.

—Es una mierda.

—No sé qué pensar.

—Lo sé. No sé. Ojalá volvieras a casa, a California.

—Ojalá.

—Tu habitación está igual.

—

—¿Hola?

—Cambio de tema. ¿Qué tal Q? También entró, ¿verdad?

—Stanford lo rechazó.

—¡No! ¿Está bien?

—Lo aceptaron en el MIT.

—Pfffff, pues mejor. Dile que pase a vernos cuando llegue. ¿Y Joy?

—CMU.

—Así que verano de amor y se acabó, uy.

—Cambia de tema.

—El padre de Joy no te ha molestado, ¿verdad?

—No.

—No me habría sorprendido.

—¿No?

—Llevaba años volviendo loco a papá.

—¿Cómo?

—¡Es un cabrón rico!

—¿Lo sabías?

—Kyung Hee me lo contó hace un siglo. Esa mierda del ratón de ciudad que se cree mejor que el ratón de campo.

—¿Por qué no me lo dijiste?

—Ah, ¿sabes qué más decía esa puta pirata con pata de palo?

—¡Hanna!

—Kyung Hee me decía: «Has elegido un camino difícil, querer a una persona que no es de tu raza», «Prepárate para lidiar con cómo afectará a todos los que te rodean», «No pienses sólo en ti misma» y bla, bla, bla. ¡Es una puta supercoreana!

—¡Hanna!

—¿Qué?

—¡Tenemos que hablar más!

—Lo sé, lo sé, lo sé.

—Me gusta hablar contigo.

—A mí también me gusta hablar contigo.

—Y eres mi hermana. ¿Sabes lo poco frecuente que es esta combinación?

—Ay, Frank.

—Porque con lo de papá…

—Para.

—Pienso en cuando seamos más grandes y esas cosas.

—No me hagas llorar.

—Okeyokey. ¿Te cuento un chiste?

—Eres mi persona favorita en esta mierda de mundo, y te quiero.

—

—¿Frank?

—Yo también te quiero. ¿Lo sabes?

—

—Oye, ¿estás llorando?

—No.

—¿Qué le dice una castaña a otra a la que está persiguiendo?

—Estoy embarazada.

—Es absurdo.

—Dije que estoy embarazada.

—Espera.

—

—¿En serio?

—Sólo de un mes, así que no se lo digas a nadie, porque puede pasar cualquier cosa y nunca se sabe, pero la verdad es que necesitaba decírselo a alguien, y además hasta ahora me ha pasado de todo y no ha sido nada, pero nunca se sabe. Así que te lo digo.

—¡Ay, Hanna!

—Sabremos el sexo hacia el tercer mes. Quiero una niña.

—¡Wow, felicidades!

—Vas a ser tío, Frank Sinatra.

—¿Lo saben papá y mamá?

—No, mierda.

—¿Quieres que les diga algo?

—No, mierda.

—Pero ¿no…?

—Yo lo haré. Tengo que reunir el valor.

—¿Vas a decírselo?

—Tengo que decírselo, ¿no? De seis a doce meses, ¿no?

—Mierda.

—Lo sé.

—Tu habitación está igual.

—Ya me lo dijiste.

—Quizá podrías venir con Miles y quedarte en un hotel o algo así. No sé.

—Quizá. Quiero ir. Miles dice que debo.

—Podrías ver a papá y mamá en La Tienda o en algún sitio neutral.

—¿Sabes lo que odio, Frankie?

—¿Qué?

—Odio que extraño nuestra casa. Y a papá y mamá también. Odio sentirme así, mierda.

—Pues ven, maldita sea.

—Es mucho más sencicado.

—Te extraño. ¿Eso ayuda a desencicarlo?

—Pero tú no sabes. Sigues en tu burbuja de la preparatoria. Aquí afuera, el amor te golpea cuando quiere.

—El amor te elige.

—¿Qué?

—Hanna, ven a casa, di lo que tengas que decir y deja que papá y mamá lo asuman, cuanto antes mejor, para que tengan tiempo de superar su compresión mental antes de que… ya sabes… antes de que…

—Sólo digo que es enormemente sencicado, enormemente.

—Dímelo a mí. Joy y yo intentamos no llamar la atención.

—¿Qué pasó?

—Ya hay bastante tensión entre nuestros padres.

—Claro, claro.

—Lo jode todo.

—Ojalá este mundo de mierda fuera diferente.

—Sonará raro, pero a veces siento que engaño a papá y mamá saliendo con Joy a escondidas. ¿Tiene sentido?

—Desgraciadamente sí.

—¿Vas a venir a casa antes de que me vaya a la universidad?

—Lo intentaré. No lo sé. Tengo que reunir el valor.

—Okey.

—Okey.

—¿Ya elegiste nombres para el bebé?

—Mierda, llegó mi T. Seguramente se cortará.

—¿Qué es tu T?

—Mi tren. Te quiero, Frankie.

—¿Hola?

—

—¿Hanna?

—

—

31

Oobleck

De niños hacíamos oobleck.

Ya sabes lo que es el oobleck: una parte de agua, dos partes de harina de maíz y colorante verde. Esta mezcla crea una sustancia llamada fluido no newtoniano. El nombre procede de un personaje de un libro infantil del Dr. Seuss. El oobleck es una gran bola de una sustancia pegajosa que llega y casi lo destruye todo después de que un rey, aburrido de su reino demasiado perfecto, deseara fervientemente que sucediera algo diferente, cualquier cosa.

Es una historia que te advierte que tengas cuidado con lo que deseas.

También es una historia que te advierte que valores lo que tienes antes de que sea demasiado tarde, porque ya perdiste.

Isaac Newton fue un innovador científico del siglo XVII. Pero también le interesaban las ciencias ocultas, escribió mucho sobre creacionismo y decía que debía haber algún modo de convertir el plomo en oro.

El Dr. Seuss fue un innovador escritor de libros infantiles muy querido por su humanismo antifascista. Pero al principio de su carrera dibujó muchos cómics racistas que representaban a los negros como salvajes y que se burlaban de los estadounidenses de origen japonés a los que durante la Segunda Guerra Mundial encerraron en campos de concentración. Durante toda su vida sintió remordimientos por su primera versión de sí mismo.

Nada es una sola cosa. De hecho, lo que empieza siendo una cosa puede acabar convirtiéndose en algo totalmente diferente.

Si aprietas con fuerza un oobleck, parece sólido. Lo mismo si lo golpeas. Incluso puedes correr por un gran canal de oobleck, si por alguna razón (a) hay un gran canal por ahí y (b) tienes suficiente oobleck para llenarlo.

Pero lo raro del oobleck es que si pasas suavemente las yemas de los dedos, cede como si fuera líquido.

ASÍ QUE...

Si muros de oobleck te bloquean la entrada
no pegues puñetazos ni patadas.
Contén la respiración, y con los ojos cerrados
entra muy despacio y relajado.
Camina en la oscuridad, no tengas miedo,
porque algún día estarás muy lejos.

* * *

Mi padre está cada vez peor.

Siempre me había preguntado cómo sería su último día en La Tienda, pero ese día llegó y pasó sin que me diera cuenta. Mi padre estaba sentado en su taburete todavía nuevo ante la caja registradora, y de repente se mareó tanto que tuvo que recostarse en el suelo.

En urgencias determinaron que la quimioterapia había reducido peligrosamente sus glóbulos blancos. Lo que significa que su sistema inmunitario es extremadamente débil. Lo que significa que ya no puede trabajar ni estar rodeado de gente.

Ésta es la contrapartida. La quimioterapia significa que mi padre vivirá más. Pero también significa que vive peor.

Supongo que está bien que el Instituto Palomino se haya paralizado debido a la inflamación del último año, porque me deja tiempo para hacer cosas como ayudar a mi madre a llevar y traer a mi padre del hospital, ayudar a enseñarle a Luis (el expresidiario al que metieron en la cárcel por el robo de un coche que le salió mal) a ocuparse de La Tienda y sentarme con mi padre en casa a crear el jeong que podamos mientras aún podamos.

Me tomo una selfie con mi padre mientras está dormido —pasa mucho tiempo dormido— y se la mando a Hanna. Hanna empieza a contestarme, pero no me llega su respuesta.

Paso mucho tiempo en La Tienda con Luis mientras mi madre se ocupa de la caja registradora. Luis me cae bien. Nos ponemos las sudaderas con capucha y movemos cosas en el refrigerador. Dice abiertamente que se arrepiente de su error y se odia a sí mismo por haber atacado a una persona para robarle el coche sólo para conseguir la aprobación de su banda. Como casi todos los seres humanos, estaba desesperado por recibir reconocimiento. Ahora recibe reconocimiento cada día por llevar del brazo a su mujer y a su hija. Reza pidiendo perdón antes de comer, y al final del día, y cada vez que se sienta al volante de su coche para volver a casa.

Estar ocupado y en constante movimiento significa que dejo sin contestar el espejo de mono durante mucho rato. Joy me escribe una y otra vez preguntándome si estoy bien. Si mi padre está bien.

—Tu teléfono va a explotar, amigo —me dice Luis—. ¿Tienes novia o algo así?

Luis me cae bien. Pero no tengo ganas de hablar de Joy delante de mi madre, así que le digo que no, que no hay ninguna chica, que son amigos hablando de fiestas de graduación.

Durante cuatro semanas apenas voy a la escuela, básicamente porque trabajo todo el día en La Tienda. Es lo contrario de la enfermedad del último año. No veo a Joy. Vivo con una faja atada a la cintura. Una vez Q recorre el largo trayecto en coche para venir a verme y hace un cómico intento de ayudarme a trapear el suelo. Mi madre se apiada de él y lo manda a buscar tacos.

En estas cuatro semanas, Luis ha aprendido a llevar La Tienda, e incluso se ha traído a un primo suyo, un adolescente tímido y muy sonriente, para que le eche una mano. Y al final, un día que estoy cerrando, me doy cuenta de que mi madre y yo no hemos hecho nada.

«Hola, yubs —me dice Joy—. ¿Qué tal la tienda? Quiero verte, quiero verte.»

Yo también quiero ver a Joy. Necesito empezar este verano de amor, inmediatamente.

—Tengo una idea —le digo a mi madre—. Vuelvo enseguida.

—Luis hace todo muy bien —me dice mi madre—. No dices a papá.

—Por eso he tenido una idea —le digo.

Tomo la tarjeta de crédito de mi madre, voy en coche a Tweeters & More y compro una docena de cámaras. Cuando vuelvo a La Tienda, explico la situación a Luis antes de instalarlas.

—Mira, confío totalmente en ti y en tu primo —le digo—. No es por ti. Es por mi padre.

Luis mira las cámaras con cautela, pero en realidad entiende por qué es una buena idea. Aun así, las gira cuando termino.

—Necesito algún punto ciego para descansar —me dice.

—Lo has entendido, Luis —le digo.

Creamos un punto ciego junto a los artículos de papel.

—Recuerda llamarlo de vez en cuando para preguntarle cómo hacer algo —le digo.

—Ah, está bien —me contesta Luis.

—Aunque ya sabes hacerlo todo, llámalo.

Luis alza las cejas.

—Ah, ya entiendo.

Mi idea es perfecta porque sé que mi padre nunca dejaría que nadie trabajara en La Tienda sin estar él presente. Es demasiado paranoico y está demasiado orgulloso de lo que ha construido. Pero sin él sólo queda mi madre, y no voy a dejar que mi madre trabaje todo el día sola.

Así que cuando mi madre y yo nos acercamos a su cama para darle la noticia de que Luis y su primo se ocuparán de La Tienda todo el día, me aseguro de tener una tableta nueva y lista para él.

—No —dice mi padre—. No permito empleado todo el día si no estoy allí.

Ahora es cuando le coloco la pantalla delante de la cara.

—Puedes cambiar de cámara. Aquí puedes ver las doce a la vez. HD a todo color, papá.

—Frankie, no —me dice mi padre—. Luis apila eso mal…

En la pantalla, Luis, mucho más joven y fuerte que mi padre, reordena y apila trescientas latas de cerveza en menos de un minuto.

—Ah, lo hace bien —dice mi padre, hipnotizado.

—Te lo dije —le dice mi madre—. Así es Luis.

—Dame agua fría —dice mi padre sin apartar los ojos de la pantalla.

—Ahora mismo, papá —le digo.

Ring-ring. Es Luis, que llama a mi padre.

—Buen trabajo —le dice mi padre.

—Gracias, jefe —le contesta Luis—. Una preguntita, jefe: ¿cuándo vuelve el del hielo?

—Jueves a las diez de la mañana —contesta mi padre—. Lo escribes, no te olvidas.

—Lo haré —dice Luis—. Gracias, jefe.

Llevo a mi padre el agua fría, y apenas si me hace caso. Aprieto el hombro de mi madre. Ella asiente: «Vete».

Así que voy al baño, cierro la puerta y abro la llave de la regadera. Mientras el agua se calienta, me permito por fin un rato de espejo de mono.

«Nueva exposición en la Henry Gallery —me dice Joy—. ¿Estás libre?»

Sonrío. «Estoy libre», le contesto.

«¿De verdad?», me pregunta Joy.

«Sí.»

Mi pantalla se llena de corazones.

El agua ya sale caliente, pero antes de meterme en la regadera mando un rápido mensaje a Q. Hace mucho que no organizo una cita falsa. Llegó el momento de pasar un rato con Joy.

«Mi querido amigo —le digo—. Esta noche necesito tu ayuda para una cita improvisada.»

«Mierda —me contesta Q—. Porque estoy rodeado de familiares que vinieron a vernos con la fastidiosa pretensión de hacer infinitas formalidades previas a la graduación.»

«¿Cómo?»

«Un montón de parientes de Washington utilizaron mi graduación y la de Evon como excusa para pasar unas vacaciones en California con alojamiento gratis.»

«Mierda —le digo—. Entonces, ¿estás ocupado?»

«Nunca estoy demasiado ocupado para ti. Dame un segundo.»

Cuando salgo de la regadera, Q me contesta.

«Adelante, colega. Los tres vamos a ver *Dwarven Wars: Song of Torment.*»

Levanto el puño. Tengo mi coartada para cuando pase a recoger a Joy a su casa y su padre salga a controlar. Gracias, Q.

Me visto, bajo corriendo la escalera y me asomo a informar a mis padres, que siguen mirando la tableta.

—Voy a ver una película con Q —les digo.

No menciono a Joy, por supuesto, por la misma razón por la que no le quito un helado a un niño.

—Ay, primo de Luis trapea muy bien —murmura mi padre mirando la pantalla.

—Tendríamos que contratar antes —dice mi madre.

—Hacemos menos dinero —le contesta mi padre.

—Pero tenemos más tiempo, ¿ves?

—Tienes razón —le dice mi padre—. Tenemos más tiempo.

—Chicos —les digo.

Mi madre levanta la cabeza. Parece la chica del anuario.

—Pasa bien —me dice.

Luego se acerca a mi padre y sigue mirando la tableta.

Estoy tan orgulloso de mí mismo que podría vomitar arcoíris.

—Noventa por ciento de mexicanos roban —dice mi padre a la pantalla, citando sus estadísticas falsas—. Pero Luis no roba nada.

—Noventa por ciento no —dice mi madre recurriendo a sus propias estadísticas falsas—. Setenta y cinco por ciento.

—Primo de Luis tampoco roba nada —dice mi padre, impresionado.

Pongo los ojos en blanco hasta que me duelen, y me marcho.

* * *

Me gusta volver a lo que espero que se convierta en una vieja rutina:

- Recoger a Q.
- Ir a casa de Joy y que Q toque el timbre.
- Subir al Consta y pisar el acelerador.
- Repasar el plan *Dwarven Wars* por si acaso.
- Aparcar y abrazar a Q para que sepa lo mucho que lo queremos por hacer esto.

- Sentirme culpable cuando Q se encoge de hombros y dice: «¿Para qué están los amigos solteros?».
- Separarnos durante tres o cuatro horas.

—¿Qué vas a hacer? —le pregunto.

—Quizá planificar nuestra próxima campaña de Calabozos y Dragones en una cafetería —me contesta Q cambiándose de hombro la pesada mochila—. Paul quiere volver a jugar antes de que acabe el verano.

—Frikis —le dice Joy.

La miramos como diciéndole: «¿Y qué?»

En la zona de los almacenes todo está lleno: los food trucks, el Burger Mac de mierda, el nuevo Sixth Taste y todo. Una mujer y su hija hacen ilegalmente hot-dogs envueltos en tocino en un carro de supermercado —hot-dogs ilegales y deliciosos—, e incluso ellas tienen una fila de clientes de al menos cuarenta minutos.

Es la locura previa a la graduación. Tiene que serlo. Sólo hay un restaurante remotamente factible.

Cheese Barrel Grille.

—Pégame un tiro en la cabeza y méteme un calcetín en el agujero —me dice Joy.

—Qué asco —le digo.

—Vamos —me dice Joy.

Nos dan un buscador con luz, y Joy resopla. Salimos y recorremos la calle para ver si podemos conseguir entradas para la Henry Gallery, pero también allí hay una fila larguísima.

—Quizá haya menos gente cuando acabemos de cenar —le digo.

—Grr —dice Joy—. Tengo hambre, así que si digo estupideces, dímelo.

—Tranquila, bestia salvaje —le digo—. Dijeron media hora.

Lo único que podemos hacer es pedir un par de refrescos y quedarnos alrededor de una mesa en forma de barril con el logo de un queso estampado a un lado. Joy sorbe su refresco ferozmente. Le paso un brazo por los hombros, meto mi popote en su refresco, finjo que somos una pareja de viejos en una cafetería de viejos, y se ablanda un poco. Incluso nos besamos un momento, hasta que vemos a una familia de cuatro personas mirándonos y paramos.

—¿Ng, mesa para cuatro? —pregunta la delgada mesera de origen europeo con ojos inexpresivos.

El hombre de la familia Ng, mesa para cuatro, tiende triunfalmente a la mesera su buscador, y desaparecen en el Cheese Barrel Grille, iluminado con fluorescentes.

—Nosotros estábamos antes —me dice Joy.

—¿Sí? —le pregunto.

Joy golpea sus cubitos de hielo con el popote.

—Seguro.

—No lo sé —le digo.

Joy prácticamente me frunce el ceño.

—Yo sí lo sé. Estábamos antes.

Le froto la espalda.

—Oye, sólo nos quedan diez minutos. ¿Quieres otro refresco?

Joy levanta las caderas y mira el atril de la mesera.

—Voy a decirle algo.

—Joy, vamos.

—No voy a quedarme aquí sentada sin hacer nada.

La mesera vuelve a toda prisa, y de repente Joy le corta el paso.

—Oiga, nosotros estábamos antes que los Ng, señorita… Becky.

—Oye, Joy —murmuro, y me paso el pulgar por la garganta.

Joy no me hace caso.

—¿Por qué entraron antes?

La mesera mira a Joy con ojos inexpresivos.

—Sentamos a nuestros clientes en función de la mesa. Ellos son cuatro, y ustedes son dos.

—¿Y no puede separar la mesa?

—Desgraciadamente no podemos cortar las mesas de cuatro por la mitad —le contesta la mesera, y empieza a tocar la pantalla de su atril.

—¿Somos los siguientes? —le pregunta Joy.

—Les avisaré en unos diez minutos —le dice la mesera—. ¿Quiere otro refresco?

—No quiero otro refresco, Becky —le contesta Joy.

Becky se queda inmóvil mirando a Joy. ¿Está pensando en corrernos? Porque eso haría que esta gran noche fuera aún mejor.

Me levanto y agarro a Joy.

—Diez minutos es perfecto —digo.

Al volver a nuestro barril, Joy echa chispas.

—Gracias por apoyarme, Frank.

—Me dijiste que si decías estupideces, te lo dijera, así que te lo digo. Mira a esos niños de allí. Están esperando como niños mayores. ¿Puedes esperar tú también como una niña mayor?

Señalo con la cabeza a dos bebés en su cochecito con un espejo de mono, y veo que Joy se da cuenta de que no está portándose bien. Me lanza una tímida mirada.

—Sólo tienes hambre, ¿okey? —le digo.

—¿Li, mesa para dos? —pregunta Becky.

—Gracias, Becky —le digo.

—Cancelaron una reservación —dice Becky, y mira a Joy frunciendo el ceño.

El pan ayuda. Quita el hambre. Tras una larguísima espera llega por fin nuestra comida. Le traen a Joy su plato de no recuerdo qué, y a mí mi plato de qué más da, porque de todas formas está malísimo. Algo frito encima de pilaf de cera junto a minitroncos verdes en un charco de leche salada, todo fácil de masticar. Comida de jubilados. Ni siquiera nos molestamos en pedir postre, que son insultantemente grandes, como un desafío glotón. Pedimos la cuenta y esperamos, y esperamos.

«I'm a wreck without my little China girl», canturrean unas voces borrachas entre el estrépito del restaurante.

Tres enormes estadounidenses de origen europeo —bueno, llamémoslos simplemente blancos— están cantándole a Joy.[7]

Joy se tapa la cara con las manos.

—Tiene que ser una broma.

---

7. Están metiéndose con Joy, ya que ese verso de la canción de David Bowie *China Girl* podría traducirse como «Soy un desastre cuando no estoy con mi pequeña niña china». *(N. de la T.)*

Pero no lo es. Me hierve la sangre. El mundo entero se detiene y se oscurece.

Me levanto.

—Ey, váyanse a molestar a otro lado.

—Un saltamontes loco —dice uno.

—Sí —dice otro.

—Hiaaaa hiaaaa —dice otro imitando un movimiento de kung-fu.

—¡Les voy a cortar el pito y los voy a hacer que se lo coman! —les grito justo cuando los sorprendidos comensales se quedaban callados.

Los tres tipos se ponen serios.

—Creo que este cabrón quiere hacerlo de verdad —dice uno.

—¿Señor? —dice una voz.

Es Becky.

—Estos... idiotas... están metiéndose con nosotros —le digo.

—Lo siento, pero tengo que pedirles que se retiren —me dice Becky—. Su comida corre por nuestra cuenta, cortesía de la casa.

—¿Por qué tenemos que irnos? —le grito.

—Ah, ellos también tienen que retirarse —me dice Becky—. Sólo que a usted se lo he dicho antes.

—No tenemos por qué irnos primero —le digo—. Ellos empezaron.

—Frank —gime Joy—. No vale la pena.

Y así, para sorpresa de todos los comensales del Cheese Barrel Grille, Joy y yo salimos del restaurante. Un extraño paseo de la vergüenza. Porque ¿de qué tengo que avergonzarme?

Afuera, Joy y yo encontramos un trozo de pared en la que apoyarnos y tranquilizarnos.

—Parece que el mundo intenta arruinarnos la noche —me dice Joy.

—Creo que eso es un poco egocéntrico —le digo—. Al mundo no le importan demasiado dos personas concretas.

—Demonios, Frank, podrías estar de acuerdo conmigo en algo.

—Es broma —le digo.

—No, no lo es —me dice Joy.

Y tiene razón. Lo dije para molestarla.

—En fin, no creo que las fuerzas del destino conspiren contra nosotros —le digo, y me aparto de la pared.

Doy vuelta en una esquina con Joy en dirección a la Henry Gallery. Ya no viene de aquí, supongo.

Pero cuando llegamos a la galería, vemos que las puertas están cerradas y que pegaron un cartel escrito a mano.

ALCANZADA CAPACIDAD MÁXIMA. NO PUEDE ENTRAR NADIE MÁS POR ORDEN DE LOS BOMBEROS. PERDÓN

—Uf —digo—. Quizá me equivoco en lo de las fuerzas del destino.

Miro a Joy. Parece que está intentando no llorar.

—Ey, vamos —le digo—. Sólo es una mala noche.

—Pero ¿una de cuántas?

—No pienses así.

—Pero ¿no tengo razón? —me pregunta Joy—. No pude verte en un mes, y no te echo la culpa, hiciste lo que tenías que hacer, pero llevo un mes esperando y... ¿para esto?

—Sólo es una mala noche. Tendremos más.

—No vas a dejar tirado a tu padre para verme —dice Joy—. No lo permitiré. Tienes que verlo mientras puedas.

—Podré verlos a los dos, a mi padre y a ti.

Joy se retuerce las manos.

—Sé realista. No podremos pasar tantas noches juntos antes de que acabe el verano. Por eso estoy llorando como una niña ahora mismo. Acabo de darme cuenta. Toda esta presión es porque nos quedan muy pocas noches.

—Podemos volver a intentarlo.

—¿Cuándo, Frank? ¿Dentro de dos semanas? ¿Dentro de un mes? Y eso si encontramos un rato libre para escabullirnos y si Q puede volver a cubrirnos.

Me acerco a ella, le toco los hombros con cautela y la atraigo hacia mí para abrazarla.

—Es mucha presión para los dos, tienes razón. Pero te prometo que la próxima vez será más divertido. Podemos hacerlo divertido.

—Se supone que los veranos de amor son relajados, la la la, como tortolitos paseando por la pradera, no escondiéndonos para evitar que nuestros padres se peleen —me dice Joy. Se seca los ojos—. Debe parecer que se me murió alguien.

—Aún no —me descubro diciendo.

Y debo de haberme quedado catatónico, porque Joy me besa toda la cara con cuidado.

—Ay, yubs —me dice—. Lo siento.

Zum-zum. Cuando miro, hay mensajes esperándome, todos de Q.

«Estoy en el Consta.»

«Los espero.»

«Amigo, llevo 45 minutos esperando.»

«¿Dónde rayos están?»

—Mierda —digo.

Joy y yo volvemos corriendo a la calle donde nos estacionamos. Lejos de las parejas, lejos de las luces, donde el coche está sólo debajo de una triste farola enganchada a un poste telefónico.

—¿Q? —digo—. ¿Estás aquí?

Q sale de detrás del coche.

—¿Te escondiste? —le pregunta Joy.

—Sabes que la policía dispara a los chicos como yo cuando están solos en calles como ésta —le contesta Q.

—Demonios —digo. Le paso una mano por los hombros—. Disculpa. Perdí la noción del tiempo.

Q se suelta con expresión de enojo, miedo y alivio a la vez.

—Deberíamos volver a casa —dice Q—. Es tarde.

Así que volvemos a casa.

• Dejamos primero a Joy. Q se sienta a mi lado, por si nos ven. Joy me dice adiós con la mano, muy triste.

• El siguiente es Q. Se voltea para decirme adiós con la mano y se echa a correr.

• Yo soy el último.

Cuando entro en casa, mis padres están dormidos. Me dejo caer en la cama y miro el techo manchado de palomitas de maíz. Cierro los ojos y veo la cara de Joy.

Hay momentos únicos, y seguro que éste es uno de ellos. La cara de Joy brillando de alegría, llorando y furiosa. La cara de Joy oscureciéndose de melancolía mientras me decía adiós.

—Esta noche fue un desastre —digo al techo.

Saco el teléfono. Mis pulgares empiezan a teclear solos.

«Esta noche fue un desastre —digo—. Lo siento.»

«La próxima vez la pasaremos bien.»

«Y la siguiente, y la siguiente.»

«Tú y yo desafiaremos al destino.»

«¡Que empiece el verano de amor!»

Mis pulgares se detienen por fin. Dejo el teléfono encima de mi panza, satisfecho, y observo cómo sube y baja con mi respiración. Pasan minutos. Joy no me contesta. ¿Está dormida?

Zum-zum. Aquí está. Miro la pantalla.

«Si tú lo dices, yubs», me contesta Joy.

Teclea algo más. Veo en la pantalla que sigue tecleando. Su mensaje aparece por fin: una foto de sí misma pasada a cómic, en piyama y bostezando. «Buenas noches.»

Me gusta esta idea de «Si tú lo dices». Si yo lo digo, así será.

Hablo de voluntad.

Si tienes la voluntad de hacer algo, y lo intentas, y no te rindes, puedes hacer cualquier cosa. Y no hay voluntad más grande que la voluntad de amar a quien quieras.

Así que lo repito: «¡Que empiece el verano de amor!».

Miro un momento la pantalla. Bostezo. Joy no contesta. Seguramente se quedó dormida.

Como no quiero despertarla, escribo «Te quiero» y no lo envío. Sé que estoy en alguna parte de su sueño, tecleando mi respuesta.

32

Alfa y omega

GR C A CA É

Se supone que las graduaciones son celebraciones. Pero ¿por qué? ¿Por qué celebrar el final de tus amistades? ¿Por qué celebrar que dejas la escuela a la que has ido durante cuatro años, ese bendito desastre? ¿O la casa de tus padres, que seguro que tenía sus normas, pero también todas tus cosas y además comida gratis?

Casi todos los alumnos fingen: las sonrisas, los birretes por los aires y todo eso.

¿Mis compañeros y yo? Lo hacemos bien.

Mira a Amelie Shim, con el teléfono en alto para tomarse una foto triste.

O a Paul Olmo, sentado y pasándole el brazo por los hombros a Q.

Y mira a Q, observando sus zapatos debajo de su toga morada en estado catatónico, seguramente intentando entender por qué nunca le ha dicho nada a su chica misteriosa. Ahora es oficialmente demasiado tarde.

John Lim no está, probablemente esté discutiendo en voz baja con Ella Chang detrás de un arbusto o algo así. John es la letra A y Ella es la letra I.

Brit Means está sentada sola, mirando los edificios de la escuela con sus eternos ojos grises en una interminable mirada de despedida. Se voltea un momento hacia mí. Me observa. Luego deja de observarme y vuelve a voltearse. Brit es la letra S.

Ahora mírame a mí, y mira a Joy. Nos hemos sentado cada uno en un extremo de nuestro pasillo, a propósito. De vez en cuando la sorprendo echando un vistazo hacia mí, pero no podemos arriesgarnos a mirarnos más. Mis padres y los suyos están sentados entre el público. Quiero llevármela a escondidas detrás de los aparatos de aire acondicionado para una última sesión de besos triste y desesperada, pero hoy es imposible.

Yo soy la letra G, y Joy es la lejana É.

La única contenta es Naima Gupta, que se fue de nuestro pasillo hace mucho rato para saltar ofreciendo dulces a todo el mundo. Creo que Naima creció hasta los trece años, decidió que ya era suficiente y se quedó ahí. Me descubro envidiándola. Naima debe de haber escuchado alguna versión de «Go do you» y se la ha tomado muy en serio.

Naima es la F.

Se suponía que nuestros birretes debían formar una broma tremendamente ocurrente:

GRACIAS, CAFÉ.

Pero basta.

Acaban los discursos, todos los levantamos, Q y yo lanzamos nuestros birretes apenas por encima de los hombros y nos vamos.

—¡La entrega de diplomas está vacía! —grita una voz. Es Wu, rodeado de chicas que se ríen histéricas y lo miran desde sus teléfonos levantados—. ¡Aún estamos en la preparatoria, chicos! ¡No hemos terminado!

«Los recibimos por correo», quiero decirle, pero dejaré que Wu tenga su momento. Una de las chicas no puede evitar pasarle una mano por el pecho, como un niño deslumbrado acariciando a un bonito labrador. Wu me mira y asiente. Yo también asiento.

Q y yo nos dirigimos hacia los padres de Q, que me abrazan.

—Estamos muy orgullosos de ustedes —dice la madre de Q.

—Los diplomas están listos —dice el padre de Q rápidamente.

Evon deja de mandar mensajes al mundo para tomarnos fotos a Q, a mí y a su birrete dorado, y luego sigue mandando mensajes al mundo.

Detrás de Evon hay quince familiares suyos, todos fuera de lugar con sus chamarras y sus botas de la Costa Este. Toman fotos de todo: palmeras, colinas, pasto y una gaviota comiéndose medio hot dog. Cosas que yo ni siquiera veo.

Q me presenta a todos sus familiares. Mientras les estrecho la mano, observo a un chico un par de años mayor que yo vestido con toda una gama de negros, con muñequeras negras y una camiseta de Ken Ishii. Me mira tan atentamente como yo a él. Se llama Francis.

—Dicen que si estrechas la mano a tu doble, el mundo dejará de existir —me dice Francis Lee, primo de Q Lee.

—Pues estrechemos el aire —le contesto masturbando enérgicamente el aire que nos separa.

Terminadas las formalidades, Q y yo nos dirigimos a mi madre, que está sola.

Mi madre le transmitió todo el evento a mi padre, que está en casa, desde su teléfono, colocado en un enorme selfie stick. Mueve el selfie stick, me da un golpe en la cara y retrocede para seguir filmando.

—Felicidades —nos dice mi madre. Agita el aire con su mano libre—. Abrazas a Q. Abrazas, abrazas.

Así que Q y yo nos abrazamos.

—Felicidades —dice la vocecita de mi padre desde el altavoz.

—Gracias, papá —le contesto.

—Gracias, señor Li —le dice Q.

Miro a los padres de Joy, que están a cierta distancia. Están mirándonos. Seguramente creen que mi padre tenía demasiado trabajo en La Tienda para venir a la graduación de su hijo. Seguramente están juzgándonos.

Que nos juzguen. Mi padre está aquí, pero no como ellos piensan.

Mi madre me ve mirándolos. Hace un gesto de desdén con la mano y se ríe.

—Haces que abrazas a papá —me dice.

Q y yo nos miramos y decidimos abrazar invisibles columnas de aire como si fuéramos los peores bailarines del mundo.

—Ja, ja —dice la vocecita de mi padre—. Yo también abrazo.

Hanna también está aquí, al menos en forma de mensaje.

«Felicidades, hermanito… Avísame cuando recibas mi paquete.»

Mi madre gira el teléfono y le da a alguien en la nuca. Cuando a mi padre le da un ataque de tos, mi madre cierra el selfie stick, se acerca a la pantalla y le susurra. Me aparta.

—Pasa bien —me dice—. Celebra.

Se supone que las graduaciones son celebraciones, así que Q y yo nos alejamos y nos unimos a un grupo de compañeros.

—Se acabó —dice Q.

—Soy el Alfa y la Omega, el Principio y el Fin —digo yo.

—Un poco de mierda bíblica —dice una voz.

Es Joy. Su toga es ridícula —todas nuestras togas son ridículas—, pero se las arregla para verse sexy.

Da a Q un abrazo amistoso, y luego me da un abrazo amistoso a mí también. Tocarla es como dar a alguien que vaga por el desierto un vaso de cartón vacío. Demasiado lejos.

Pero no me quejo ni intento acercarme más, porque siento que me miran.

El padre de Joy me mira a través de sus lentes de sol de policía.

—¿Van a cenar? —pregunto—. ¿Tienen todos cenas elegantes?

—Sí —dice Q—. Remington Resort.

—Rayos —dice Joy—. Nosotros vamos al Capital Steakhouse.

—Qué elegantes —les digo—. Pues supongo que nos vemos luego.

Me pregunto: «¿Cuántas veces más podré decir algo así, y con tanta facilidad?».

—¿Y tú dónde vas a cenar? —me pregunta Joy.

—Seguramente nos quedaremos en casa y pediremos algo —le contesto con toda la naturalidad posible.

Porque es una pregunta ridícula, y veo que Joy enseguida lamenta habérmelo preguntado.

—Claro —me dice—. Es obvio.

Reprimo el deseo de besarla para que no se sienta incómoda, para que sepa que no pasa nada, para que no se preocupe. Nos conformamos con otro abrazo amistoso. Abrazo también a Q, para eliminar cualquier sospecha. Espero que no se dé cuenta de mi objetivo, o que no le importe.

Nos separamos.

En quince minutos, el campo de la graduación está vacío. Se acabó.

33

Luz estúpida

Les digo a mis padres: «Váyanse a descansar. Yo me ocupo de esto». Meto en el refri la comida que sobró. Cargo el lavavajillas, echo detergente y pulso el botón. Extiendo mi toga de graduación y la cuelgo en el armario, junto a los abrigos de invierno, que nunca utilizamos.

Subo a mi habitación, me pongo mi ropa negra más rojiza y mis tenis rojos más rojizos y busco rápidamente una linterna de cabeza. Voy de puntitas a ver qué hacen mis padres. Están los dos dormidos en el sillón de mi padre. Les escribo una nota.

VOY A UNA FIESTA DE GRADUACIÓN

Afuera, saco el Consta del camino sin hacer ruido, en punto muerto, saludo con la mano a un vecino al que no conozco, que me mira con la cabeza inclinada, y espero a estar en la calle para arrancar el motor.

Sigo siendo un buen escalador, creo.

Cuando llego a Crescent Cove es de noche. En esta pequeña playa no hay estacionamiento oficial. Sólo un largo arcén flanqueado por hierba amarilla tan alta que oculta el coche, lo cual está bien. Frente al arcén hay una pequeña puerta —se salta fácilmente— desde la que se abre un camino.

Joy debe de estar ya en la cama, tras su gran cena de graduación. Debe de estar sola.

Quiero retomar el abrazo amistoso de la ceremonia de graduación en el punto en que lo dejé. Llevo en la mochila un terrario de cristal en forma de lágrima lleno de musgo y líquenes para regalárselo a Joy. Se lo regalaré, y sé que le gustará más que cualquier ramo de flores. Aunque es tarde, voy a empezar el verano de amor ahora mismo. Porque yo lo digo.

Hablo de voluntad.

Conozco este camino. Cuando las Reuniones se hacían en casa de los Song, los Limbos saltábamos del balcón y bajábamos al agua con linternas.

Joy y yo.

Ahora, años después, soy el único Limbo que está aquí. Llevo la linterna en la frente. Y en lugar de bajar, subo. El camino de tierra desciende y se eleva suavemente. Atravieso oleadas de aire caliente y frío. Cuando llego a los enormes pilotes de concreto que sujetan la casa de Joy, apago la linterna.

Bajar es más fácil que subir, porque hay que escalar. Pero recuerdo —mi cuerpo de cuando tenía diez años lo recuerda por mí— cómo sujetarme a la gran viga y subir hasta el estrecho soporte transversal, que, una vez atravesado de puntitas agarrándome a los remaches, me conduce a la única parte que me asusta: una barra a casi cinco metros del suelo.

«Wow —pienso—. ¿Esto lo hacíamos de niños?»

En fin, resulta que aún puedo hacer dominadas.

Paso una pierna por encima y me descubro observando hectáreas de suelo de madera inmaculado. Las luces de la casa están apagadas. Escucho. Entre la cálida brisa y el leve suspiro del océano oigo el lejano parloteo de una tele, lo que significa que los Song están en casa.

Avanzo de puntitas y tropiezo con un gran cono de luz.

Hago un patético intento de esconderme detrás de una pequeña maceta cilíndrica —la decoración de los Song siempre ha sido estúpidamente minimalista y de buen gusto— y espero a que mi corazón pase de semicorcheas a corcheas, y por último a notas negras al ver que nadie aparece a investigar.

Me agacho fuera del alcance del sensor, espero una eternidad para que la maldita luz se apague y me pego a la pared trasera de la casa. Me quedan seis metros.

Cuando llego, una cara flota en el cristal oscuro.

Es Joy, leyendo un libro con una lámpara de lectura.

Golpeo el cristal intentando hacer el menor ruido posible, a unos centímetros de su cabeza, y a Joy casi le da un infarto.

—Soy yo, soy yo —susurro.

Enciendo mi linterna para demostrárselo.

Joy está a punto de lanzar el libro por la ventana, pero se detiene. Marca la página, abre la ventana y me golpea en la cara con el libro.

—Casi me cago en la cama —me dice.

—¿No te trae recuerdos? —le pregunto.

Joy abre los ojos.

—¿Escalaste hasta aquí?

Asiento.

—¿Por el mismo camino que hacíamos de niños?

Asiento.

—Ay, Frank —dice Joy, y parece a punto de llorar.

—¿Estás bien? —le pregunto.

—Tenemos que hablar —me dice.

Empuja un gran puf hacia la puerta, para cerrarla sin cerrarla, y se inclina por encima del alféizar. Retira un sensor del tamaño de una pastilla del marco de la ventana, lo pega a otro sensor del otro lado y salta afuera.

—Sólo nos falta que suene la alarma —me dice.

En un arrebato, la tomo de la cintura y la beso. Pero sus labios se quedan flácidos. Su cuerpo está tenso.

—Vamos —me susurra.

Me lleva de la mano a un claro a la luz de la luna escondido entre cipreses de Monterrey. Forman una especie de tienda de campaña que no se ve desde la tierra, pero abierta al mar. Veo el blanco de las olas cayendo.

Nos metemos y nos sentamos. Si fuera un idiota fantasioso, pensaría que me trajo aquí para que hagamos el amor con esta vista del océano.

Pero ahora mismo sé que esto no es una fantasía.

Se sienta con las piernas cruzadas y espera a que yo también me siente. Miro su mano. Está justo encima de la mía. Se pintó las uñas. En la tenue luz no puedo decir de qué color.

Estoy pensando «Tengo que besarla ahora, antes de que pueda decir algo» cuando me lo dice.

—Creo que deberíamos dejar de vernos.

—No —le digo, como un niño.

—Frank.

—No me dijiste yubs —le digo, sorprendido—. Sabía que algo iba mal.

—Frank, escúchame.

—Estás rompiendo, ¿verdad?

—¿Cuánto tiempo crees que podemos escondernos hasta que pase algo malo de verdad?

—Demonios, estamos rompiendo.

Me aprieto los ojos con las manos hasta que el océano suena como si rugiera.

—Estás rompiendo de verdad —le digo—. Nuestros padres se pelean y ahora te rindes y te vas.

¿Qué le pasa a mi cara? Sea lo que sea, a Joy le da un poco de miedo. ¿Parezco enojado? ¿Traicionado y con deseo de venganza?

—Acabamos de graduarnos —le digo—. Sólo tenemos tres meses de verano. Si somos supercuidadosos, nos coordinamos y nos cronometramos bien, podemos aprovecharlos al máximo.

Joy me toca para que me calle.

—Escucha lo que estás diciendo.

—Podemos hacer que funcione —le digo.

—La situación es ésta —dice Joy agarrándose el pelo. Estoy seguro de que lanza destellos verdes, pero de nuevo la luz es muy tenue—. Lo que están arruinando es mi vida. Y la tuya.

—Pues no les hagamos caso —le digo—. Que se jodan. Alejémonos.

—No puedes alejarte.

—Puedes hacer lo que tu alma quiera que hagas —le digo—. Que se jodan todos los demás.

—¿Es lo que de verdad quieres? —me pregunta—. ¿Que se jodan todos los demás? ¿Sabes lo que implicaría que se jodan todos los demás? No se trata sólo de ti y de mí. No quiero que nuestras familias se peleen. No quiero que las cosas se enrarezcan con mi padre durante sabe Dios cuánto tiempo. Y tampoco lo quiero para ti.

Me río para mí mismo.

—Estás diciendo que no vale la pena.

—¿Qué no vale la pena?

La miro.

—El amor.

Joy parece herida.

—No es eso lo que estoy diciendo.

Pero sigo mirándola…

—No es eso lo que estoy diciendo —repite.

… porque sí lo es.

—Sólo digo que tenemos que pensar en otras cosas, más grandes.

—No hay nada más grande que el amor —le digo, y acerco las rodillas para clavar mis ojos en ellas hasta que aparecen los cuadros verdes y negros.

«Limitémonos a estar enamorados», pienso, y lo único que quiero es que diga «Si tú lo dices, Frank», y que con un largo beso todo vuelva a ser como antes. Pero Joy mira las olas moviéndose a lo lejos y prepara lo siguiente que va a decir.

—Tu padre tuvo que elegir entre vivir menos pero mejor, y hacer quimioterapia y vivir más pero peor —me dice.

Trago saliva para evitar que se me salten las lágrimas.

—Nosotros no vamos a hacer quimioterapia —me dice.

No termino de entender lo que está diciendo —¿nos está comparando con el cáncer?—, pero no importa, porque sus palabras me destrozan igualmente.

—Pero te quiero —le digo—. Me quieres.

—Somos una familia feliz —canturrea Joy en el tono más triste del mundo.

—Limitémonos a estar enamorados —me decido a decirle.

—Frank, no puedo… —me dice Joy, y se tapa la boca porque se quedó sin palabras. ¿O porque no quiere que salgan?

—Te quiero —le digo—. Me quieres. Es así de sencillo.

Hunde la cara y la tomo con un brazo, luego con dos, pero ya la siento extraña. Se le escapa parte del aura. Joy es una fogata que se extingue ante mis ojos, y soy un inepto en cuestión de fogatas.

Echa un vistazo entre mis brazos.

—El mar brilla… Mira.

Miro. Sí, las olas son muy azules.

—Es el momento más brillante —le digo.

—Siempre me he preguntado por qué —murmura Joy para sí misma.

—Dinoflagelados.

Joy se voltea para mirarme a través del pelo.

—¿Cómo lo sabes?

—No importa —le contesto, y nuestras últimas brasas se apagan.

Pero no quiero que se apaguen. Las pisoteo una y otra vez, porque el imbécil que tengo dentro de mí cree que pisotearlas es la mejor manera de avivar el fuego.

—Podrías salir a caminar —le digo con el entusiasmo más falso del mundo—. Así podría verte en Crescent Cove…

—No puedo.

—Sería perfecto, porque desde aquí ni siquiera se ve el extremo izquierdo de la playa.

—¿Qué pensaría Hanna de tu plan?

—No es lo mismo.

—Buenas noches, Frank.

Joy se levanta y se va.

No la miro yéndose.

Es más fácil mirar los dinoflagelados brillando, su minúscula y patética manera de enfurecerse con las olas, que se niegan a dejar de molestarlos.

Olas estúpidas.

Océano estúpido.

Si miro el océano, puedo fingir que Joy sigue sentada a mi lado. Pero no está. Apenas hay marca en el lugar en el que se sentó, y la marca se enfrió rápidamente.

Recojo el terrario en forma de lágrima y lo cuelgo de una rama para que se balancee con el viento. Su contenido no durará mucho.

Al final me levanto y salgo de la tienda de cipreses. Recorro el camino oculto y vuelvo al suelo de madera de los Song. La ventana de Joy está cerrada. Las persianas están bajadas. Vuelvo a tropezar con el gran cono de luz y lo atravieso.

Luz estúpida.

Bajo del suelo y agarro la barra, pero al momento se me resbala la mano y estoy por los aires. «Bien, perfecto —pienso—. Estoy cayendo.»

Es exactamente lo que no se debe pensar, por supuesto, porque si alguna vez voy a aprender a volar, debería centrar mi mente en otra cosa, en algo totalmente irrelevante, para no llegar al suelo, sino elevarme.

34

Si tú lo dices

MENSAJES
  JOY SONG
  EDITAR
  BORRAR CONVERSACIÓN
  ¿ESTÁS SEGURO?
  TODOS LOS MENSAJES BORRADOS

La médico entra por fin, gira un monitor hacia mí y me muestra mi tobillo por dentro.

—No hay nada roto —me dice—. Excepto tu orgullo, quizá, ja, ja.

—Pffffff —digo.

—Es broma, en fin, soy muy bromista. Es un esguince. No está tan mal.

—No roto —dice mi madre, aliviada. Me da un golpe en el hombro—. Aigu, idiota.

—En esta época del año tenemos muchos casos de este tipo entre determinado sector demográfico juvenil —dice la médico.

—Va a fiesta de graduación muy tarde —le dice mi madre—. ¡No bebe!

—Recuerde: descanso, hielo, vendaje apretado y pierna elevada —le dice la médico—. Parece que el chico es peleonero.

Me mira de arriba abajo. ¿De verdad esta mujer madura está echándome los perros delante de mi madre?

—Gracias, doctora —le dice mi madre, sin enterarse de nada—. Entra en Stanford.

—Aay, allí hace mucho calor —dice la médico.

* * *

Meto el pie en una bolsa elástica para bañarme porque soy demasiado flojo para quitarme y volver a ponerme el aparato ortopédico. Luego duermo hasta las dos. Podría dormir hasta la cena si quisiera. Podría dormir hasta septiembre y despertar justo a tiempo para empezar las clases.

Porque es verano.

Verano.

—Se acabó el verano de amor —le digo a la almohada.

Bajo la escalera cojeando, descanso con una bolsa de hielo en el tobillo vendado y elevado, con un cojín debajo, al lado de mi padre, que descansa también con las piernas elevadas, y publico un breve video en el Snapstory con el deprimente objetivo de llamar la atención.

En minutos, Q me dice: «Iré a verte».

Veo el nombre de Joy entre las doce personas que han visto mi video. Voy a su muro y lo muevo arriba y abajo un rato. Supongo que éste es nuestro futuro.

La vida se complicó y Joy se asustó. Renunció a nuestro amor. Me doy cuenta de que el amor es una creencia compartida. En cuanto esta creencia se desvanece en cualquiera de las dos partes, paf, todo se cae, como cuando jugando a tirar de una cuerda de repente se va hacia un lado.

Dejo caer al suelo el espejo de mono y vuelvo a quedarme dormido.

Din-don. Me despierto. Mi padre no está. Estoy solo.

—Frankie —dice mi madre—. Q aquí.

—No te levantes —me dice Q. Deja en el suelo su pesada mochila y se sienta junto a mi pie elevado—. ¿Qué rayos hiciste? ¿No te falta ningún dedo?

—¿Recuerdas que estábamos en esa fiesta loca y me resbalé en el gran charco que estaba al lado de aquella cosa? —le digo abriendo los ojos al máximo.

—Aaah aaah síí —me dice Q—. Fue increíble.

—Voy a ver a papá —me dice mi madre.

Esperamos a que se vaya para bajar la voz.

—Ayer fui a ver a Joy —le susurro, y agacho la mirada.

—Ay, no —me dice Q.

Asiento.

—Pero... tú... ella... —dice Q.

—Terminamos. Se acabó. Dona.

—¿Dona?

—No sé —le digo.

—Puedo traerte donas. Lo que necesites.

—Quiero a Joy.

Lloro y me cubro los ojos con una mano rígida.

—Ay, amigo, ven aquí, ven aquí —me dice Q—. Deja que papá Q te abrace.

—No quiero donas —sollozo—. No quiero ninguna de esas mierdas. Quiero que nadie se mueva. No quiero el puto Snapstory de Joy. No quiero que estés a cinco mil kilómetros de aquí. No quiero que mi padre...

—Oye, amigo —me dice Q—. En serio, dame un abrazo.

Cuando acabo, la camiseta de Q está toda mojada.

—Lo siento —le digo.

Q mira mis lágrimas con un orgullo extraño.

—No lo sientas. Tienes suerte.

—Sí, mucha suerte, mírame.

—Amas lo bastante para llorar —me dice Q—. Te admiro.

No puedo evitar reírme, y Q se ríe conmigo.

—¿Sabes lo raro que suena lo que dices? —le pregunto.

—Tú eres el de los pañales cagados y las donas.

Sonrío a mi amigo. Mi mejor amigo.

—¿Quieres salir a algún lugar?

—No vas a ir a ningún lado con ese tobillo —me dice Q—, que aún tienes que explicarme. Y además traje nuestra última campaña, lista para jugar.

—La terminaste —le digo, sorprendido.

Q mueve sus lentes.

—Anoche.

Saca de su mochila su libreta en espiral de Calabozos y Dragones. Se titula *El evasivo Cambith de ¡P'Qatlalteia: el regreso de Totec.* Hay calaveras, pentagramas y todo lo demás. No sé cómo va a poder superar a los semidioses y el drama del intercambio de gemas de nuestra última campaña, pero ahora siento curiosidad.

—¿El mago Totec resucita? —le pregunto—. ¿Paul también juega?

Q asiente.

—Debería haber llegado hace diez minutos. ¿Dónde está Paul? Traje a Totec para ese desgraciado.

Esperamos y esperamos, y al final, como el tiempo que podemos pasar juntos es limitado, decidimos que deberíamos empezar. Juego con mi paladín y con el mago de Paul a la vez, y cambio de acento cuando es necesario. Sobre el papel, somos los más perdedores de la historia de la Preparatoria Palomino. Dos chicos que empiezan las vacaciones de verano jugando solos a Calabozos y Dragones.

Pero no nos importa. En cuestión de minutos estamos riéndonos, conspirando, animando y gritando.

Gracias, Q.

—Comen melón —grita mi madre, que nos asusta a los dos entrando con un plato de rodajas de melón.

Gracias, mamá.

Hacemos lo mismo durante semanas.

Publico fotos de nuestras figuritas en la batalla. También subo mi tobillo, que ya no lleva un aparato ortopédico, sino un vendaje más ligero. Más melón. La intensa mirada de maestro de mazmorras de Q. Mi padre, que por fin come algo más que un pan tostado. Recibo mi puñado de penosos likes de mis poco más de veinte seguidores. En fin. Estoy demasiado ocupado para que me importe.

Un día tres valquirias malditas tienden una emboscada a mi personaje mientras estoy inspeccionando una fortaleza destrozada, y mi personaje ni siquiera puede contraatacar. Muero solo, en esa ruina sin nombre.

Derribo mi figurita.

Q la levanta. Empieza a improvisar.

—Ey, ey, atención, soy el espíritu protector del último superviviente de este antiguo castillo —dice Q—. Me llaman... Barbra el Bueno y Legal, y por la presente recompenso tu alma justa.

—¿Qué estás haciendo? —le pregunto.

—Estoy devolviéndote la vida —me contesta Q.

—¿Puedes hacerlo?

—El maestro de mazmorras puede hacer lo que quiera —me contesta Q—. Y digo que volviste a la vida.

Me sonríe tanto que no puedo evitar sonreír.

—¿Barbra? —le digo.

—Barbra el Bueno y Legal —añade Q.

—Sí tú lo dices —le digo.

35

Champán de Champaña

Noche. Estoy solo en mi cama, pensando en París.

Los Song se han ido de repente dos semanas de vacaciones a París y alrededores porque (a) son ricos y (b) así se llevan a Joy lejos de mí, muy lejos. ¿Suena egocéntrico? ¿Parece una locura?

Hay fotos de Joy entrecerrando los ojos al sol con su hermano pequeño, Ben, delante de todos los lugares turísticos habituales: la torre Eiffel, el Sagrado Corazón y demás. Estúpidos quesos redondos. Estúpidas baguettes en cestas de bicicleta.

Joy está guapísima, malditos sean los filtros. Y perdida. Y resignada.

Like, like, like, like, ¿por qué no? Puedo fingir que son besos que ella no puede sentir.

Una noche publico una foto del delirante rollito de papel que el loco de Charles me dio en La Tienda hace muchos meses, y que todavía conservo. Enfoco el dibujo del hombre y la mujer desnudos, los uróboros vaginales y todo eso.

Joy comenta con un pequeño corazón azul.

Supongo que tendrá que bastar.

Días después. Q y yo hacemos otra ruidosa sesión de calabozos que dura todo el día. Por la noche, minutos después de haber recogido sus cosas y haberse ido, suena el timbre.

Mi padre entra en la habitación arrastrando los pies, adormilado y perplejo.

—¿Quién es?

—Quizá Q olvida algo —dice mi madre.

Miro a mi alrededor.

—Ay, mierda, sus dados.

Hablo de la bolsa de terciopelo de Q con dados de setenta dólares, de opalita brillante tallada a mano. Diez dólares por dado, frikis. A Q le encantan estos dados. Tomo la bolsa y se la doy a mi madre.

—Pesa mucho —me dice.

Cuando llega a la puerta, la oigo murmurando en coreano.

¿Coreano?

Veo que mi padre se acerca arrastrando los pies. Hablan más alto, más formal.

Así que me levanto para ver a qué viene esa conmoción. Tardo un segundo —aún tengo el tobillo sensible—, pero ahí están, en nuestro recibidor lleno de zapatos.

Los Song.

—Vaya —digo al ver al padre de Joy.

Lleva un suéter alrededor de los hombros. Tiene toda la cara de un tipo que vuelve de Europa y está nervioso por asegurarse de que todo sea tan estadounidense como lo dejó.

Están la madre de Joy y su hermano pequeño, Ben, apretados junto a la figura del niño vaquero, con el caballo sorprendentemente enojado.

Y está Joy. Lleva una polo de Cheese Barrel Grille. ¿De dónde demonios la ha sacado?

Suelto una carcajada, y luego quiero llorar, porque una parte de mí insufriblemente sentimental quiere creer que lleva esa camiseta para decirme «Siempre te querré».

¿Saben qué? Que se joda. Por eso lleva la camiseta. Es lo que voy a creer ahora mismo. ¿Por qué otra razón la llevaría, precisamente hoy, precisamente aquí, precisamente conmigo?

—Hola —digo.

—Hola —me dice Joy.

El padre de Joy hace un gesto a su mujer, que obedientemente ofrece a mis padres una bolsa grande y elegante.

—Les trajimos unas cosas de nuestro viaje —dice—. Unas cositas.

En la bolsa hay tres pañuelos de seda, un broche de cristal, un bote de mostaza Dijon de Dijon y una botella de champán de Champaña.

—Lamentamos no haber podido venir en cuanto nos enteramos de las noticias —dice la madre de Joy muy despacio y sin un solo error—. Queremos pedirles nuestras más sinceras disculpas.

—Está bien —dice mi padre. Parece casi avergonzado de que lo vean como es ahora, con los sudores con los que lleva semanas viviendo, con un tembloroso vaso de cartón en la mano por si vomita—. Muchas gracias.

—Si necesitas algo —le dice el padre de Joy—. Lo que sea.

No aparto los ojos de Joy, que cuando me mira no me aguanta la mirada más de medio segundo. Debe de haberles contado lo de la enfermedad de mi padre en el viaje. Su lenguaje corporal lo dice todo: esto es rarísimo, demonios.

—Frank —dice mi padre—. Llevas bolsa arriba, metes en armario de mamá.

Agarro la bolsa. Vuelvo a mirar a Joy. Se dobla tanto un dedo que parece que se lo va a romper. Todavía me quiere —lo veo—, pero no sabe qué hacer.

Yo tampoco, pero por distintas razones.

—Gracias por los regalos —digo por encima del hombro, y subo.

Cuando llego al armario de mi madre, me encierro adentro, respiro en la oscuridad y miro la línea iluminada de debajo de la puerta, cada vez más tenue.

Esa noche, cuando todos se van a dormir, salgo solo al patio trasero y me siento. Llevo ropa nueva: camiseta y shorts de Stanford, que Hanna me mandó en un paquete. Subo una foto horrorosa de la luna y escribo «Buenas noches, verano en el patio trasero». Me dan varios likes, uno de ellos es de Joy.

Me quedo una hora ahí sentado, escuchando el tráfico de la autopista, preguntándome cómo debo mirar ahora a mis padres y a la familia de Joy.

Supongamos que Joy y yo hubiéramos nacido en Corea. Seríamos coreanos. Formaríamos parte de una tribu. Pero eso no significa necesariamente que formaríamos parte del mismo grupo. Porque hay tribus dentro de las tribus, con brechas que las separan.

Brechas temporales, brechas entre generaciones. El dinero crea brechas.

Ratón de ciudad y ratón de campo.

Si hay tantas microtribus en todas partes, ¿qué significa ser coreano? ¿Qué significa cualquier etiqueta?

Mi reflexión se ve interrumpida por un susurro en los arbustos del final del patio trasero. Me levanto y busco el teléfono. Siempre he querido tomarle una foto a una comadreja, o a un mapache.

La comadreja es enorme. Tiene parte del pelo verde.

No es una comadreja.

—¿Qué rayos? —digo.

—Lo dices mucho cuando me ves, ¿lo sabes? —me dice Joy.

Sale de entre los arbustos dando una patada sin gracia y se alisa la camiseta.

—¿Cómo…? —digo.

—En el muro de tres casas más abajo hay un hueco, y la valla está doblada —me dice Joy—. Tengo dos minutos. Dejé el coche en el arcén.

—Estás loca.

—Me voy mañana…

Mierda, tiene razón. La CMU empieza antes que Stanford. Avanza hacia mí como si pisara hielo.

—Sólo quería decirte que lo siento —me dice.

Da otro paso. Me limito a mirarla. Está preciosa, quiero estrecharla en mis brazos, pero el puño de mi estómago dice que no. Así que no digo nada.

—Lo siento —me dice.

No me muevo. Me quedo ahí con los brazos cruzados.

—Ojalá fuera más valiente —me dice. Da otro paso, pero retrocede—. Ojalá fuera tan valiente como tú. A veces me siento idiota. Ya tengo dieciocho años, ya soy una maldita adulta.

Joy gruñe al cielo. Al momento vuelve a mirarme.

—Pero a la mierda —me dice—. Sólo quiero decirte que lo siento. Lo siento de verdad, soy patética, despreciable, pero quiero que me perdones, y suena como la tontería más grande del mundo, pero tienes que saber que eres mi mejor amigo y que no quiero perderte.

La última parte —«No quiero perderte»— se pierde cuando la beso.

Se queda mucho más de dos minutos. Que se lleve el coche la grúa. Que hagan todos lo que quieran.

Que se vayan al diablo. No voy a desperdiciar mi vida culpándola. No voy a desperdiciar mi vida avivando brasas de remordimientos, solo en la oscuridad.

—Te quiero, yubs —me dice Joy—. Siempre voy a quererte. ¿Estás de acuerdo en que siempre nos querremos y en que esto sólo ha sido circunstancial?

—Sí.

—Yo también.

—Nos declaro marido y mujer —le digo—. Ahora puedes... irte a la universidad y no volverme a ver hasta las vacaciones.

—Grr, ¡tus bromas idiotas! —grita Joy entre el ruido del tráfico, y me da el mejor manotazo de la historia.

—Siempre te querré, Joy Song.

—Necesitaba escucharlo.

—No puedo evitar quererte, Joy Song.

—Ahora tendré algo que guardar.

—Yo también lo guardaré —le digo.

El tráfico adquiere un tono insistente y empiezo a imaginarme a un policía curioso descubriendo el coche de Joy.

—El coche —le digo.

—Lo sé —me contesta.

—Vete —le digo, y vuelve a meterse entre los arbustos.

Joy voltea hacia mí. Su sonrisa brilla en la oscuridad. «No hay nada más, ¿verdad?»

36

La vida es sólo un sueño

Las dos últimas semanas del verano pasan como gatos después de un terremoto. Mis padres, que notan mi melancolía, caminan de puntitas a mi alrededor. Me preguntan si necesito algo. Cortan un melón tras otro. Mi tobillo está fuerte. Me siento más alto, como si al curarse todo yo hubiera adquirido mayor estatura. Salgo de casa a correr sin decírselo a nadie, vuelvo a cualquier hora y me preparo mi comida. He estado investigando la escena musical de Palo Alto y los alrededores. Empiezo a verme en ella.

Se lo cuento a mis padres, y se dan cuenta de que me entusiasmo. Se ponen tristentos (tristes y contentos). Porque justo cuando pensaban que su hijo ya había crecido, vuelvo a cambiar. Me vuelvo diferente.

Q también se da cuenta. Terminamos *El retorno de Totec* en un arrebato de gloria salvaje bajo mi absurdo mando. No lucho con inteligencia. No lo pienso bien.

—Estás totalmente loco, amigo, te quiero —grita Q.

Lo que ni Q ni mis padres pueden ver es la pequeña cámara secreta en la wunderkammer de mi corazón, ni lo que contiene.

Volviendo a mi imprudente y sangrienta campaña: cuando Paul aparece por fin a jugar, ya destruimos al Bladeling Supremo de la fortaleza principal de ¡P'Qatlalteiaq, nos repartimos el tesoro y regresamos a nuestras tierras. Lo normal sería que ahora nos dedicáramos a recoger recursos, curarnos y entrenarnos para la siguiente gran campaña, pero no habrá otra gran campaña. Así que Q cierra la libreta de campañas, dobla sus biombos de cartón, cierra su mochila y suspira.

Paul observa su figurita de Totec y la mete en su bolsa especial.

—Supongo que hemos acabado —dice Paul—. ¿Isang bagsak?

Aplaudimos.

—¿A qué horas se van mañana? —nos pregunta Q.

Miro a Paul.

—Señor Olmo, ¿a qué hora?

Paul y yo iremos juntos al norte en coche. Dejaré a Paul en Santa Cruz y seguiré hasta Stanford.

—No sé —dice Paul—. ¿A las nueve? ¿A las diez? Quizá a las once. ¿Después de comer?

—Los domingos no hay mucho tráfico —digo—. Las clases empiezan el lunes... Cuando quieras.

—No puedo creer que ésta sea la última vez que... —dice Paul, pero no puede terminar.

Nos damos un abrazo en grupo tan descoordinado que no nos damos un golpe en la cabeza por milímetros. Paul y Q se van.

A los pocos segundos entra mi madre.

—¿Ya fueron?

—Sí.

—Ah —dice mi madre, decepcionada—. Vengo decir adiós.

—Los verás en Acción de Gracias.

Mi madre empieza a decir algo, pero se detiene. Quiero decir lo mismo.

«Pero entonces papá no estará aquí.»

—¿Estás bien? —le pregunto.

—Estoy bien —me contesta mi madre.

—Mamá, dilo. Quiero escucharlo, sea lo que sea.

—Estoy bien —se limita a decir mi madre, y finge ir a poner la lavadora.

Joy y yo volvimos a mandarnos mensajes. Nos mandamos memes idiotas, animaciones y esas cosas. Me manda una foto de su habitación, y otra furtiva de su compañera, que parece una extraña versión afroamericana de Brit.

Al principio Joy me manda muchos mensajes, pero empiezan a disminuir a medida que explora su nuevo mundo. Y decido que es perfecto. Lo contrario sería raro.

Esa noche mi madre prepara mi cena favorita, crepas de marisco y fideos fríos mul naengmyeon, e intentamos no asustarnos cuando mi padre hace el heroico esfuerzo de comer fingiendo entusiasmo. Acaba vomitando casi todo en un vaso de cartón.

—Perdón, mamá —dice.

—Aigu —dice mi madre, que significa: «No te preocupes por nada. No ha sido culpa tuya».

Le da agua. Mi padre la aparta.

—Dame dos cervezas, por favor, Frankie-umma —dice.

Dice «por favor». Algo se trae entre manos.

—No debes beber, estás enfermo —le dice mi madre.

—Médico dice que bebo toda la cerveza que quiero, no importa —dice mi padre.

Mi madre se calla. Lo ve sentado con su hijo en su última noche antes de la universidad y lo entiende. Sabe que la próxima vez que yo lo vea podría ser por la noche, muy tarde, después de haber vuelto a toda prisa de Stanford, en una habitación de hospital.

Así que trae las cervezas. Las abre. Nos deja solos.

—La cerveza es malísima —le digo—. ¿Por qué la bebes?

—Es agua de cebada natural —me dice mi padre, y brindamos.

Bebo porque no sé qué decir. Vuelvo a beber. Malísima.

Pero es lo mejor que he bebido nunca.

—Bueno —me dice mi padre—. El otro día leo. Aprendo palabra nueva.

Mi padre espera a que muerda el anzuelo, y yo muerdo el anzuelo.

—¿Qué palabra, papá?

—«Neohumanista.»

Mi padre está siendo críptico. Ahí vamos.

—¿Qué significa «neohumanista», papá? —le pregunto obedientemente.

Mi padre da un trago.

—Yo soy coreano. Tú también coreano. Pero tú también chico estadounidense, cien por ciento. Eres neohumanista. ¿Sabes lo que es neohumanista?

—Más o menos —le digo mirando mi cerveza.

—Esencia espiritual, llamada núcleo del alma, como partícula, partícula física. ¿Sabes qué es quark? Lo mismo. ¿Átomo? Lo mismo, lo mismo.

—Okey, papá —le digo.

Entretanto, mi padre se prepara para otra ronda de arcanos libres. Yo también me preparo. Es nuestra última noche juntos. Será larga.

—En fin —dice mi padre—. En fin.

Se queda callado.

—En fin ¿qué, papá? —le pregunto.

—Estoy muy orgulloso de ti —me contesta—. Muy muy orgulloso. Te quiero, hijo mío, ¿okey?

Coloca su mano encima de la mía. Tiene la piel muy fina. Tiene una vía intravenosa en la muñeca, y siempre la tendrá.

Apenas puedo hablar, las palabras se me congelan.

—Yo también te quiero, papá.

Vuelvo a tener la sensación de flotar, pero esta vez no soy yo el que floto. Ni mi padre. Es todo lo que nos rodea. Las sillas, la tostadora, las ollas, los sartenes, miles de trastes raros de las estanterías que se elevan desde donde están.

Una bonita constelación de objetos efímeros.

—En fin —dice mi padre, y su voz restaura la gravedad—. La vida es sólo un sueño.

Me suelta la mano con la excusa de limpiar su lata de cerveza mojada. Nunca se ha sentido cómodo con las largas muestras de cariño. Nunca ha sido su manera. Y es perfecto.

—Vamos, papá. No seas macabro.

—No, no soy macabro —me dice mi padre—. La vida es sólo un sueño. ¿Mi sueño? Toda mi vida tengo un sueño muy bonito, Dios me lo da. Tengo mujer guapa. Tienda va bien. Guapo hijo va a Stanford. Hija también se convierte en mujer guapa. Di a Hanna que mi sueño es mejor sueño.

—Díselo tú —le digo.

Mi padre se ríe, lo que en coreano significa: «Estoy muy avergonzado de mi comportamiento».

—Papá —insisto—. Díselo tú, ¿okey?

—Okey, Frank.

—Tienes que hablar con Hanna. Está pasando por un momento importante. ¿Me oyes?

—Okey, Frank, okey.

Doy un trago amargo de cerveza. ¿A quién le gusta esta porquería? Doy otro trago, y otro.

Gracias, cerveza.

—Voy a dormir —me dice mi padre—. Mañana gran día.

—Sí.

—Quizá duermo, me despiertas antes de irte, ¿okey?

—Claro, papá.

—¿Y estudias música? Con música no ganas dinero —me dice mi padre—. Mejor empresariales. Más mejor.

Me río para mis adentros. Porque ¿sabes qué? De todas formas haré lo que quiera. Tengo que hacerlo. Al fin y al cabo, eso hizo mi padre.

—Okey, papá —le digo.

37

Bajo riesgo de incendio

Antes de que Paul y yo nos pongamos en camino, tengo que pasar a la casa de Q.

Volvió a olvidar la gran bolsa de dados.

—Espera aquí —le digo a Paul, y corro por el camino de grava de trescientos kilómetros.

Cuando Q abre la puerta, está solo en casa.

—¿Dónde está todo el mundo? —le pregunto.

—Mis padres fueron con Evon a dar una vuelta por San Francisco antes de que empiece Stanford —me contesta Q—. Por cierto, me pidió que te devuelva esto.

Me da un puñado de cables en verde Loco-LimeTM, morado Grape-EscapeTM, naranja Citrus-SpinTM y demás. Todos los colores del arcoíris, en orden.

—Gracias —le digo.

—¿Y tu millón de familiares?

—Parque temático Mouse World —me dice Q.

—Vaya —le digo.

—Les dije que tenía la solitaria.

—Muy bien —le digo, y levanto el puño—. Olvidaste tus estúpidos dados.

Le doy la bolsa, y él pega sus labios a los míos.

—¿Qué…? —le digo, pero vuelve a besarme.

Curiosamente, sus labios son más suaves que los de Joy. Menos definidos. Huele a refresco de lima y a nachos picantes.

Cuando se aparta, veo que tiene los ojos llenos de lágrimas.

—No se lo digas a nadie, por favor —me dice.

«Qué cara», pienso. Nunca me había fijado en lo delicada que es, en su bonita forma. Ni siquiera me había fijado en sus pecas. Me doy cuenta de que es una cara cuya belleza sólo se ve cuando la miras un buen rato. Una cara de la que algún día alguien se enamorará. Así que se lo digo.

—Algún día harás muy feliz a un chico con suerte.

—Te voy a extrañar —me dice.

—Yo también te voy a extrañar —le digo.

* * *

Sabemos que salimos de la civilización cuando llegamos al bosque quemado. Las llamas que lo recorrieron eran las mismas llamas que empezaron a arder mientras le rompía el corazón a Brit, hace un millón de años.

—Supongo que el fuego llegó muy lejos —me dice Paul Olmo.

—Sí —le digo.

Llevo una hora y media conduciendo, y aún estoy en shock. De repente necesito salir del coche.

—Oye, voy a orinar —le digo a Paul.

—Tómate tu tiempo. Francamente, Frank, no tenemos prisa.

—Eres el colmo, Olmo —le digo.

Paul me lanza una sonrisa triste y empieza a ver fotos de todos nosotros en el celular.

Cuando acabo de orinar, y el sonido del chorro se detiene, todo se queda en silencio. Silencio total y absoluto. Me doy cuenta de por qué: como todas las hojas se quemaron, el bosque ya no hace ruido. Hay un letrero nuevo, seguramente lo pusieron hace poco en sustitución del anterior, que se quemó. En el letrero pone BAJO RIESGO DE INCENDIO.

Sin embargo, este bosque muerto tiene un tamaño, una forma y una calidad palpables. Está aquí. Como una suave respiración. Es sólo un momento en la vida de este organismo colosal, ya que volverán a crecer los árboles, y todo el mundo olvidará que una vez hubo llamas tan altas que derritieron las casas.

334

Estoy en una carretera que me lleva lejos de casa. Es raro estar aquí. No debería estar aquí. Porque en casa está mi padre con su vaso de cartón. Mi madre le lleva lo que necesita, que cada día son menos cosas. Lleva un par de días sin echar un vistazo a las cámaras de seguridad de La Tienda. Sabe que ya no es importante.

Cualquier otra persona pensaría que fue raro que me marchara así.

Un día de éstos me llamarán por teléfono. Saldré de clase, o pediré a mis compañeros de residencia que se callen, o me quedaré inmóvil en un camino. Volveré a casa en coche a toda velocidad, preparando el último adiós que he guardado en mi corazón.

En cuanto a ahora, mis padres estarían orgullosos de verme en esta carretera. Insistieron en que lo hiciera. Así que estoy aquí tanto por ellos como por mí. Y eso hace que yo también esté orgulloso de mí mismo.

—Estamos bien —me dijo mi padre cuando me iba—. Pasa bien.

Saco mi Tascam. Presiono Grabar. Coloco la grabadora en un hueco de la rama de un árbol. La memoria es barata y de gran capacidad, y la Tascam grabará durante horas y horas, aunque ya hay muchos otros sonidos: el Lago de la Novia, olas del océano, cenas en el Scudders, el cuarteto samulnori y demás. Quizás alguien encuentre estos sonidos y disfrute también de ellos.

Dejo la Tascam, vuelvo al indomable Consta y me dirijo al norte.

Acción de Gracias

Después del fin

Tengo un solo nombre.
Frank.
Antes pensaba que tenía dos nombres: Frank, mi nombre inglés,
entre comillas, y Sung-Mi, mi nombre coreano, entre comillas.
Pero ahora digo que Frank es mi primer nombre, y Sung-Mi mi
segundo nombre. Por varias razones.

• En inglés, Frank + Li forma un divertido juego de palabras, que
antes odiaba, pero ahora me gusta.
• Tener dos nombres es como intentar ser dos personas a la vez.
¿Quién hace algo así?
• Nadie me llama Sung-Mi, ni siquiera mi madre. Tampoco mi
padre me llamó nunca así.

Mi padre duró dos meses más, hasta que sonó el teléfono.
—Vienes a casa —se limitó a decirme mi madre.
Cuando llegué, Hanna ya estaba allí, en la habitación con mi
padre. La dejó tocarle la barriga. Mi padre tomó las dos manos de
Miles con las suyas y le dijo:
—Eres mejor papá número uno del mundo para Sunny.
Hanna y Miles van a tener una niña, que se llamará Sunny Lane
(nueve letras).
Me quedé en mi habitación. Hanna y Miles se quedaron en la
habitación de mi hermana. Mi madre estaba con mi padre. Vivimos
así tres días enteros, despertándonos juntos, cocinando juntos y vien-

do la tele. Aburriéndonos juntos. Sintiendo el jeong. Mi madre le daba a Miles todo lo que quería, y en grandes cantidades, lo que significaba: «Estoy eternamente avergonzada de cómo te hemos tratado y siempre lamentaremos lo tontos que hemos sido».

Llegó Acción de Gracias, y nuestra cena fue la más sencilla del mundo, pedimos que nos trajeran pollo frito coreano, arroz blanco y rábanos encurtidos. Mi padre incluso consiguió comer un poco y no vomitar.

Fue divertido y agridulce. Por alguna razón volví a sentirme como un niño.

Luego llegó el momento de que mi padre se fuera.

La tarde del funeral nos reunimos todos en la ladera verde. Mis compañeros de clase y los Limbos. Q estaba allí, con su hermana Evon, la que está tan buena. Brit estaba allí. Hasta Wu apareció. Todos de negro, sin saber adónde mirar. Intentando no mirarme a mí, ni a mi madre, ni a Hanna. La ceremonia fue en coreano, y el padre de Joy la fue traduciendo en excelente inglés.

Joy estaba allí. Cuando me abrazó, sentí que me besaba disimuladamente en el cuello.

—Te ves muy guapo —me dijo.

—Tú también —le contesté, y me deshice en lágrimas.

Joy me abrazó. No sé por qué lloré tanto y durante tanto rato. No sé decir por qué. Sólo sentía que un millón de diminutas estrellas negras explotaba en mi cerebro. Cuando abrí los ojos, sólo quedábamos yo y yo en la ladera verde. Todos los demás habían ido a la cena.

Nos sentamos todos juntos en una habitación rara y comimos comida rara. Una fiesta fantasma en un sueño. Nadie había cambiado —nadie había empezado a salir con nadie, todos parecían igual que antes—, pero ahora todos éramos diferentes. Lo sentía. En un momento dado todos nos quedamos sin nada de qué hablar, así que miramos la fotografía de mi padre, con un marco negro, flanqueada por velas encendidas.

Hanna fue lo bastante valiente para empezar los abrazos de despedida. Todos los demás la siguieron uno a uno. Q fue el último de la fila, con un torpe abrazo amistoso. Entendí por qué me daba ese abrazo, con tanta gente presente. Pero al diablo los abrazos amistosos. Lo apreté con todas mis fuerzas para que supiera que lo quería.

Y luego me quedé solo.

—Adiós, papá —le dije a la fotografía, y sentí una mano deslizándose en la mía.

—Ahora puede hacer lo que quiera —me dijo Joy.

—Seguramente abrir otra tienda en el más allá —le dije.

Nos reímos. Luego Joy empezó a mirarme con una mirada que reconocí. Era la mirada de la noche que se coló en mi patio trasero para besarme por última vez. Allí, en la sala de recepción del funeral, Joy pasaba la mirada de mis ojos a mis labios, y viceversa. Esperando.

Pero lo que pasa con los últimos besos es que son los últimos. Joy y yo ya lo habíamos hecho. Estaba hecho.

Se lo hice saber apretándole la mano.

—Me alegro mucho de verte —le dije.

—Nos vemos en Navidad, supongo —me dijo Joy.

—Nos vemos en Navidad —le dije.

* * *

Ya pasaron tres días, y tengo que volver al norte. Mi madre insiste. Hanna y Miles van a quedarse un par de días más, al parecer para que mi madre pueda comprarles una tonelada métrica de ropa de bebé.

—No voy a dejarla comprar porquerías rosas de princesa —me dice Hanna.

—Eres imbécil —le digo.

—Va a comprar lo que quiera, ¿verdad?

—Y no se lo impedirás —le digo—. Y vas a pasártela en grande.

Hanna me da el abrazo más largo que me ha dado en su vida, lo que significa «Tienes razón».

Y ahora estoy de nuevo en la carretera. Paul Olmo está sentado a mi lado, y Evon Lee en el asiento de atrás. El coche avanza. Nos pasamos un teléfono y nos turnamos para poner música. Volvemos a pasar por el bosque quemado, y cuando veo el letrero de riesgo de incendio, reduzco la velocidad y estiro el cuello para ver si mi Tascam sigue ahí.

Pero la Tascam ya no está.

Me alegra tanto ver que no está que se me llenan los ojos de lágrimas. Agradezco que alguien esté escuchando esos sonidos ahora mismo. Lo agradezco todo: esta carretera, los árboles, en los que pronto volverá a florecer la vida, y toda la vida que tenemos por delante.

Dejo a Paul Olmo en Santa Cruz y me quedo a solas con Evon.

—Tu turno de DJ —murmuro pasándole el teléfono sin mirar.

—Así que mi hermano te dijo que es… —me dice Evon.

La miro. Ella me mira desde detrás de mi teléfono.

—Sí. Me lo dijo —le contesto.

Evon asiente.

—Dijo que iba a decírtelo. Bien.

—¿Desde cuándo lo sabes?

—Desde marzo.

—Ah.

—Tuvo que armarse de valor —me dice Evon.

Avanzamos casi diez kilómetros, pasamos por interminables colinas y grandes refinerías. Miro a Evon varias veces más. No sabe nada del beso.

—¿Ya les dijo a tus padres? —le pregunto.

Evon niega con la cabeza.

—Le costó mucho decírmelo a mí, así que imagínate a ellos.

—Y le has guardado el secreto tanto tiempo.

Evon se encoge de hombros: «Por supuesto».

—Eres la mejor hermana tres segundos menor del mundo —le digo.

Evon Lee esboza una de las mejores sonrisas de la historia.

Llegamos a Stanford. La dejo en su residencia. Llego a la mía, estaciono el coche y salgo a estirar las piernas.

No sé qué hacer, así que paseo por el campus.

Cruzo el estacionamiento y llego a un campo que desciende hasta un muro de piedra en forma de serpiente. Al parecer es una escultura famosa que evoca los cambios sinuosos y a la vez la permanencia inquebrantable.

Bajo hasta el muro y lo recorro. Paso la mano por su ondulada parte superior, que serpentea hacia la izquierda, la derecha, la izquierda, la derecha, la izquierda, la derecha, la izquierda, la derecha.

Luego el muro acaba y yo sigo adelante.